Mariage aux Caraïbes

*

Odieuse attirance

ANNIE WEST

Mariage aux Caraïbes

Traduction française de
VIRGINIE CANTIN

AZUR

HARLEQUIN

Collection : Azur

Titre original :
NINE MONTHS TO SAVE THEIR MARRIAGE

HARPERCOLLINS FRANCE
83-85, boulevard Vincent-Auriol, 75646 PARIS CEDEX 13
Service Clients — www.harlequin.fr
ISBN 978-2-2805-0517-8 — ISSN 0993-4448

Édité par HarperCollins France.
Composition et mise en pages Nord Compo.
Imprimé en mai 2024 par CPI Black Print (Barcelone)
en utilisant 100% d'électricité renouvelable.
Dépôt légal : juin 2024.

FSC
www.fsc.org
MIXTE
Papier issu de sources responsables
FSC® C159065

Pour limiter l'empreinte environnementale de ses livres, HarperCollins France s'engage à n'utiliser que du papier fabriqué à partir de bois provenant de forêts gérées durablement et de manière responsable.

Prologue

— Je me suis engagée en toute connaissance de cause, Bess, et il y a des compensations, tu sais.

Bess regarda son amie admirer son bracelet de diamants, tout en lissant de la main la soie shantung de sa robe de créateur.

Lara capta son regard.

— Il n'y a pas que les vêtements et les bijoux, ma chérie. Je suis peut-être à la disposition de George, mais quand il n'est pas là, je peux m'amuser et faire ce que je veux. Passer du temps avec toi, par exemple !

Elle s'approcha pour la serrer dans ses bras.

— C'est vraiment bon de te voir. Cela fait trop longtemps !

— C'est vrai. Jack et moi avons beaucoup voyagé, ces derniers temps.

Bess sourit, comme si elle avait vraiment choisi de passer continuellement d'une ville à l'autre, au lieu de s'installer quelque part pour y construire sa vie.

— Tu as toujours été de bonne compagnie.

Lara fit la moue.

— Avec George, je peux aller partout, mais quand je suis seule, c'est différent… Les gens sont tellement étroits d'esprit que beaucoup refusent de me recevoir !

Bess n'était pas surprise. Depuis que Lara était devenue la maîtresse d'un homme riche, les femmes de la haute société ne lui faisaient plus confiance. Si Lara avait pu séduire un industriel fortuné, elle pouvait en séduire un autre.

— Ils sont impressionnés. Tu brilles de tous tes feux !

— Merci, ma chérie. Je fais de mon mieux.

Lara afficha le sourire que Bess avait vu pour la première fois lorsque toutes deux n'étaient encore que des enfants, mais son expression s'assagit à la vue de la tour Eiffel, par-dessus les toits.

— Tu n'es pas tout à fait heureuse, n'est-ce pas ? demanda Bess.

Le sourire de Lara n'atteignit pas ses yeux.

— Je suis la seule responsable de ce qui m'arrive. Mais parfois, je t'envie...

— Moi ?

Bess était surprise. Jack était souvent absent pour affaires, et tous deux étaient très nomades. S'ils avaient acheté ou même loué leur propre appartement à Paris, au lieu de loger à l'hôtel, cela aurait été plus facile. Elle se serait sentie chez elle.

Peut-être que ce n'est pas juste un problème de logement.

Instantanément, elle fit taire cette petite voix en elle, comme elle le faisait toujours.

— Toi et Jack formez un si beau couple ! J'ai d'abord été étonnée par ce mariage éclair, mais je te connais, Bess. Tu ne te serais pas mariée sans amour. Je suis heureuse que vous l'ayez trouvé tous les deux. Tu étais radieuse sur les photos de mariage.

Lara leva son cocktail et Bess l'imita, cachant sa gêne derrière son verre.

Lara avait-elle deviné ce qui se dissimulait derrière la façade ? Comprenait-elle que tout n'allait pas pour le mieux dans son mariage prétendument parfait ? Bess avala son verre d'un trait, et sentit aussitôt l'alcool lui monter à la tête.

À moins que ce ne soit l'idée d'être aimée de Jack qui l'enivrait ainsi.

Si seulement !

Elle avait cru, espéré, qu'il l'aimerait un jour. Elle avait même cru que s'il n'avait pas eu le coup de foudre, comme elle, les sentiments viendraient avec le temps.

Elle attendait toujours.

— George est charmant, poursuivit Lara, mais nous avons un accord, lui et moi : ses priorités passent toujours en premier. Il est tellement habitué à faire ce qu'il veut qu'il ne lui vient pas à l'esprit de me demander ce que je souhaite.

Bess garda le silence. Elle songeait à son agenda, conçu pour répondre aux besoins de Jack. Des dîners avec des investisseurs européens ici, des événements pour promouvoir son entreprise là, des événements caritatifs pour se constituer un réseau… Chaque semaine, l'assistante de Jack envoyait à Bess un calendrier de rendez-vous accompagné de nombreuses notes afin qu'elle puisse jouer son rôle d'épouse modèle, en aidant Jack à faire avancer sa carrière.

Après tout, c'était pour cela qu'il l'avait épousée.

Lara poursuivit.

— Je n'avais pas réalisé combien de temps une maîtresse passe à attendre que son homme lui consacre un peu de temps. Tu sais que…

Lara continua, mais Bess ne l'écoutait plus, la tête bourdonnante et le cœur à cent à l'heure. Elle avait l'impression que Lara décrivait son propre mariage avec Jack.

L'attente, les concessions incessantes, toujours dans le même sens. Il ne lui demandait même pas si elle voulait sortir ou rester à la maison, et lui imposait sa volonté. Ses ambitions professionnelles avaient pris le pas sur leur relation, même si Jack Reilly était déjà un homme d'affaires accompli et couronné de succès.

Oh ! il pouvait se montrer tendre et chaleureux, attentionné aussi, et lorsqu'il cherchait à charmer, ce qu'il faisait souvent, il était impossible de lui résister. Quant à leur intimité…

Bess prit une nouvelle gorgée de son cocktail pour tenter de chasser l'émotion qui s'emparait d'elle. Jack était un amant à la fois fougueux et tendre, et un simple baiser de sa bouche la rendait folle…

— Même si j'ai beaucoup de temps pour moi, poursuivit Lara,

j'ai du mal à planifier quoi que ce soit parce que George s'attend à ce que je sois disponible à tout moment.

Là encore, Bess eut l'impression que son amie parlait d'elle. Chaque fois qu'elle commençait à prendre ses marques dans une ville, Copenhague, Madrid ou Londres, Jack ou son assistante l'informait qu'ils partaient. Et elle abandonnait sans protester le quotidien qu'elle avait tenté de construire.

— Je n'ose jamais me détendre dans un vieux T-shirt ou un pyjama en flanelle, reprit Lara. Tu te rends compte !

Bess se souvint de sa chemise de nuit préférée, dans laquelle elle aimait se blottir. Elle l'avait perdue lors de l'un de leurs nombreux déménagements. Jack préférait qu'elle porte de la soie et de la dentelle, ou rien du tout, au lit...

— Désolée, Bess. Je ne devrais pas me plaindre. Ma vie est assez facile, au fond.

Lara appela un serveur pour commander d'autres cocktails. D'habitude, Bess se serait arrêtée à un seul, mais elle avait besoin de réconfort.

Oui ! Jack l'avait épousée, mais elle pourrait tout aussi bien être sa maîtresse.

Bess sentit sa gorge se nouer tandis que la vérité la heurtait de plein fouet. Les mains tremblantes, elle posa son verre.

Tu es une femme-trophée, rien de plus qu'une maîtresse avec une alliance.

La seule différence entre elle et Lara était la cérémonie de mariage qui l'avait unie à Jack. Des étoiles dans les yeux, elle avait prononcé ses vœux d'amour éternel tandis que Jack, lui, songeait sans doute avec satisfaction qu'il venait de mettre un atout dans sa manche, qui lui permettrait d'asseoir sa domination sur le marché mondial des énergies renouvelables...

Après dix-huit mois de mariage, son époux n'était pas près de tomber amoureux d'elle.

Un gouffre immense s'ouvrit dans le cœur de Bess, qui menaçait de l'engloutir tout entière. Enfin, elle affrontait une vérité qu'elle évitait depuis si longtemps : son mari ne l'aimerait jamais.

Et chaque jour passé dans ce mariage à sens unique la tuait à petit feu.

1

Dix mois plus tard

Bess mit ses lunettes de soleil pour admirer le ciel bleu, la mer turquoise et le sable si blanc qu'on aurait dit du sucre glace. Au-delà s'étendait une jungle luxuriante, mais on apercevait cependant de petites clairières et des bâtiments nichés sous les arbres.

Prenant la main du pilote, elle descendit de l'hydravion et attendit sur le quai pendant qu'il s'occupait de ses bagages. Elle avait déjà vu des endroits étonnants, mais aucun ne ressemblait à celui-ci.

Le fait qu'elle soit venue pour une fête et non pour travailler rendait cette escapade encore plus agréable. Depuis qu'elle avait quitté Paris et Jack près d'un an auparavant, elle s'était lancé un défi après l'autre, se réjouissant de la liberté d'entreprendre des projets exigeants qui lui apportaient une satisfaction oubliée depuis trop longtemps. Depuis son mariage, plus exactement, date à laquelle elle avait abandonné son travail pour faire avancer la carrière de son mari.

Bess prit une profonde inspiration pour chasser ces pensées importunes. C'était de l'histoire ancienne !

Elle respira l'air de la mer et la brise lui apporta un doux parfum. Des fleurs tropicales, peut-être ? Elle avait hâte de partir à la découverte des environs. Elle appréciait son travail, mais aussi la détente, et cet endroit semblait parfait pour cela. Elle faisait confiance à sa cousine Freya, qui avait le don de dénicher des endroits merveilleux.

— C'est vraiment le paradis, ici, murmura-t-elle. On se croirait dans un magazine de voyages.

Le pilote acquiesça et posa la valise à ses pieds.

— Vous avez raison. Sauf que cette île est tellement confidentielle que je doute que les journalistes y soient autorisés.

Il la regarda d'un air soupçonneux.

— Vous n'êtes jamais venue ici ?

Elle secoua la tête.

— Je ne suis jamais venue aux Antilles...

— Eh bien, vous avez choisi ce qu'il y a de mieux : calme absolu, paysages de rêve et luxe discret !

Le grand Américain sourit, et Bess se rendit compte qu'il était très séduisant. Pourtant, son cœur ne battit pas plus vite lorsque ses yeux croisèrent les siens.

Un seul homme avait réussi cet exploit.

L'oublierait-elle un jour ? Bess se força à sourire à son tour. Elle était fatiguée du voyage, et avait besoin de repos.

Un jour, elle serait prête pour une autre relation. Une fois son divorcé réglé une fois pour toutes.

— Je vais passer la nuit ici, dit le pilote. Je repars demain à l'aube. Si vous voulez vous joindre à moi, je vais boire un verre au bar...

Même s'il ne s'agissait que d'une invitation polie, Bess avait perçu la lueur dans ses yeux, et elle ne voulait pas lui donner de faux espoirs.

— Merci. C'est gentil, mais le voyage a été long et j'ai besoin de me reposer.

L'Américain acquiesça, et la gratifia d'un sourire à peine voilé.

— Si vous changez d'avis, vous savez où me trouver.

Il saisit son sac dans l'avion, tandis qu'une femme en jupe et polo chic s'avançait vers eux pour leur souhaiter la bienvenue sur l'île.

Bess n'avait pas menti : elle était vraiment épuisée. Dès qu'elle eut refermé la porte de son joli bungalow, après avoir refusé une visite guidée de l'hôtel, elle se déchaussa et s'allongea sur le grand lit. À peine eut-elle le temps de savourer le moelleux du matelas qu'elle se sentit sombrer...

Lorsqu'elle ouvrit les yeux, le soleil se couchait sur la plage, parant l'horizon de rose et d'orange.

Seul le cri des oiseaux troublait le silence de la forêt, et elle sentit un immense bien-être l'envahir. Elle aimait son travail, mais il était assez stressant, et cela faisait une éternité qu'elle ne s'était pas laissée aller à l'oisiveté la plus totale.

Au cours des dix derniers mois, elle s'était jetée dans le travail, pour éviter de trop penser à Jack, préférant se tuer à la tâche plutôt que de laisser la place aux regrets.

Le cœur serré, elle se répéta une fois de plus qu'elle avait bien fait de le quitter. C'était le seul moyen de se préserver, de retrouver un peu d'estime de soi. Elle avait commis une erreur monumentale en l'épousant. Pourtant, elle tenait beaucoup à lui, mais quand l'amour était devenu une prison, faisant d'elle une étrangère à sa propre vie, elle n'avait pas eu le choix. Et si une infime part d'elle-même aspirait encore au bonheur romantique dont elle avait jadis rêvé, le temps et l'éloignement avaient eu raison de ces fantasmes d'adolescente.

Elle était sur le point de passer à autre chose. Vraiment.

Elle se concentra sur la vue spectaculaire pour tenter d'oublier son cœur brisé. Peut-être pourrait-elle apprendre la paresse, ici ? Cette semaine de vacances était exactement ce dont elle avait besoin. Elle ne pouvait pas continuer ainsi, à travailler sans relâche pour tenter d'oublier le passé.

Mais d'abord, elle allait assister à ce mariage. Ses robes commandées en ligne avaient été livrées, et elle espérait qu'elles étaient aussi belles que sur son écran. L'union de Freya et Michael serait célébrée dans la plus stricte intimité, mais comme la mariée était apparentée à la famille royale et le marié prince héritier, Bess se devait d'être très chic. Si tous deux allaient prononcer à nouveau leurs vœux plus tard, lors d'une grande cérémonie, ceci serait leur vrai mariage, et Bess ne voulait pas décevoir sa cousine.

Elle ouvrit la porte du grand dressing… et en eut le souffle coupé. Émerveillée par cette débauche de couleurs, elle tendit la main pour caresser la soie douce comme de l'eau. Pour enseigner dans des écoles isolées d'Afrique et d'Asie du Sud-Est, de simples robes de coton suffisaient, et cela faisait une éternité qu'elle n'avait pas porté quelque chose d'aussi beau.

D'un geste brusque, Bess retira sa main comme si elle s'était brûlée. Ces jolies robes lui rappelaient sa vie d'avant, avec Jack. À l'époque, elle ne portait que des tenues haute couture, car c'était l'image qu'il voulait qu'elle renvoie d'elle, de leur couple. Il aimait la voir parée de ce qu'il y avait de mieux, et plus encore, faire glisser la soie sur son corps…

En elle, la brûlure se fit brasier, au souvenir du soir où Jack avait fait d'elle une femme.

Ignorant la faiblesse de son corps qui la trahissait, Bess saisit la robe écarlate qu'elle avait achetée pour ce soir. Elle avait beau être en soie, elle ne portait pas la griffe d'un grand couturier. Mais elle s'accordait bien avec son teint, et elle se l'était offerte elle-même, grâce à ses économies.

Elle dédaigna la salle de bains en marbre et en verre, craignant de trop s'attarder dans l'immense baignoire si elle y entrait, et préféra la douche extérieure installée dans le jardin privé du bungalow.

Après s'être légèrement maquillée, Bess enfila ses sandales assorties et se tourna vers le miroir. Soulagée, elle vit qu'elle avait fait le bon choix. La robe épousait bien ses formes, sans être trop sexy. Elle avait relevé ses cheveux en chignon, une habitude prise dans les pays chauds, ce qui mettait en valeur son dos, très décolleté.

Bess sourit. Pendant des mois, elle avait évité les miroirs autant que possible, trop malheureuse pour affronter ses yeux gonflés et sa peau terne. Aujourd'hui, elle avait l'air… bien.

Et en effet, elle se sentait détendue, presque reposée. Elle commençait à guérir. Lentement mais sûrement, les choses s'amélioraient.

— Bess !

Freya bondit de son transat, au bord de la piscine.

— Je voulais venir à ton bungalow, mais Michael m'a dit que tu avais besoin de te reposer.

Bess sourit et lui rendit son étreinte, comme quand, adolescente, elle lui rendait visite au Danemark, ou que Freya venait passer l'été à Moltyn Hall. Elle n'était retournée à Moltyn Hall qu'une seule fois depuis son mariage, pour une visite rapide, car son père et Jillian avaient d'autres priorités.

— Laisse-moi te regarder… Je ne t'ai jamais vue aussi heureuse. Tu es vraiment rayonnante !

Freya haussa les épaules.

— C'est grâce à Michael. Je l'aime tellement que j'ai accepté de l'épouser… et d'épouser en même temps la couronne royale !

Bess savait que les contraintes pouvaient peser très lourd lorsque l'amour n'était pas partagé.

— Tu es sûre de vouloir assumer tout cela ?

— Ce sera difficile, je sais, mais nous nous aimons, et c'est tout ce qui compte.

Bess sentit son cœur se serrer en voyant les étoiles dans les yeux de sa cousine. Bien sûr, ils s'aimaient et, ensemble, ils étaient plus forts.

— Tu t'en sortiras à merveille. Michael et sa famille ont de la chance de t'avoir.

Sa cousine battit des mains.

— Mais parlons de toi, maintenant ! Tu es magnifique. On dirait que tu arrives d'une croisière de luxe et non des régions les plus reculées d'Indonésie !

— Du Timor oriental, plus exactement. À environ mille kilomètres à l'est de Bali. C'est un pays extraordinaire.

Freya l'attira vers une chaise longue.

— Et ça t'a plu ? Je craignais que tu ne te sois lancée dans une mission difficile.

Bess pensa aux difficultés qu'elle avait rencontrées. Malgré les obstacles, elle avait connu la joie de faire quelque chose d'utile, récompensée par les sourires de ses élèves et de leurs familles qui l'avaient accueillie chaleureusement.

— Tu as raison. Rien ne nous prépare à affronter ce genre de réalité, mais c'était merveilleux.

Bess afficha un sourire enjoué.

— Alors dis-moi, comment avez-vous organisé cette fugue ? Dans la famille royale, on ne fait pas ce genre de chose !

Freya lui sourit d'un air de conspiratrice.

— Les parents de Michael n'ont pas fait trop de difficultés, pourtant. Et demain, Michael m'emmènera dans un endroit secret où il n'y aura que nous deux. C'est le paradis, non ?

Bess, elle, n'avait pas eu de lune de miel. Elle avait pourtant séjourné dans un hôtel cinq étoiles après son mariage et découvert les joies du sexe avec son époux - seul bon souvenir de ces deux semaines que Jack avait principalement consacrées à des partenaires en affaires, avec qui il passait ses journées. Même leurs repas dans des restaurants étoilés ressemblaient plus à des dîners d'affaires qu'à des soirées romantiques.

— Ça a l'air génial ! Parle-moi de ce soir et de demain. Qui d'autre est invité ?

— Oh !

L'expression de Freya changea et elle saisit la main de Bess.

— J'espère que j'ai fait ce qu'il fallait. Je n'étais pas sûre, mais... il a été d'un si grand soutien pour Michael ! Je craignais que ce soit difficile pour toi quand il nous a assuré que vous étiez en bons termes. De plus, Michael était certain que rien ne t'empêcherait d'assister à notre mariage. Je voulais te le dire la semaine dernière, mais je n'ai pas pu te joindre...

Inquiète, Bess scruta le visage de sa cousine, et l'anxiété qu'elle y vit fit naître en elle un affreux soupçon.

Elle serra sa main dans la sienne.

— Ce n'est pas grave, mais...

Soudain, elle s'interrompit en entendant des voix toutes proches.

En se retournant, elle vit Michael, derrière deux femmes qu'elle reconnut, parler à quelqu'un qui fermait la marche, mais qu'elle ne distinguait pas.

— Bess, chuchota Freya. Il faut que je te dise...

Sa voix fut couverte par les salutations du groupe qui les rejoignait, et Bess se figea en découvrant le grand homme brun qui se tenait légèrement à l'écart, les mains dans les poches de son pantalon.

Quand ses yeux bleu d'azur rencontrèrent les siens, elle fut heureuse d'être assise, car elle avait l'impression que la terre s'ouvrait sous elle.

— Bonjour, Élisabeth. Ça fait longtemps..., dit celui qu'elle ne s'attendait pas à revoir.

Jack Reilly.

Son mari.

2

Jack fixait la femme qu'il n'avait pas vue depuis près d'un an, sidéré par l'effet qu'elle produisait sur lui. Il s'était préparé à cette rencontre, ne laissant rien au hasard. Et pourtant, elle le surprenait.

Un seul coup d'œil lui suffit pour découvrir qu'elle était plus séduisante qu'il ne l'avait imaginé. Élisabeth n'était pas la plus belle femme qu'il ait connue, mais quelque chose la distinguait des autres. Son récent bronzage soulignait l'éclat de ses cheveux noirs et de sa ravissante robe rouge.

La voir écarquiller ainsi les yeux lui procura un sentiment de satisfaction. Après le choc qu'elle lui avait infligé à Paris, il était bon de lui rendre la pareille.

Depuis qu'elle l'avait quitté, sa colère et son humiliation étaient demeurées intactes. Elles étaient toujours présentes, mais désormais éclipsées par une émotion plus… primitive. Son pouls s'affaiblit, et il n'entendit soudain plus que les lents, très lents battements de son cœur. En même temps, son sang bouillait dans ses veines, et il se sentait soudain plus vivant, plus fort que jamais – une sensation qui valait tous les succès professionnels du monde.

De nouveau, ses yeux se posèrent sur la robe à fines bretelles qui moulait outrageusement son corps de rêve, véritable invitation à la luxure…

Autrefois, elle se serait habillée ainsi pour le séduire. Elle savait qu'il aimait dénuder lentement son corps avant de partager avec elle le plaisir sensuel qui avait toujours été la marque de leur mariage.

Mais aujourd'hui... Elle ignorait qu'il serait là. Portait-elle ce morceau de soie pour un autre homme ?

Sa mâchoire se serra tandis qu'il balayait rapidement le groupe du regard. Mais Michael et les deux autres hommes étaient là avec leurs compagnes, en pleine conversation.

— Bonjour, Jack.

La voix rauque d'Élisabeth fit courir un sillon de feu de sa poitrine jusqu'à la partie la plus intime de son anatomie, qui réagit aussitôt.

Il prit une profonde inspiration, secrètement ravi de constater qu'elle paraissait aussi troublée que lui. Car, malgré ses lèvres serrées et son menton levé, il la vit se tendre imperceptiblement.

Il esquissa un sourire. À sa grande surprise, elle était vierge lorsqu'ils s'étaient mariés, ce qui signifiait qu'il était le seul homme à connaître cette note dans sa voix qui trahissait son désir...

Le doute s'empara de nouveau de lui, insupportable. Et si elle appartenait désormais à un autre que lui ? Mais, quoi qu'elle ait fait ces dix derniers mois, l'élan qui les poussait l'un vers l'autre était toujours intact.

Il en était à la fois heureux et flatté dans son orgueil.

Elle se leva avec cette grâce innée qu'il avait tout de suite remarquée chez elle. Parce qu'elle se sentait mal à l'aise en position assise ? Le tissu soyeux accrochait la lumière, soulignant ses longues jambes et la rondeur de ses jolis seins...

Jack serra les poings. Il mourait d'envie de caresser son corps svelte, d'en explorer la moindre parcelle, même s'il le connaissait déjà par cœur.

— Je ne m'attendais pas à te voir ici. Je n'avais pas réalisé que Michael et toi étiez si proches.

Y avait-il une pointe de reproche dans son ton ? Pourtant, son expression était placide, et elle veillait manifestement à ce que leurs compagnons ne remarquent rien d'anormal.

Elle avait toujours été douée pour garder son sang-froid et paraître à l'aise en toutes circonstances. C'était l'une des raisons pour lesquelles il l'avait choisie comme épouse. Cette qualité la rendait précieuse pour entretenir son réseau et faire avancer sa carrière. De plus, il était prudent. Son enfance marquée par des drames l'avait dissuadé de s'attacher à une femme au tempérament plus... volcanique.

— Nous avons beaucoup travaillé ensemble au développement d'un projet, et nous nous sommes découvert à cette occasion de nombreux points communs.

Jack marqua une pause.

— C'est toi qui nous as présentés, tu te souviens ?

— Très bien, oui.

Elle jeta un coup d'œil à leur hôte, puis baissa la voix.

— Tu étais impatient d'entrer en contact avec lui. Je suis heureuse d'apprendre que cela a été bénéfique pour tes affaires.

Jack se raidit. Elle avait dit « affaires » comme s'il s'agissait d'un gros mot. Pourtant, c'est bien son argent qui lui avait permis de vivre dans le luxe et de renflouer la trésorerie de son père menacé de banqueroute.

Bien sûr, il convoitait son carnet d'adresses bien rempli. La famille d'Élisabeth, malgré ses revers de fortune, faisait partie du gotha européen. Son père était un aristocrate anglais et sa mère avait des liens de parenté avec les têtes couronnées de nombreux pays. Freya, la cousine d'Élisabeth, était apparentée par son père à la famille royale danoise et, lorsque Freya s'était mise à fréquenter un prince européen intéressé par des solutions énergétiques innovantes pour son pays, Jack y avait vu une opportunité majeure.

— Merci. Les affaires sont florissantes, en effet. Et je suis heureux de compter Michael parmi mes amis.

Piètre consolation, en comparaison avec le désastre de leur mariage !

Elle posa sur lui un regard sceptique.

C'était surprenant, car il ne se faisait pas facilement des amis. Pendant des années, il avait été trop occupé pour consacrer du temps à sa vie personnelle. Il était possible qu'il ait d'abord cultivé cette amitié pour garder le contact avec Freya, la cousine d'Élisabeth.

Car lorsque celle-ci l'avait quitté, elle n'avait pas laissé d'adresse ! Pour Jack, habitué à contrôler son univers, cette disparition avait été une catastrophe, et il avait eu l'impression d'un plongeon dans le vide. Ce n'était que par l'intermédiaire de Michael qu'il avait appris que sa femme était bien vivante, quelque part loin de lui...

Il n'avait eu aucun scrupule à jouer de cette amitié pour organiser cette rencontre. Mais Michael l'avait compris et n'en avait pas pris ombrage.

— C'est vraiment pour ça que tu es là, Jack ? demanda Élisabeth, les mains sur les hanches en signe de défiance. Pour soutenir ton meilleur ami ?

— Naturellement. Quelle autre raison aurais-je d'être venu ?

Elle aurait souhaité l'entendre dire qu'il était là pour elle, songea-t-il, en s'efforçant de dissimuler sa satisfaction.

Sans le quitter des yeux, elle secoua la tête.

— Le Jack Reilly que je connais n'agit jamais gratuitement. Il y a toujours un marché à la clé, ou une personne influente à rencontrer.

Ses mots lui firent l'effet d'une gifle. Il ne s'excusait pas d'être prêt à tout pour réussir, une stratégie qui s'était révélée efficace, du reste. Pourtant, elle le faisait passer pour un opportuniste dénué de morale.

Soudain, il vit Freya glisser son bras sous celui d'Élisabeth, et lui lancer un regard désapprobateur.

— Bess ! Laisse-moi te présenter nos invités...

Il n'avait fait que saluer sa femme, pourtant ! C'était elle qui l'avait provoqué ! Mais Freya prenait naturellement son parti.

Jack se tourna pour rejoindre le groupe qui les regardait avec curiosité, mais qui était trop poli pour poser des questions. Même si l'absence soudaine de Bess avait fait l'objet de spéculations dans le petit monde qu'ils fréquentaient à l'époque, et celui-ci n'avait pas changé...

Il accepta une bière et se mêla à la conversation, intervenant de temps à autre pour éviter de regarder Élisabeth. Il aurait assez de temps pour cela lorsqu'ils seraient seuls.

Lui et sa femme n'en avaient pas terminé, songea-t-il comme des émotions violentes, qu'il n'avait pas ressenties depuis son enfance, lui nouaient la gorge.

Lorsqu'elle l'avait quitté, Jack n'y avait d'abord pas cru. Quelques jours auparavant, alors qu'une vilaine grippe le clouait au lit, elle s'était occupée de lui... Son départ soudain n'avait aucun sens.

Il considérait leur mariage comme une réussite éclatante, et n'avait pas pu comprendre qu'elle ne partageait pas son avis. Puis l'incrédulité avait fait place à la colère...

Elle n'avait pas daigné lui parler, le privant de toute chance de la persuader de rester ! Elle l'avait laissé en plan, et ne s'était pas gênée pour informer la presse de sa décision. Or Jack n'était pas habitué à l'échec, et il n'avait pas supporté d'être la risée de tous. Depuis, ils ne s'étaient pas reparlé.

La soirée se termina vers minuit. La cérémonie avait lieu le lendemain matin et Freya insista sur le fait que tout le monde devait être frais et dispos.

Comme les invités s'apprêtaient à regagner leur villa, Jack s'approcha d'Élisabeth.

— Laisse-moi t'accompagner jusqu'à ta porte.

Elle se raidit.

— Ne te donne pas cette peine ! Je me débrouillerai toute seule.

Freya se tourna vers elle, les sourcils froncés.

— Tout va bien, Bess ?

— Oui, Freya. Va te reposer, tu as besoin d'une bonne nuit de sommeil pour être au top demain !

Michael enlaça la taille de sa future épouse pour l'attirer plus près de lui, tandis que Jack inclinait discrètement la tête en guise de remerciement. Il était impatient d'être seul avec Élisabeth, car les dernières heures avaient mis sa patience à rude épreuve.

— Elle est très protectrice envers toi, murmura-t-il alors que le couple s'éloignait.

— Bonne nuit, Jack, dit-elle en s'engageant sur une allée éclairée par de minuscules lampes solaires.

Jack attendit quelques secondes, puis lui emboîta le pas. Quand elle se retourna, sa robe ondula autour de ses jolies jambes, et il se rendit compte que, même si seul le clair de lune avait éclairé la scène, il ne l'aurait jamais confondue avec une autre femme. Son port de tête, la courbe de ses reins, n'appartenaient qu'à elle.

Comme une chaleur familière envahissait de nouveau tout son corps, il serra les poings. Même après des mois d'humiliation et de colère, il avait encore envie d'elle !

— Pourquoi me suis-tu ?

Il regarda ses seins se soulever sous l'effet d'une respiration rapide, puis répondit :

— C'est le chemin de ma villa.

— Ah oui ?

Il acquiesça.

— J'occupe la dernière de cette allée.

Et la sienne était l'avant-dernière. Ils étaient voisins, et à l'écart des autres invités !

— Je vois.

De nouveau, elle tourna les talons et, de nouveau, il la suivit.

Il avait eu quelques heures pour s'habituer à sa présence et pourtant, il n'arrivait toujours pas réfléchir clairement. Ses sandales à talons faisaient onduler ses jolies fesses, un spectacle encore mis en valeur par les lumières posées au sol. Quant à son dos nu et doré, révélé par sa robe décolletée, il était pure tentation...

En dix mois, aucune autre femme ne lui avait fait éprouver pareil émoi, pas même celles qui, le sachant libre, avaient tout fait pour le séduire et s'immiscer dans sa vie. Il les avait à peine remarquées.

Il se souvint de la rousse flamboyante qui l'avait suivi jusque dans l'ascenseur de son hôtel, à Paris. Dès qu'ils avaient été seuls, elle avait ouvert son manteau pour révéler son corps nu et voluptueux. Puis, d'une voix rauque, elle lui avait décrit par le menu tout ce qu'il pourrait faire avec elle...

Avait-il jadis été le genre d'homme que ces paroles excitaient ? Il avait toujours aimé le sexe, mais, dans cet ascenseur, il n'avait ressenti qu'un profond mépris mêlé de dégoût.

— As-tu souffert de la solitude, Élisabeth ?

Ses propres paroles le surprirent. Il réfléchissait toujours avant de parler, et il n'avait pas prévu de dire cela.

Parce qu'il ne voulait pas savoir si elle avait été avec quelqu'un d'autre, peut-être ?

Elle s'arrêta et lui jeta un regard furtif par-dessus son épaule.

— J'ai été très occupée, Jack. À travailler.

Ce n'était pas une réponse directe, mais si elle avait eu une liaison, le lui confierait-elle ?

Tout à coup, il sentit l'aiguillon de la jalousie. Quoi de plus normal ? Élisabeth était sa femme, après tout. Mais il y avait autre chose en jeu que la possessivité qu'il éprouvait à son égard.

Il s'était senti impuissant, ces derniers temps, car il ignorait où elle était et était incapable de la retrouver. C'était la première fois qu'il ressentait cela.

Elle avait méticuleusement préparé sa disparition, se gardant d'utiliser les cartes de crédit qu'il lui avait données et de laisser des traces. Ses amis avaient refusé de révéler où elle se trouvait.

Son père ne le savait pas non plus, et n'avait pas semblé s'inquiéter outre mesure de la disparition de sa fille. Un message de temps en temps pour dire qu'elle allait bien lui suffisait. Jack s'était également rendu compte que, même si elle aimait sa famille, Élisabeth n'était plus proche d'elle, à l'exception peut-être de son jeune demi-frère. Son père était trop absorbé par un nouveau projet pour s'ennuyer de sa fille.

— Et toi ?

— Pardon ?

Elle secoua la tête.

— Non, rien. Tu n'étais pas seul, bien sûr.

Jack pensa à son grand lit, à l'hôtel. Comme il était vide sans elle ! Ses petits déjeuners avaient été calmes et ennuyeux, comme tous ces rendez-vous professionnels qui traînaient en longueur. Même les victoires qu'il avait remportées l'année dernière n'avaient pas été aussi éclatantes qu'il l'avait espéré.

Mais il n'était pas question de l'avouer à Élisabeth.

Il haussa les épaules.

— Comme toi, j'ai été très occupé. Beaucoup de gens, beaucoup de réunions et de négociations...

— Je vois...

Était-ce son imagination ou avait-elle l'air déçue ? Comme elle faisait mine de poursuivre son chemin, instinctivement, il tendit la main pour l'arrêter, mais la retira sans l'avoir touchée. Il ne voulait pas la brusquer.

— Il faut que nous parlions, Élisabeth. Seul à seule.

— Je ne crois pas que ce soit une bonne idée.

— Tu préfères qu'on discute devant les autres, demain ? Parce qu'il faut qu'on parle.

Le souffle court, Bess regarda le visage de l'homme qui, jadis, l'avait comblée.

Il était impressionnant, avec ses larges épaules et sa silhouette athlétique typiquement australienne. La lumière rasante accentuait les traits anguleux de son beau visage, révélant la force de volonté qui avait fait de lui un homme d'affaires influent.

Bess sentit son cœur s'emballer, tandis qu'une soudaine vague de chaleur l'envahissait. Elle maudit la réaction de son corps. Après tout ce temps, elle aurait dû être immunisée contre Jack Reilly !

Au lieu de cela, elle avait l'impression qu'ils étaient seuls au monde...

Bess essaya de se concentrer sur le clapotis des vagues, sur la plage, plutôt que sur son pouls effréné.

— Tu n'as pas peur de moi, n'est-ce pas ?

Quelque chose dans le ton de sa voix lui indiqua qu'il était sérieux.

— Bien sûr que non, voyons !

C'est d'elle-même qu'elle avait peur. Mais il avait raison, il fallait qu'ils se parlent. Ses avocats avaient écrit au sien au sujet du divorce et il n'y avait pas eu de réponse. Elle serait stupide de ne pas profiter de l'occasion pour régler ce problème.

— Il faut mettre les choses au clair, Élisabeth, reprit-il. Freya a perçu la tension entre nous, et tu ne veux pas qu'elle s'inquiète à ce sujet pendant la cérémonie, n'est-ce pas ? Demain doit être consacré à elle et à Michael, pas à nous.

Surprise, elle leva les yeux vers lui. Il avait l'air si raisonnable ! L'avait-elle diabolisé à tort, durant leur séparation, exagérant les traits négatifs de son caractère et oubliant ses qualités ?

En réalité, Jack avait toujours été raisonnable. Il ne criait pas, ne mentait pas et n'exigeait rien. Il réfléchissait soigneusement à ce qu'il voulait et à la manière de l'obtenir. Il négociait. C'était un négociateur-né.

C'est ainsi qu'ils s'étaient mariés, d'ailleurs. Il lui avait proposé un marché : de l'argent pour sortir son père du gouffre financier dans lequel il se trouvait afin qu'il n'ait pas à vendre le domaine familial, en échange d'une union de façade. Non pas parce qu'il était amoureux d'elle, mais parce qu'elle serait un atout dans sa conquête des marchés européens.

— Élisabeth ?

Elle hésitait encore. Mais elle voulait que le mariage de Freya soit parfait. Si Jack et elle pouvaient tout régler et être en meilleurs termes, sa cousine serait ravie.

D'ailleurs, connaissant Jack, il avait sûrement réservé le premier vol de retour, le lendemain. Il ne prenait jamais de vacances et son emploi du temps était très chargé. Il travaillerait dans l'avion. C'était donc leur seule chance de parler.

— D'accord. Parlons.

— Parfait !

Rêvait-elle, ou ses yeux brillaient-ils plus fort ? Son expression n'avait pas changé, mais elle eut l'impression de voir une lueur de triomphe dans son regard.

Tu es complètement paranoïaque !

Ils se dirigèrent vers son bungalow, mais Bess s'arrêta devant la porte, prise d'une appréhension soudaine. Elle ne voulait pas faire entrer Jack dans son bungalow. Elle savait qu'il y prendrait toute la place, y compris lorsqu'il serait parti et qu'elle essaierait de dormir...

Sur un coup de tête, elle se détourna pour emprunter un sentier non éclairé qui menait à la plage. Jack la suivit, admirant le spectacle des étoiles qui se reflétaient sur les flots sombres.

Troubler la paix de cet endroit en parlant divorce était sacrilège, mais il fallait le faire.

— Tu n'as pas répondu à mon avocat, commença-t-elle. Pourquoi ?

Sous les arbres, elle distinguait mal son visage, mais elle sentit son regard la frôler.

— Tu ne peux pas t'attendre à ce que j'accepte de divorcer sans discuter, tout de même !

Bess recula d'un pas pour s'adosser à un palmier.

— Discuter ne nous mènera nulle part. Nous avons déjà parlé de ce que nous attendions du mariage et je ne peux pas continuer comme avant.

— Mais... tu es partie du jour au lendemain, sans explication !

Il avait raison, et elle se sentait coupable d'avoir agi ainsi. Elle avait été tentée de quitter Jack plus tôt, mais le soir de leur dispute, leur première et seule vraie dispute, il était au plus mal, victime d'une forte fièvre grippale.

Pourtant, elle était partie dès qu'il s'est senti assez bien pour s'occuper de lui-même. Parce qu'elle craignait qu'il ne la persuade de rester si elle s'attardait ?

— C'est comme ça que ça s'est passé. Tu m'as donné du paracétamol et des boissons chaudes et l'instant d'après, tu m'as annoncé que tu en avais assez et tu es partie. Je n'ai même pas eu l'énergie de te suivre !

Elle sentit sa gorge se nouer.

— Tu m'aurais suivie ?

Elle ne s'était pas autorisée à imaginer un tel scénario. C'était le genre de chose qu'un homme amoureux aurait fait. Un homme qui tenait vraiment à elle. Or entre Jack et elle, comme il le lui avait d'ailleurs expliqué, il s'agissait d'une relation contractuelle, rien de plus.

— Bien sûr que je t'aurais suivie ! Tu es ma femme, dit-il d'une voix rauque.

Il s'avança vers elle, et elle se sentit faiblir. Sous sa robe de soie, ses seins se tendirent légèrement.

— Tu m'as manqué, Élisabeth.

Elle lui avait manqué ? Jamais elle ne l'aurait cru capable d'un tel aveu...

— Tu ne me crois pas ?

Elle secoua la tête, perplexe.

— Je ne pensais pas que ce serait le cas.

Elle s'était attendue à une réaction de colère. Il planifiait toujours tout et trouverait exaspérant qu'elle vienne perturber sa vie. Mais elle était convaincue que si elle lui était précieuse, elle ne lui était pas indispensable. Il n'avait besoin de personne. Il était envié, courtisé, tout ce qu'il entreprenait réussissait, et il ne souhaitait rien d'autre.

Les yeux de Jack se plantèrent dans les siens.

— C'est que tu ne me connais pas aussi bien que tu le penses, alors... J'ai envoyé des enquêteurs à travers toute l'Europe pour te retrouver.

Bess savait qu'il était sérieux. Il ne lui avait jamais menti. Au contraire, il avait toujours été honnête, parfois même trop honnête.

Abasourdie, elle le regarda sans rien dire. Et elle qui croyait qu'il n'avait pas répondu à son avocat par indifférence...

— Mais j'ai découvert plus tard que tu n'étais pas en Europe, ajouta-t-il.

Bess fronça les sourcils. Son ton trahissait une forte émotion, alors que, pour lui, leur relation n'avait rien à voir avec les émotions.

Elle refoula le secret sentiment de triomphe qui s'emparait d'elle. Ce n'était pas elle qui lui avait manqué, mais le fait de pouvoir compter sur elle, jour et nuit, pour l'aider dans tout ce qu'il avait décidé d'entreprendre, mettant son charme et son entregent à son service exclusif.

— En fait, Jack, je suis très fatiguée, dit-elle soudain. Que dis-tu de nous retrouver plutôt pour le petit déjeuner ?

Il était si proche, et la nuit si douce qu'elle craignait de céder. De craquer. Même si elle savait qu'il ne serait jamais l'homme qu'il lui fallait, il était celui qu'elle désirait.

Sans attendre sa réponse, elle s'apprêtait à regagner sa villa quand il saisit son poignet :

— J'ai une meilleure idée, ma chérie...

Puis, il se pencha vers elle et l'embrassa.

3

Ma chérie…

Jack ne l'avait jamais appelée ainsi auparavant, et ce mot doux la déstabilisa profondément. Car il n'y avait nulle ironie dans son ton, au contraire. Sa voix de velours était empreinte d'une telle sincérité qu'elle avait eu raison de sa réticence…

Avant qu'elle n'ait eu le temps de réfléchir à ce qu'elle faisait, ou de s'écarter de lui, il avait saisi sa nuque et posé ses lèvres sur les siennes.

Elle ne voulait plus bouger, désormais, et elle eut l'impression d'être au paradis lorsqu'il l'attira à lui, son bras puissant enroulé autour de ses épaules. Au paradis… ou en enfer car, malgré la confusion qui s'était emparée d'elle, elle savait qu'elle regretterait ce baiser quand elle recouvrerait la raison.

Un baiser qui semblait inévitable, tant la tension en eux était palpable. Comme si elle n'attendait que ça !

Au lieu de s'écarter de lui, elle posa la main sur sa poitrine, où son cœur battait comme un fou, et glissa l'autre dans ses cheveux.

Comme il approfondissait son baiser, glissant sa langue entre ses lèvres, elle le laissa faire, tandis que le sang battait à ses tempes, de plus en plus fort. Soudain, ce fut comme s'ils se redécouvraient l'un l'autre, poussés par une force à laquelle ni elle ni lui ne pouvaient résister. Comment avait-elle pu oublier le goût et la douceur de sa bouche ? Comment avait-elle pu s'en passer si longtemps ?

Bess se cambra contre son corps robuste, comme pour s'offrir à lui, comme si... elle réclamait davantage. À cet instant, Jack pressa ses lèvres sur sa joue, puis juste derrière son oreille, là où sa peau était le plus sensible.

— Élisabeth...

Si elle avait eu plus de volonté, elle l'aurait peut-être repoussé. Mais elle était si vulnérable, submergée par ses sentiments pour lui, qu'elle se sentit faiblir entre ses bras.

— Jack... Embrasse-moi encore...

Il obéit. Sans hésitation. Leurs bouches se joignirent, et leurs langues entamèrent une danse sensuelle qui fit naître une chaleur intense au creux de sa féminité.

Soudain, il agrippa ses fesses, puis sa main remonta doucement vers sa poitrine. L'espace d'un instant, elle oublia de respirer...

Comme cela lui avait manqué ! Jack lui avait manqué, et elle se sentait soudain prise d'une faim dévorante, que lui seul pouvait apaiser.

Lentement, Jack releva la tête. Dans l'obscurité, ses yeux brillaient si intensément qu'on aurait pu le croire pris d'une forte fièvre.

Seul le bruit de leurs souffles haletants couvrait le clapotis de l'eau.

— Tu me crois, maintenant, quand je te dis que tu m'as manqué ?

Ses doigts sur son sein, elle gémit tandis qu'un feu liquide se répandait dans ses veines, menaçant de l'enflammer tout entière. Sans attendre de réponse, Jack se pencha, écarta la soie de sa robe et prit la pointe de son sein dans sa bouche. Éperdue, elle laissa échapper un soupir.

Jack était l'homme qui lui avait appris le désir. Le plaisir, aussi, qu'il avait toujours aimé lui donner, comme il le faisait maintenant.

Il fallait qu'elle arrête, qu'elle le repousse. Mais comment l'aurait-elle pu, alors qu'elle avait tant rêvé de sentir à nouveau son souffle chaud sur sa peau nue, et de gémir sous ses caresses ?

Lorsqu'elle entendit sa voix, si basse qu'elle le comprit à peine, elle perdit le contrôle.

— J'ai envie de toi, Bess. Je ne sais pas comment j'ai pu rester si longtemps sans toi. Il n'y a eu personne depuis toi...

Il happa la pointe d'un sein et, la plaquant contre l'arbre, il remonta la soie de sa jupe pour caresser sa cuisse nue.

Son cerveau embrumé lui dictait de résister, mais elle en était incapable. Et puis, quel mal y avait-il à céder à l'euphorie du moment, juste une dernière fois ?

Sa main s'arrêta sur la dentelle de son slip, et elle dut se retenir pour ne pas la guider jusqu'au cœur de sa féminité. Son front se posa sur le sien.

— Il faut que j'arrête. Je ne peux pas te faire l'amour ici, même si j'en ai très très envie...

Ses paroles firent monter d'un cran son excitation. En cet instant, seul Jack pouvait combler ce vide douloureux en elle. Comme elle était sur le point de céder, il retira sa main et la regarda, avant de rire d'un ton presque sec :

— Nous sommes venus ici pour parler. Pas pour...

— Je ne veux pas parler maintenant.

Il acquiesça, puis se redressa. Sa poitrine se soulevait, comme s'il avait lui aussi du mal à reprendre son souffle.

— Je comprends. Demain matin...

— Non. Maintenant !

Il ne la lâcha pas. Au contraire, il raffermit son emprise.

— Tu es sûre ?

Jack aurait pu aller jusqu'au bout et la prendre comme ils le voulaient tous les deux, dans un moment de pure folie érotique. Au lieu de cela, il lui laissait le choix. Même maintenant, alors qu'elle avait clairement exprimé son désir, il faisait quelque chose qu'il n'avait jamais fait auparavant : il hésitait.

Son mari n'hésitait jamais, pourtant, à prendre ce qu'il voulait. À moins qu'il ne s'agisse d'un stratagème pour augmenter la tension sensuelle entre eux ? Non, ce n'était pas le cas. Il lui laissait le temps de réfléchir, lui rendait le pouvoir au lieu de l'utiliser à son profit. Il lui donnait le temps de se ressaisir et éventuellement de le rejeter.

Bess écarquilla les yeux.

Jack avait changé. En ce moment, il ne cherchait pas à prendre l'avantage, à l'amadouer pour l'amener à ses fins, même si son corps musclé contre le sien était une promesse de plaisirs à venir...

Soudain, ce fut comme si on retirait un poids de ses épaules, un fardeau invisible qu'elle traînait depuis trop longtemps.

Il la faisait passer en premier, et elle sentit ses certitudes s'effondrer. Se pourrait-il qu'il ne s'agisse pas seulement de sexe entre eux ?

— Je comprends, dit-il. Il n'y a pas de mal à changer d'avis.

— Je n'ai pas changé d'avis, Jack.

Elle ne formula pas consciemment les mots qu'elle ajouta :

— Depuis Paris, il n'y a eu personne pour moi non plus.

Une seconde plus tard, il prenait sa main et se dirigeait vers l'hôtel. Ils marchèrent un moment en silence, puis elle s'aperçut qu'ils avaient dépassé son bungalow.

— Où allons-nous ?

— Ma villa est juste là, au bout de l'allée. Tu veux venir la visiter ?

Son regard chercha le sien, et elle vit la lueur dans ses yeux.

En guise de réponse, elle noua ses bras autour de sa nuque et lui tendit ses lèvres.

Quelques instants plus tard, ils basculèrent sur le lit et s'arrachèrent leurs vêtements.

Lorsqu'il ne lui resta plus qu'une petite culotte de dentelle, il murmura en la faisant glisser sur ses jambes :

— C'est mieux sans, non ?

Bess se cambra pour accompagner son geste, et, folle de désir, le regarda jeter le minuscule morceau de tissu par-dessus son épaule.

Entre ses cuisses, la chaleur se faisait de plus en plus forte. Elle ne s'était jamais sentie aussi excitée de sa vie.

Lentement, il fit courir une pluie de baisers dans son cou, sur ses seins, puis il descendit plus bas.

Elle sentit son souffle chaud sur son sexe.

— Non !

Il releva brusquement la tête.

— Non ?

Son corps était tendu comme un arc

— Viens...

L'instant d'après, sa bouche était sur la sienne et tout son corps se lovait contre elle, peau contre peau.

Bess se cambra pour mieux s'offrir à lui, sans pouvoir retenir un cri de plaisir. Chaque fibre de son corps cherchait le sien, et de toute son âme elle ne voulait plus qu'une chose : lui appartenir, enfin. Comme si elle s'éveillait d'un long sommeil, et avait attendu que ses caresses la ramènent à la vie.

Cette pensée la terrifiait, mais avant qu'elle ne puisse s'y attarder, ses yeux trouvèrent les siens, et, lentement, il entra en elle... Soudain, ils n'étaient plus séparés, mais ne formaient plus qu'un seul être. Et, comme toujours, ce fut comme si le monde avait cessé de tourner, comme si le temps s'était suspendu.

Elle ferma les yeux pour savourer cet instant de plénitude, tandis que Jack allait et venait en elle, dans une danse sensuelle et envoûtante. Son souffle caressait son visage, et sa poitrine était dure contre la sienne. Folle de désir, elle noua les jambes autour de sa taille et se mit à onduler au même rythme que lui.

— Élisabeth...

La main sur son sein, il en taquinait la pointe, les lèvres posées sur le lobe de son oreille...

Son prénom murmuré suffit à déchaîner sa passion trop longtemps contenue... Éperdue, elle le serra contre lui à l'étouffer, enfonçant ses ongles dans son dos.

Puis, emportée par une vague de plus en plus grande, de plus en plus forte, elle bascula dans l'extase où il la rejoignit. Ils jouirent dans un même cri.

Bess mit longtemps à revenir à elle, le cœur battant, la peau brûlante et l'esprit embrumé. Lorsqu'elle y parvint enfin, Jack la tenait toujours serrée contre lui, la tête au creux de son cou. Avec un long soupir, il roula sur le dos.

Ils restèrent quelques instants alanguis dans une douce torpeur, puis sombrèrent tous deux dans le sommeil.

4

— Chers amis, nous sommes réunis ici pour célébrer l'union de Freya et Michael...

Jack regarda les mariés se tourner l'un vers l'autre. Ils étaient radieux, comme s'ils n'arrivaient pas à croire que la vie pouvait être si belle.

Avait-il déjà vu l'existence de cette façon ?

Bien sûr que non. Depuis son enfance, il n'avait jamais cru à l'amour romantique, à l'âme sœur. Ses parents y avaient veillé.

Pourtant, il avait été heureux, lui aussi, le jour de son mariage. Il exultait même, persuadé qu'Élisabeth était la partenaire idéale pour l'aider à atteindre ses objectifs.

Mais elle avait été plus que cela. L'attirance qu'ils avaient ressentie dès le premier regard ne s'était pas démentie, et n'avait fait que croître au fil des jours. Plus il connaissait sa femme, plus il l'aimait. Elle n'était pas seulement belle, intelligente et bien née. Malgré son inexpérience, l'entente sensuelle entre eux avait tout de suite été totale.

Son attention se porta sur elle, debout à côté de son cousin. Oui, sa femme était éblouissante, et le simple fait de la regarder lui coupait le souffle. Elle portait un fourreau vermillon évoquant une flamme vive. Avec un sourire, il pensa à la façon dont elle s'était enflammée la nuit dernière, guidée par une passion sans limites. Il savait que l'accord physique entre eux était toujours parfait, mais il ne s'était pas préparé à être ainsi englouti, dévoré par le plaisir...

Dix mois d'abstinence avaient-ils aiguisé ses sens ? Sur la plage, il avait eu tellement envie d'elle qu'il aurait pu la posséder là, au risque d'être surpris ! Cela aurait été une grave erreur, et il lui avait fallu toute la force de sa volonté pour se ressaisir et la conduire jusqu'à sa chambre.

Mais il ne l'avait pas contrainte, loin de là. C'est elle qui s'était laissée séduire, elle qui lui avait fait comprendre on ne pleut plus clairement que son désir était partagé. Elle n'avait jamais été timide ou passive, mais elle n'avait jamais non plus pris l'initiative lors de leurs étreintes. Or cela lui avait beaucoup plu, la veille.

Elle avait changé, sans aucun doute. Et malgré l'indignation, la colère et même la douleur qu'il ressentait encore parce qu'elle l'avait largué, il ne pouvait s'empêcher d'apprécier l'amante ardente qu'il avait découverte la nuit dernière. Il avait hâte d'être à nouveau près d'elle, en elle...

Il admira son visage parfait, son sourire ému tandis qu'elle observait les mariés. Comme si elle sentait son regard, elle se tourna pour jeter un regard furtif par-dessus son épaule, avant de se concentrer de nouveau sur le couple.

Jack sentit une douce chaleur envahir son corps. Elle avait beau essayer de le cacher, Élisabeth était aussi sensible à sa présence qu'il l'était à la sienne.

Il avait été contrarié en s'apercevant qu'elle s'était glissée hors de son lit, à l'aube, alors qu'il dormait encore. Mais c'était aussi bien ainsi. Il avait perdu le compte des nuits qu'ils avaient passées ensemble, mais il savait que s'il s'était réveillé à ses côtés ce matin, il n'aurait pas pu résister à l'envie de la prendre à nouveau. Et ils auraient été en retard pour la cérémonie.

Il sourit malgré lui. Il devait lui laisser un peu d'espace, ou du moins lui en donner l'illusion. Il fallait que ce soit elle qui vienne à lui, et non l'inverse. Et après la nuit qu'ils venaient de vivre, il n'avait aucun doute que c'était exactement ce qu'elle ferait.

— Vous pouvez maintenant embrasser la mariée !

Jack regarda le couple échanger un long baiser, sous les yeux d'Élisabeth, presque aussi émue qu'eux.

Jamais il n'avait eu autant envie d'elle.

Soudain, les souvenirs de leur mariage resurgirent à son esprit. Elle avait suggéré une cérémonie dans l'intimité, il avait insisté pour organiser un grand événement mondain, où se croiserait le gotha international de la finance et tout ce que le pays comptait de célébrités. Il avait négocié la publication de photos de mariage officielles afin d'éviter que des paparazzis n'envahissent leur vie privée… et ne nuisent à ses affaires..

Ce n'était pas le mariage que sa femme aurait choisi. Mais lorsqu'il s'était tourné vers elle pour l'embrasser, elle l'avait regardé avec des étoiles dans les yeux et un sourire à couper le souffle.

Elle avait été heureuse, ce jour-là. Il en était sûr.

— Tu vas être très heureuse, dit Bess en serrant sa cousine dans ses bras, je le sais.

Michael tenait fermement la main de Freya, comme s'il ne pouvait supporter d'être séparé d'elle un seul instant, et Bess sentit sa gorge se nouer. Ils formaient un couple merveilleux, harmonieux, heureux. Comme elle et Jack autrefois….

Se pouvait-il qu'elle soit jalouse de leur bonheur ?

Non. Pas vraiment. Même si elle aurait souhaité… Elle secoua la tête pour chasser ces pensées incongrues. Non, cela ne servait à rien de vouloir l'impossible, et il fallait cesser de rêver.

— Merci Bess. C'est merveilleux que tu aies pu venir, dit Freya en l'embrassant.

Puis, elle baissa le ton pour ajouter :

— Je sais que ça doit être difficile pour toi de célébrer notre union alors que ton mariage…

— Cela me fait très plaisir, au contraire, coupa Élisabeth. Tu sais que je n'aurais manqué ça pour rien au monde.

Une voix grave s'éleva juste derrière elle, faisant naître une vague de chaleur au plus profond de son corps.

— Moi non plus, renchérit Jack. Je suis heureux que tu aies mis fin aux souffrances de Michael en acceptant de l'épouser, Freya. C'est difficile de travailler avec un homme qui ne peut plus se concentrer !

Les rires fusèrent de toutes parts, puis tous se dispersèrent afin d'aller se préparer pour le déjeuner.

Élisabeth avait réussi à éviter Jack toute la matinée, et elle espérait bien continuer ainsi jusqu'à la fin du déjeuner. Non qu'elle eût honte de lui avoir cédé la nuit dernière, mais parce qu'elle savait que cela ne changerait rien entre eux. Comme les autres invités du mariage, il prendrait l'avion aujourd'hui même et rentrerait chez lui. Dès la fin des festivités, chacun retrouverait sa vie d'avant, sans l'autre, et elle ne pouvait qu'espérer que cette nuit de passion avait eu raison de ses dernières illusions : entre eux, il ne s'agissait et ne s'agirait toujours que de sexe, rien de plus. Les sentiments n'avaient pas leur place dans leur relation, hier comme aujourd'hui.

Elle releva le menton et s'efforça de sourire. Elle était heureuse pour Freya, même si ses propres rêves étaient brisés.

Enfin… ses rêves d'avant, songea-t-elle pour se rassurer. Elle en avait de nouveaux, maintenant. Une carrière épanouissante qui la faisait voyager aux quatre coins du monde et rencontrer des gens passionnants. Certes, sa vie sentimentale était réduite à néant, mais elle avait encore le temps…

Une fois le repas terminé, elle regarda les mariés monter à bord de la limousine qui les conduisait jusqu'à une somptueuse riviera, où ils embarqueraient pour une lune de miel sous les tropiques…

Une lune de miel en tête à tête, bien différente des cocktails mondains et des réunions d'affaires dont avait été ponctué son propre voyage de noces !

Oui, songea-t-elle en se dirigeant vers son bungalow pour faire ses bagages. Elle avait pris la bonne décision en quittant Jack. Ils étaient vraiment trop différents !

Soudain, elle s'aperçut qu'il l'avait suivie, et se retourna.

— C'est le moment de se dire au revoir, Jack, dit-elle. Tu repars ce soir, n'est-ce pas ?

Elle s'interrompit, trop émue pour continuer à faire semblant. Elle s'en voulut d'être aussi vulnérable. Car elle n'était pas assez stupide pour croire que la nuit dernière avait changé quoi que ce soit entre eux.

— Nous n'avons pas eu l'occasion de parler des papiers du divorce, dit-elle. Je suppose que tu es prêt à les signer, maintenant ?

Il fronça les sourcils.

— Mais... Tu ne pars pas ?

Bess secoua la tête.

— Non, je reste une semaine. J'imagine que tu es impatient de reprendre le travail ?

— Pas vraiment.

Il s'arrêta et elle fit ce qu'elle s'était juré de ne pas faire : elle fixa ses yeux d'un bleu très pur. Et comme d'habitude, quelque chose dans son regard fit grimper sa température corporelle. Ses seins se tendirent, tandis que des images de la nuit précédentes défilaient dans son esprit, toutes plus érotiques les unes que les autres. Leur étreinte avait été si passionnée qu'elle avait cru qu'ils ne pourraient jamais se rassasier l'un de l'autre.

Brusquement, elle tourna la tête vers la plage.

— Je pensais rester, reprit-il. Si tu restes aussi.

Les yeux mi-clos, elle s'efforça d'assimiler ces paroles. Il voulait passer du temps avec elle ? Il était prêt à mettre son travail de côté pour quelques jours ?

— Tu... changerais tes plans pour rester plus longtemps... avec moi ?

Une expression indéfinissable passa sur son visage. Gêne ? culpabilité ? Elle n'aurait su le dire. Mais elle savait que Jack s'enorgueillissait d'être un travailleur acharné. Voyait-il comme une faiblesse de modifier son emploi du temps sur un coup de tête pour être avec elle ?

Bess était désarçonnée. Il ne lui était jamais venu à l'esprit que Jack pouvait vouloir passer plus d'une nuit avec elle. Quant à elle, elle s'était dit qu'elle n'avait voulu faire l'amour que pour étancher enfin, et une bonne fois pour toutes, la soif qu'elle avait de lui, avant de mettre un point final à leur histoire.

Elle s'était menti à elle-même.

— Ce n'est pas fini entre nous, Élisabeth. Tu ne le sens pas ? Je ne suis pas prêt à te laisser partir et, après la nuit dernière, je ne pense pas non plus que tu sois prête à me quitter.

Bess n'en croyait pas ses oreilles. Il ne pensait pas que leur mariage était terminé ? Elle ouvrit la bouche pour parler, mais il la devança.

— Le travail peut attendre. Puisque tu restes une semaine, pourquoi je n'en profiterais pas, moi aussi ?

De nouveau, elle croisa ses yeux couleur d'océan et s'y noya. Elle avait l'impression que le sol allait s'ouvrir sous ses pieds.

Elle ne s'attendait pas à entendre une telle chose de la bouche de Jack Reilly, pour qui le travail avait toujours été la priorité numéro un.

— Nous pourrions parler, qu'en dis-tu ?

Il voulait parler, en plus ? C'était inouï.

Elle avait toujours aimé discuter avec Jack. Il était intelligent, et il savait écouter. Mais ils n'avaient jamais évoqué leur mariage. Jack avait décidé ce qu'il voulait, fixé ses propres règles le jour où il l'avait demandée en mariage, indiquant clairement qu'elles n'étaient pas négociables.

Bess écarquilla les yeux sous l'effet de la surprise, tandis qu'il ajoutait :

— Nous pourrions loger dans des villas séparées, si tu préfères. Je suis sûr qu'il y en a une de disponible pour moi.

Elle fut prise d'une envie soudaine de le serrer contre elle, tel un cadeau précieux. Et inattendu. Son mari avait toujours été généreux, mais il avait en permanence relégué leur mariage, et donc elle, au second plan.

Lorsqu'elle avait vu Jack, hier, elle s'attendait à ce qu'il exprime de la colère. Son départ l'avait blessé dans son orgueil et empêché de réaliser ses projets. Or, pour un homme habitué à obtenir ce qu'il voulait, il n'y avait rien de pire.

Et pourtant, aujourd'hui, il affirmait que leur mariage n'était pas terminé, et voulait rétablir le dialogue !

Malgré la prudence qui, elle le savait, était de mise, Bess sentit son cœur se gonfler d'espoir. Y avait-il une chance de réparer ce qui avait été brisé entre eux ? Peut-être l'aimait-il, au fond, mais n'avait-il pas su l'exprimer ?

À moins qu'il ne s'agisse d'un stratagème pour lui faire payer le fait d'avoir brisé leur mariage, qui représentait pour sa carrière un atout majeur ?

Mais Jack n'avait jamais cherché à la manipuler. En fait, sa franchise avait même été parfois difficile à supporter.

— Élisabeth ?

Sa voix, insistante, la tira de ses pensées. Elle se racla la gorge.

— Je pense que… c'est une excellente idée.

Ils dînèrent sur la terrasse privée de son bungalow. La nourriture était excellente et Jack n'aurait pas pu espérer coucher de soleil plus spectaculaire. Pensive, Élisabeth se perdit dans la contemplation de l'horizon dont le rose, l'orange et l'or se reflétaient sur les flots. Fasciné, Jack la dévorait des yeux, tandis que des images de la nuit précédente assaillaient son cerveau. Il s'efforça de ne plus penser aux soupirs de plaisir qu'elle avait laissé échapper dans ses bras pour se concentrer sur la conversation. Il devait la mettre en confiance, et lui accorder toute son attention. Lorsqu'il lui avait proposé de rester ici, elle avait semblé complètement abasourdie. Pensait-elle vraiment qu'il renoncerait si facilement à leur mariage ? C'était mal le connaître !

— Où habites-tu maintenant ? demanda-t-elle en se servant des fruits de mer.

— Toujours à Paris, dans le même hôtel.

Élisabeth leva vers lui un regard étonné.

— À Paris ? Je croyais que tu avais quitté cette ville depuis longtemps. Tu ne pensais pas à t'installer en Allemagne, ou au Moyen-Orient ?

Il haussa les épaules et but une gorgée de vin blanc. C'était un bon millésime, mais il était trop occupé à bavarder avec sa femme pour l'apprécier pleinement.

— Paris n'est pas très loin de Berlin, ni des autres grandes villes allemandes. Et puis, j'ai eu beaucoup à faire en France, ces derniers temps.

Il refusait d'admettre devant elle qu'il n'avait pas voulu quitter Paris. Il n'y avait pas d'explication logique à cela, mais sa réticence était sans doute liée au souvenir qu'elle avait laissé dans cette ville. Il aurait été si facile de revenir en arrière, d'ouvrir de nouveau cette même porte qu'elle avait fermée si discrètement derrière elle, et de reprendre leur vie commune ! Un psychologue parlerait des cicatrices de son enfance et de l'abandon de ses parents, mais Jack savait qu'il avait surmonté cela depuis longtemps.

Pourtant, il ne pouvait se résoudre à s'installer dans une nouvelle ville sans elle à ses côtés. Cela n'avait rien à voir avec les affaires. Il pouvait réussir sans elle, maintenant qu'il avait développé ses contacts en Europe. La réussite de ses projets parlait d'elle-même. Au lieu de cela, un instinct profond lui disait qu'il ne pouvait pas simplement ignorer la désertion de sa femme et aller de l'avant.

Élisabeth lui reviendrait. Elle entrerait à nouveau dans cette suite parisienne, dans son lit et dans sa vie, et il serait alors prêt pour son prochain coup.

— C'est une ville attrayante, tu ne trouves pas ?

Elle prit un peu de nourriture dans son assiette et posa les couverts de service.

— Oui, c'est sûr.

Il fronça les sourcils.

— Je pensais que tu aimais les restaurants et les galeries d'art. Quant au shopping, Paris en est la capitale !

— Je ne suis pas une grande fan de shopping.

C'était vrai. Élisabeth avait toujours beaucoup d'allure, et savait choisir la tenue parfaite pour chaque occasion, à la fois simple et sophistiquée. Elle avait dépensé son argent pour acheter des robes de luxe afin de briller dans les soirées mondaines, mais les achats compulsifs n'étaient pas son truc. C'est d'ailleurs ce qui la distinguait de la plupart des femmes qu'il avait connues.

— Mais tu as apprécié les expositions auxquelles je t'ai emmenée, n'est-ce pas ?

Ils avaient assisté à plusieurs événements dans des galeries d'art, ainsi qu'aux galas de charité, spectacles et dîners habituels.

Elle avala une bouchée de nourriture, puis hocha la tête.

— Oui, j'ai apprécié, mais on ne peut pas passer son temps à fréquenter les galeries et les restaurants.

Jack se tourna vers elle, pensif.

C'était exactement ce que faisaient les femmes de ses partenaires en affaires : déjeuner au restaurant, faire du shopping et s'offrir des journées au spa.

— Tu t'es sentie seule à Paris ? demanda-t-il soudain.

Cela ne lui était pas venu à l'esprit. Elle avait toujours semblé satisfaite, jusqu'au jour où elle avait annoncé son départ.

— Tu t'y serais fait des amis, avec le temps.

Elle posa ses couverts et planta ses yeux dans les siens.

— À quoi cela aurait-il servi ? Avec ton emploi du temps, nous aurions à nouveau déménagé quelques mois plus tard, pour saisir une nouvelle opportunité...

Plus d'une fois, elle avait mentionné l'achat d'une maison à proximité de la ville. Il n'était pas contre l'idée, mais elle n'entrait pas dans ses projets immédiats. Peut-être un jour prochain...

— Quoi qu'il en soit, j'avais quelques amis, là-bas.

Quand elle se redressa, une lueur de défi dans le regard, il sut qu'ils s'engageaient sur un terrain dangereux.

— Tu veux parler de Lara Cartwright ?

Elle acquiesça.

— Être mon mari ne te donne pas le droit de choisir mes amis.

Il sentit son cœur se serrer. Il n'avait que des bribes de souvenirs de cette soirée-là. La migraine, premier symptôme de la grippe qui l'avait terrassé, lui avait embrouillé l'esprit. Une douleur lancinante lui martelait les tempes, et il ne supportait pas la lumière. La dernière chose dont il avait envie, c'était d'aller à un gala et de faire un discours. Puis il avait eu vent des difficultés de sa femme avec les paparazzis, alors qu'il entamait des négociations délicates avec un puissant P-DG.

— Je ne me suis jamais immiscé dans tes relations amicales, corrigea-t-il. Et puis, ce n'était pas une amie proche, n'est-ce pas ?

Dès qu'il eut terminé, il comprit qu'il venait de commettre un impair.

Le menton levé, Élisabeth déclara :

— Nous étions à l'école ensemble et elle avait besoin d'une amie à Paris.

— Elle avait peut-être besoin d'une amie, mais elle n'avait pas le droit de t'entraîner dans des bars et de convoquer les photographes ! Cette femme semblait se complaire à afficher ses frasques. Si encore elle s'était abstenue de raconter la vie privée des autres !

Les détails de cette soirée étaient flous, mais il se souvenait des photos des deux femmes sortant d'un bar parisien huppé. Bras dessus bras dessous, leurs têtes rapprochées comme si elles se confiaient un secret, elles donnaient l'impression de très bien se connaître. Lara brandissait un verre de martini à moitié vide et sur la photo on aurait dit que les deux femmes étaient ivres. La légende laissait entendre qu'elles s'étaient amusées tout l'après-midi et spéculait sur le fait qu'Élisabeth avait peut-être plus en commun avec son amie qu'on pouvait le penser.

— Lara ne m'a entraînée nulle part. Elle ne peut rien contre ce qu'écrit la presse.

Jack prit une profonde inspiration. Il savait qu'il devait faire machine arrière.

— Tu as raison, ce n'était pas sa faute, concéda-t-il.

Il remua le pied de son verre de vin, regardant tournoyer le liquide pâle.

— Mais je connais les méthodes de la presse à scandale, qui adore déformer les choses pour vendre du papier ! J'ai réagi de manière excessive. Je suis désolé.

Élisabeth le regarda comme si elle le voyait pour la première fois.

Elle cligna des paupières, et ses magnifiques yeux d'ambre s'assombrirent, suscitant en lui un vif émoi. Le souffle court, il fut tenté de se pencher pour l'embrasser. Puis de la prendre sur ses genoux pour...

Non !

Il était désolé ?

Bess voulait tellement y croire qu'elle en fut effrayée. L'attitude autoritaire qu'il avait eue ce soir-là l'avait touchée au cœur. Elle avait vraiment eu l'impression qu'il la considérait comme sa possession plus que comme son épouse, et que pour lui elle n'était qu'un atout qu'il pouvait utiliser comme il l'entendait, et quand il l'entendait. Il avait été furieux à la lecture des articles de presse. À leur retour du gala de charité, il s'était dirigé vers son bureau tandis qu'elle hésitait, essayant de décider si elle devait faire ses valises et partir. Puis elle avait entendu un bruit sourd et avait trouvé Jack au sol, à demi délirant. Sa température avait grimpé de façon alarmante, et la grippe l'avait frappé de plein fouet. Pendant qu'il dormait pour tenter de récupérer, elle avait décidé de partir, convaincue qu'il n'y avait plus rien à sauver dans leur couple.

S'était-elle trompée sur ce point ? Avait-elle commis une erreur en le quittant ?

À l'époque pourtant, cela lui avait semblé être sa seule option. Jack s'était montré si dur, si inflexible !

Bess se leva d'un bond et se tourna vers la mer, les bras serrés autour d'elle. Elle ne savait plus quoi penser.

— Élisabeth...

Il était juste derrière elle. Elle sentait son souffle sur ses cheveux et, malgré tout, son frisson n'était pas un frisson de dégoût. Elle n'aurait pas dû coucher avec lui la veille, car cela l'avait rendue vulnérable. Lorsqu'il reprit la parole, c'était de cette voix profonde et rauque qui la troublait tant.

— Je ne me souviens pas de ce que j'ai dit ce soir-là, car j'étais vraiment très malade. Mais crois-moi, je le regrette.

Il marqua une pause, puis reprit la parole.

— Je me souviens des articles parus dans la presse. À l'époque, j'ai vu dans ce scandale le prétexte que mon partenaire cherchait pour convaincre son conseil d'administration de ne pas traiter avec le nouveau venu que j'étais. Je savais qu'il préférait quelqu'un de son entourage.

Bess l'entendit soupirer.

— Mais ce n'était pas une raison pour te demander de renoncer à ton amie. J'ai été très injuste envers toi.

Lentement, elle se retourna. Ils étaient si proches qu'elle pouvait saisir chaque nuance de son expression et, pour une fois, il ne cachait rien. Elle vit dans son regard de la contrition, du regret et une intensité qui la bouleversa. Elle sentit son cœur se serrer dans sa poitrine.

Les excuses de Jack n'avaient pas le pouvoir de résoudre le problème qui était à l'origine de leur mésentente. Mais elles étaient significatives. Il n'était pas au mieux de sa forme ce soir-là et n'avait donc pas les idées claires. Sa sincérité montrait qu'il était prêt à changer.

Un changement suffisant pour que leur mariage redevienne une réalité ? Pour qu'il s'occupe d'elle comme elle s'était occupée de lui ?

Elle ne pouvait pas tirer de conclusions hâtives. Mais c'était un signe positif et elle s'y accrocha.

— J'accepte tes excuses.

Elle se radoucit.

— Merci.

Il chassa une mèche rebelle sur sa joue, faisant naître en elle une onde de chaleur.

Tandis qu'il prenait son visage en coupe entre ses grandes mains, elle s'interrogea : était-elle en train de commettre la plus grosse erreur de sa vie en acceptant de passer cette semaine avec lui ?

Ou y avait-il vraiment une chance de sauver leur mariage ?

5

—Tu me le paieras, Jack Reilly !

Jack leva les yeux pour contempler le spectacle somptueux de sa femme nue, alanguie sur le lit près de lui. Malgré son excitation extrême, il parvint à sourire.

Elle était à lui, toute à lui.

— J'ai hâte...

Il fit une pause, son regard s'attardant sur la ceinture de son peignoir soyeux qu'il avait utilisée pour lui attacher les poignets à la tête du lit. Ce n'était pas un nœud serré, et si elle l'avait vraiment voulu, elle aurait pu se libérer. Mais elle était trop occupée à soupirer pour s'en rendre compte.

Les bras au-dessus de sa tête, le corps arqué, les seins offerts, elle était la séduction incarnée. Sans la quitter des yeux, il posa sa bouche sur la peau soyeuse de sa cuisse et sentit ses jambes trembler et se resserrer autour de lui.

— Je vais remplacer cette ceinture par des menottes...

Le sang afflua à sa virilité déjà durcie, et il dut fermer les yeux. La voir ainsi offerte était une tentation trop forte pour un homme qui avait vécu dix mois entiers d'abstinence. Une semaine passée ensemble n'avait pas suffi à calmer sa faim d'elle.

— Cela ne me fait pas peur, murmura-t-elle.

Mais, tandis qu'il avait les yeux fermés, son imagination s'emballait. Il n'avait jamais eu de penchant pour les jeux sensuels, mais avec sa femme, tout était possible...

Il fit courir une pluie de baisers sur la peau douce de sa jambe, jusqu'au cœur de sa féminité, là où elle était la plus sensible, et fut récompensé par un gémissement de plaisir lorsqu'il la sentit s'ouvrir à lui.

— Tu peux m'attacher, toi aussi, Élisabeth. Je n'essaierai pas de t'en empêcher.

Il appréciait les moments où elle prenait l'initiative. C'était une femme sensuelle et passionnée qui ne le laissait jamais insatisfait. Mais Jack prenait presque plus de plaisir à la regarder jouir qu'à jouir lui-même.

Il fit glisser sa langue sur son bouton de rose. Il n'en fallut pas plus pour la déchaîner et l'amener au bord du gouffre...

— Arrête !

Il leva la tête.

Son visage était rouge, ses yeux plus brillants que des diamants.

— Viens...

Ses mots s'ancrèrent profondément en lui, tandis que son cœur battait avec violence dans sa poitrine. Il s'était dit, en attachant ses poignets à la tête du lit, que ce n'était qu'un jeu pour pimenter leur étreinte. Il voulait rendre Élisabeth folle de plaisir. Mais, même au plus fort de l'excitation, il saisissait le sens symbolique de ses mains attachées...

C'était un homme moderne, et il ne lui imposerait jamais rien, pas plus qu'il ne l'empêcherait jamais de le quitter par la force. Pourtant, il y avait quelque chose de profondément satisfaisant à la voir ainsi à sa merci, même s'il s'agissait d'un piètre réconfort.

— Jack.

Elle cligna des yeux, et il remarqua les larmes qui perlaient à ses cils.

Instantanément, il s'agenouilla près d'elle et défit la ceinture qui la retenait prisonnière, en embrassant l'intérieur de ses poignets.

— Je ne voulais pas te faire peur.

— Me faire peur ?

Ses doigts se mêlèrent aux siens.

— Tu ne m'as pas fait peur, tu m'as frustrée. J'aime... j'aime que tu sois attentif à mon plaisir, mais je veux jouir dans tes bras.

Elle marqua une pause, prit une profonde inspiration.

— Je veux être avec toi... complètement.

Il sentit sa main sur sa poitrine, sur les muscles de son ventre qui tressaillirent à son contact, puis sur son érection...

Jack déglutit avec peine, la bouche sèche.

C'est pour cela qu'il l'avait attachée – elle avait le pouvoir de l'empêcher de penser. De le rendre encore plus fou d'elle, au point de s'oublier lui-même... Sa main glissa le long de son sexe, si dur qu'il en était douloureux. C'était incroyable de penser que pour elle il avait été le premier. Aucune autre femme ne l'avait jamais excité à ce point...

Il lui saisit le poignet et, quand elle retira sa main, il crut défaillir.

— Oui, moi aussi...

C'était ce qu'il désirait plus que tout : être avec elle et elle seule. Pourtant, alors qu'il regardait ses jolies lèvres se courber en un sourire sensuel, quelque chose frémit en lui.

Un avertissement ?

Et si, au lieu de soumettre sa femme à sa volonté, c'était elle qui l'avait rendu esclave ? Ce sentiment qu'il sentait monter en lui, cette envie d'être avec elle, en elle, suscitait en lui une sourde inquiétude. Il ne s'était pas senti aussi vulnérable depuis qu'il était enfant, à la merci de ses parents irresponsables. Mais c'était ce qu'il ressentait maintenant, comme si Élisabeth avait mis ses émotions à vif. Comme si, bien qu'il ait le dessus, elle avait découvert par hasard en lui une faille qu'il ignorait lui-même.

Quand elle lui ouvrit les bras, il songea qu'il n'avait jamais subi pareille tentation. C'était difficile, presque impossible de résister. Mais ces émotions nouvelles le troublaient. Qui savait ce qu'Élisabeth verrait dans ses yeux, au plus fort de l'orgasme ?

Au lieu de s'abandonner à son étreinte, il s'écarta d'elle.

— Tourne-toi, Élisabeth...

Il avait parlé d'un ton autoritaire, car il savait que sa femme avait toujours apprécié de faire l'amour ainsi.

Malgré cela, elle hésita, ses lèvres formant une moue délicieuse, comme s'il lui refusait quelque chose qu'elle attendait avec impatience. Comme elle s'apprêtait à lui répondre, il la devança, se penchant pour lui mordiller le lobe de l'oreille et lui dire exactement ce qu'il voulait faire avec elle…

Elle soupira, trembla et, saisissant son visage entre ses paumes, l'embrassa longuement, comme si elle non plus ne pouvait pas contenir sa faim de lui.

Alors, après un long regard lascif, elle lui obéit, et il admira ses courbes tentatrices. La voir dans cette position le mettait au supplice. N'y tenant plus, il lui empoigna les hanches, puis encercla sa taille souple et glissa vers ses seins…

— Bess !

Il y avait un monde d'envie dans sa voix et dans ses paroles.

Lorsqu'il en titilla les pointes du pouce, elle frémit, et il sentit une chaleur intense envahir ses reins.

Il voulait prendre son temps, mais ses sens le trahissaient et, en entendant son souffle haché, il abandonna toute retenue. Se redressant lentement, il entra en elle, les yeux clos…

Une infinie douceur l'accueillit. C'était trop bon ! Saisissant les hanches de la jeune femme, il se retira, puis la pénétra de nouveau, pantelant, tandis qu'il posait un doigt sur son bouton de rose…

Éperdue, elle murmura son nom, tandis qu'il allait et venait en elle, de plus en plus vite, de plus en plus fort. Soudain, il la sentit vibrer sous son corps et se cambrer, emportée par une vague puissante qui la mena haut, très haut sur les sommets du plaisir où il la rejoignit…

Lorsque la vague reflua, Jack la couvrit de son corps, et ils restèrent longtemps ainsi, peau contre peau, deux cœurs pour une seule âme…

Désormais, il n'y avait plus qu'eux au monde, et il n'avait besoin de rien d'autre.

— Élisabeth... Reviens à Paris avec moi.

Elle sursauta, et sortit de la douce léthargie dans laquelle leur étreinte l'avait plongée. En ouvrant les yeux, Beth découvrit Jack, allongé sur le côté, qui la regardait. Dans la lumière du petit matin, elle aurait juré voir une expression nouvelle dans ses yeux vifs, un peu inquisiteurs. Quelque chose qui n'existait pas lorsqu'ils vivaient ensemble.

En silence, elle lui rendit son regard et tenta de qualifier son expression. Il y avait de la tendresse, sans aucun doute, comme dans la légère caresse de ses doigts sur sa taille et sa hanche nues. Mais elle percevait aussi quelque chose de plus. Quelque chose de plus... profond.

Du désir ?

C'est le mot qui surgit dans son esprit embrumé.

Était-il possible que Jack ait envie d'elle ? Besoin d'elle aussi, peut-être, pas pour faire avancer sa carrière, mais pour des raisons plus... personnelles ?

Son cœur battait la chamade.

Au cours de l'année écoulée, il avait prouvé qu'il était capable d'atteindre ses objectifs sans elle à ses côtés.

— Élisabeth ? Tu ne dis rien...

Elle cligna des yeux. La nuit précédente, alors qu'ils faisaient l'amour, il l'avait appelée « Bess », alors qu'ils étaient aussi proches qu'un homme et une femme peuvent l'être. Cela lui avait donné l'impression que les choses avaient peut-être changé entre eux et qu'ils partageaient désormais davantage qu'une simple complicité physique. Qu'ils étaient en train de construire un autre type de relation...

De nouveau, elle scruta son regard, mais la lueur qui y brillait un instant auparavant avait disparu.

— Je suis un peu surprise, c'est tout.

— Pourquoi ?

Quand il posa la main sur sa hanche, elle eut soudain envie de s'abandonner de nouveau à ses caresses, à ses baisers.

C'était ainsi depuis le tout premier instant de leurs retrouvailles. Il suffisait que Jack la touche, ou juste qu'il la regarde, pour qu'elle soit à nouveau prête à se donner à lui.

Cela l'avait d'abord effrayée, car elle ignorait la tournure que prendrait leur relation et n'avait pas envie d'y réfléchir. La plupart du temps, elle était trop lâche pour cela, et préférait se dire qu'il s'agissait d'une parenthèse, d'un instant hors du temps. Car, malgré ce qu'ils étaient convenus, ils avaient peu parlé. Et quand ils le faisaient, c'était pour dire des choses sans importance. Comme si aucun des deux ne voulait briser la magie du moment.

Elle avait été lâche, craignant que leur lien fragile se brise à nouveau si elle évoquait le passé.

Elle prit sa main et la posa sur le matelas, entre eux. Elle ne pouvait pas réfléchir quand il la caressait, or le sujet était trop important pour se laisser distraire.

— Nous n'allons passer qu'une semaine ensemble, n'est-ce pas ? C'est ce que nous avons décidé, en tout cas.

Il secoua la tête.

— Si tu crois qu'une semaine suffira…

Il marqua une pause, les yeux rivés sur sa bouche, et elle se surprit à espérer que cet instant se prolonge…

— Qu'est-ce que tu veux, Jack ?

— Toi.

La réponse avait jailli, claire et franche, et elle sentit l'excitation s'emparer d'elle, ce qui l'effraya. Lorsqu'il s'agissait de Jack, elle était à fleur de peau, comme toujours. Elle se redressa et s'adossa à la tête du lit, avant de tirer le drap sur elle.

— Peux-tu… m'en dire plus ?

Il haussa les sourcils. Était-il aussi surpris qu'elle ?

Son regard captura le sien, et son intensité la fit frissonner. Mais ce n'était pas le regard d'un homme amoureux, et elle sentit un long frisson courir dans tout son corps.

— Je veux que tu reviennes à Paris avec moi.

Il marqua une pause, mais son visage n'exprimait aucune

émotion, ce qui la déstabilisa. Parce qu'il était tellement doué pour dissimuler ce qu'il ressentait que c'était devenu une seconde nature ? Ou parce qu'il n'y avait pas de sentiments plus profonds à dissimuler ?

Alors que sa tête commençait à tourner, elle se força à prendre une longue inspiration. Cette idée n'aurait pas dû la choquer. Après tout, c'était pour cela qu'elle l'avait quitté, certaine que ce qu'elle ressentait pour lui n'était pas réciproque.

— Tu veux... poursuivre notre aventure ?

Cette fois, une forte contrariété se peignit sur ses traits.

— Ce n'est pas une aventure, répondit-il. Je te rappelle que nous sommes encore mari et femme. Quoi de plus naturel pour un mari que de vouloir avoir sa femme auprès de lui ?

Bess posa sa main contre sa poitrine, envahie soudain d'un fol espoir.

Bien sûr, elle en voulait plus.

Elle voulait Jack dans son lit et dans sa vie. Parce que, malgré tous ses efforts pour passer à autre chose, elle avait échoué à le chasser de son cœur.

Leur relation pourrait-elle être restaurée ? Se pourrait-il qu'il ait découvert qu'il avait des sentiments plus profonds pour elle ?

Jack sourit, de ce sourire lent et désinvolte qui avait toujours eu le don d'affaiblir sa détermination.

Instinctivement, elle se pencha vers lui. Même si elle était tentée de le croire, elle savait que si elle le rejoignait à Paris, leurs retrouvailles ne leur appartiendraient plus. Elle connaissait bien le monde dans lequel il vivait. Leur séparation avait donné lieu à d'innombrables ragots et spéculations dans la presse, qui en avait fait ses choux gras. Son retour déclencherait une réaction similaire, et Jack le savait. Pourquoi lui imposer, s'imposer une telle épreuve ?

— Je veux que tu sois ma femme, répéta-t-il. Je veux que tu reviennes !

Son regard brûlant alluma en elle un véritable brasier. Jack avait toujours réussi à la faire vibrer lorsqu'ils faisaient l'amour. Ils ne faisaient pas l'amour en ce moment, et pourtant, son expression, l'émotion rauque de sa voix et la tension de son corps donnaient à Bess l'impression que rien d'autre qu'elle ne comptait pour lui. Qu'elle était sa première et unique priorité.

C'était enivrant pour une femme qui s'était résignée depuis longtemps à accepter que son mari ne l'aimait pas. Elle se retint de formuler les questions qui lui venaient aux lèvres. C'était trop important pour se précipiter.

Au lieu de cela, elle s'adossa aux oreillers, remarquant sa surprise.

— Tu crois qu'une semaine de sexe suffit à réparer notre mariage ? Tu sais que j'ai envie de fonder une famille, n'est-ce pas ? Et il y a d'autres choses que nous n'avons pas réglées.

Sa crispation se mua en une étrange grimace qui se dissipa bien vite. Jack n'avait jamais eu envie d'avoir des enfants. C'était un sujet qu'il préférait ne pas aborder.

— Le sexe n'est qu'un point de départ. Le signe qu'il y a toujours une étincelle entre nous. Et je me suis excusé auprès de toi, répondit-il.

Bess acquiesça.

En effet, il s'était excusé pour ce qu'il avait dit lors de cette terrible nuit, et ses paroles étaient encore gravées dans sa mémoire.

Il lui avait demandé de ne pas voir Lara. Comme si elle était une de ses employées qui avait commis une faute. Habituellement conciliante, Bess avait refusé et, pour la première fois, ils s'étaient disputés. C'était à ce moment-là qu'il avait déclaré qu'il ne l'avait pas épousée pour s'attirer une mauvaise publicité, mais au contraire pour sa réputation irréprochable. Fréquenter Lara Cartwright jetterait une ombre peu flatteuse sur elle et, par conséquent, sur lui.

Sa *réputation irréprochable*...

Bess s'était sentie mal en l'entendant évoquer avec désinvolture les raisons de son mariage. Jamais Jack ne s'était montré aussi brutal, aussi direct. Au contraire, il avait toujours été charmant avec elle, lui vantant les avantages de ce mariage de convenance et assurant être de surcroît très attiré par elle...

— En effet, tu as dit que tu étais désolée. Et je sais que tu n'étais pas toi-même, cette nuit-là.

Mais était-ce la fièvre montante qui lui avait fait dire des choses aussi horribles ? Les pensait-il encore ?

Elle ne savait pas vraiment ce que Jack ressentait pour elle maintenant. Il était physiquement attiré, sans doute, mais se pouvait-il que quelque chose ait changé ?

Comme elle avait eu tort de ne pas évoquer dès le début leur relation passée ! Jack n'avait pas donné suite à sa proposition de dialogue, et elle n'avait pas osé insister, sans doute par peur de ce qu'elle entendrait.

Sans se donner le temps de réfléchir, Bess écarta le drap et passa la robe de chambre soyeuse abandonnée sur le sol.

— Élisabeth, il faut qu'on parle.

Élisabeth... C'est ainsi que son père l'appelait lorsqu'elle était enfant et qu'elle avait fait quelque chose de mal.

C'était un détail, certes, mais qui révélait que malgré l'intimité physique cette relation restait encore à construire. S'il l'avait appelée « Bess », comme il l'avait fait la veille, durant leur étreinte, elle savait que sa prudence aurait volé en éclats.

— Oui, il faut absolument qu'on parle, Jack. Mais pas tout de suite. J'ai besoin de remettre mes idées en place, d'abord.

Bess le vit se figer, puis il se redressa et hocha la tête en souriant.

— Je comprends, ma chérie. Rien ne presse...

6

Bess aurait aimé être aussi sereine que Jack. Elle remarqua à peine l'eau qui clapotait autour de ses chevilles, tandis qu'elle marchait sur la plage déserte en essayant de mettre de l'ordre dans ses pensées.

Si elle retournait à Paris, elle s'engagerait à nouveau dans un mariage qui n'avait pas fonctionné auparavant. Qu'est-ce qui avait vraiment changé ?

Jack s'était d'abord excusé. Et elle lui avait pardonné. De plus, et c'était un point important, il avait modifié son emploi du temps chargé pour passer du temps avec elle, lui donnant la priorité sur ses affaires.

Parce qu'elle était importante pour lui.

Cela n'était pourtant pas dans son caractère, car Jack était tout sauf un impulsif. C'était un ingénieur talentueux devenu un entrepreneur très prospère. Il avait un esprit logique, rapide, et était capable d'élaborer des stratégies si avancées qu'elle en avait le vertige. Il planifiait tout méticuleusement, prêt à toutes les éventualités. C'est ce qui, allié à sa formidable capacité de concentration et à son sens aigu des affaires, lui avait permis de connaître un succès fulgurant.

C'était l'homme le plus énergique qu'elle connaissait, et aussi le plus intimidant. Car s'il pouvait se montrer enthousiaste, il n'agissait jamais sur un coup de tête. Avec Jack, tout était planifié. Quant à prendre du temps pour s'amuser, c'était du jamais-vu.

Chacun de ses engagements, chacune de ses apparitions publiques s'inscrivaient dans le cadre de ses objectifs à long terme. Les affaires étaient la chose la plus importante dans sa vie.

Pour Jack, décider sur un coup de tête d'oublier son travail pour passer du temps avec elle...

Elle s'arrêta, la gorge serrée. Il devait vraiment tenir à elle pour avoir pris une telle décision sur un coup de tête. Peut-être qu'en son absence il s'était rendu compte à quel point elle comptait à ses yeux ? Il avait été très tendre avec elle cette semaine, mais elle avait aussi senti chez lui quelque chose qui ressemblait presque à du désespoir. Au début, elle avait supposé que c'était dû à leur trop longue séparation, mais au fil des jours ce sentiment s'était renforcé au lieu de s'atténuer.

Bess se mit soudain à trembler. Était-il possible que Jack... soit tombé amoureux d'elle ?

Il lui fallut un moment pour réaliser que quelqu'un l'appelait. Elle se retourna et découvrit une réceptionniste de l'hôtel.

— Je suis désolée de vous déranger...

— Vous ne me dérangez pas. Que puis-je faire pour vous ?

La jeune femme s'approcha en souriant.

— Je voulais juste vérifier quelque chose, mais comme M. Reilly m'a dit que vous ne deviez pas être dérangée... C'est par hasard que je vous ai aperçue, ici.

Bess fronça les sourcils, soudain mal à l'aise. Jack avait demandé qu'on la laisse seule ? Cette jeune femme devait avoir mal compris.

Elle sourit.

— Ma villa est très calme, et je pourrais presque croire qu'il n'y a personne d'autre ici. C'est agréable.

La jeune femme acquiesça.

— Je suis ravie que cela vous plaise. C'était l'idée de M. Reilly lorsqu'il a réservé votre villa.

— Pardon ?

La réceptionniste sourit.

— C'était un geste si romantique ! Il voulait privatiser tout l'hôtel pour que vous puissiez profiter d'une totale intimité, mais certains clients n'ont pas souhaité changer leurs dates. Ils ont été logés à l'autre bout du domaine.

D'un geste, elle désigna l'extrémité de la langue de terre où se situaient leurs bungalows. Lorsqu'elle se retourna vers Bess, son sourire fit place à une mine inquiète.

— Tout va bien, madame ?

Bess acquiesça en silence, incapable de prononcer un seul mot.

Jack avait planifié son séjour, leur séjour, avant même qu'elle n'arrive ici ?

— Vous voulez dire que… mon mari a réservé sa villa et la mienne *avant* mon arrivée ?

— Oui, répondit simplement la jeune femme, mais nous avons tout de même eu du mal à modifier notre planning !

— Je n'en doute pas.

Mais lorsque Jack voulait quelque chose, il l'obtenait toujours.

Il avait voulu passer cette semaine avec elle et il avait réussi. Il avait su qu'elle viendrait et s'était organisé en conséquence.

Pourtant, il lui avait fait croire que sa décision de rester était soudaine. Il l'avait trompée en affirmant qu'il allait demander à prolonger son séjour alors qu'il avait déjà tout prévu !

— Je suis désolée d'insister, mais j'ai besoin de quelques précisions, reprit la jeune femme. Vous et M. Reilly êtes censés partir ensemble en hélicoptère vendredi. Je viens de remarquer que vous avez également réservé une place dans un hydravion le même jour. Je voulais vérifier si je devais annuler l'un de ces deux déplacements…

Jack avait déjà réservé leur départ dans deux jours ? Était-il donc tellement sûr qu'elle partirait avec lui, alors qu'il venait à peine de lui demander de l'accompagner à Paris ?

Une rage froide s'empara d'elle, qu'elle s'empressa de dissimuler pour répondre :

— Oh… je ne sais pas exactement, mais je vais en parler avec mon mari et vous donner une réponse rapidement. Merci de m'avoir prévenue.

Bess ouvrit la porte du luxueux bungalow de Jack et traversa le salon, pressée d'avoir une conversation avec lui.

Mais alors qu'elle pénétrait dans le vaste espace de vie, elle s'arrêta net en entendant la voix de Jack. Il avait dû entrer dans la chambre depuis la cour privée. Comme il avait mis son téléphone sur haut-parleur, elle reconnut la voix de son assistante, Leanne Musgrove.

Bess se demandait si elle devait signaler sa présence ou revenir plus tard, lorsqu'elle entendit qu'on mentionnait son nom.

— Mme Reilly aura-t-elle besoin d'une nouvelle tenue pour le gala ?

— Ah oui, bonne question ! C'est un événement important car ce sera notre première apparition publique depuis… longtemps. Elle aura besoin de quelque chose de spectaculaire. Prenez rendez-vous pour l'après-midi de notre retour avec le couturier qui a dessiné la robe qu'elle portait au dernier bal de Noël. Elle lui allait à merveille !

Le cœur battant à se rompre, Bess prit une profonde inspiration. Jack était tellement sûr de sa présence à ses côtés qu'il ne se contentait pas d'organiser leur voyage ! Il avait déjà décidé des événements auxquels elle assisterait et de ce qu'elle porterait !

Comme si elle était un mannequin, une poupée que l'on pouvait habiller au gré de ses envies !

Il se moquait bien de son avis, et n'avait pas changé d'un iota. C'était même pire qu'avant. Au moins, durant leur mariage, il ne s'occupait pas de sa garde-robe !

— Je voudrais faire avancer les négociations avec l'Allemagne, poursuivit Jack. Pouvez-vous vérifier que la suite présidentielle à Berlin est disponible à partir du 30 ? Cela me laissera le temps de tout boucler à Paris.

Bess se rendit compte qu'elle serrait les dents si fort que sa mâchoire lui faisait mal.

Il lui avait proposé de l'accompagner à Paris, sans lui dire qu'il prévoyait d'aller ensuite à Berlin. Pour ses affaires. Peu lui importait qu'elle veuille ou non y vivre, et encore moins qu'elle préfère un appartement ou une maison privée à un hôtel.

Tout recommençait comme avant !

Anéantie, elle tourna les talons, gagna la porte d'entrée et sortit, sans même prendre la peine d'enfiler les sandales qu'elle avait laissées sur le seuil.

7

Bess n'arrivait pas à détacher son regard de la photo accrochée sur le mur d'en face. On y voyait une femme, la tête penchée et les cheveux tombant sur son visage, caressant tendrement son ventre arrondi.

— Je suppose que ce n'est pas la nouvelle que vous espériez ?

Elle croisa le regard inquisiteur de l'obstétricienne.

Avait-elle attendu autre chose ? Certainement ! Car ce qu'elle venait d'apprendre allait changer sa vie à jamais, à un moment où elle avait déjà l'impression qu'elle était devenue incontrôlable.

Mais maintenant que ses soupçons étaient confirmés, elle ne savait plus ce qu'elle ressentait.

— J'ai du mal à y croire, répondit-elle. J'ai failli ne pas prendre ce rendez-vous parce que cela me semblait impossible.

Pourtant, au vu du nombre de fois où Jack et elle avaient fait l'amour au cours de cette semaine, la logique lui disait que c'était loin d'être impossible, d'autant plus qu'elle avait arrêté de prendre la pilule en quittant Paris et qu'ils n'avaient utilisé que des préservatifs.

Jack avait toujours été méticuleux en matière de protection et, de plus, il avait fait savoir dès le début qu'il n'était pas prêt à fonder une famille.

Le sourire de la jeune femme se voulait rassurant.

— Beaucoup de mes patientes ressentent ceci, surtout la première fois. C'est difficile à assimiler.

Bess acquiesça. Elle avait eu des semaines pour s'habituer à cette idée, mais elle avait toujours l'impression qu'elle se réveillerait pour découvrir que tout cela n'était qu'un rêve. C'est pourquoi, au lieu d'aller voir un médecin généraliste, Bess avait accepté la proposition de sa colocataire de lui obtenir un rendez-vous avec sa sœur obstétricienne. En apprenant la nouvelle de la bouche de la spécialiste, elle n'avait plus eu aucun doute.

Elle se sentait en bonne santé, mais que se passerait-il si elle avait contracté un virus au cours de ses voyages ? Quelque chose qui pourrait affecter son bébé ?

— Je ne me sens pas différente. Je n'ai pas de nausées matinales, mes seins ne sont pas plus sensibles…

— Ce n'est pas rare à ce stade, et beaucoup de femmes n'ont pas du tout de nausées matinales. La bonne nouvelle, c'est que tout semble normal. Rien n'indique qu'il faille s'inquiéter. Prenons rendez-vous pour le suivi…

Le reste de la consultation se déroula dans un étrange flou. Bess posa des questions mais ne retint que la moitié des réponses. Tout lui semblait tellement irréel !

En sortant du cabinet, elle s'arrêta sur le trottoir. Elle avait l'impression que tous ses sens étaient en éveil, et prit une longue inspiration. Une chose était sûre, en tout cas : elle devrait annoncer la nouvelle à Jack. Il méritait de savoir qu'il allait être père. Mais cela pouvait attendre un peu. Il n'y avait pas d'urgence et elle ne se sentait pas prête à lui faire face pour le moment.

Peut-être le choc s'était-il dissipé car, malgré l'échec de son mariage et le fait qu'elle serait sans doute mère célibataire, elle ressentait un frisson d'excitation.

Son sang bouillait dans ses veines.

Elle allait avoir un bébé !

Elle avait toujours voulu avoir des enfants un jour. Elle s'était résignée à attendre parce que Jack n'était pas prêt et, après leur séparation, elle avait décidé de se consacrer à une carrière qu'elle aimait. Il s'agissait d'un événement imprévu, mais si d'autres femmes le géraient avec succès, pourquoi pas elle ?

Rassurée, Bess se dirigea vers la station de métro. Elle avait beaucoup de choses à penser et à planifier.

Jack était d'humeur massacrante.

Rien n'allait plus depuis son retour à Paris. Un marché important, en attente depuis des mois, semblait lui échapper et il n'arrivait pas à rassembler l'énergie nécessaire pour le sauver...

Il avait pourtant de l'énergie à revendre, passant de longues heures dans la salle de sport privée de la suite présidentielle, arpentant les trottoirs de Paris à la lueur de l'aube ou s'entraînant dans une salle de boxe voisine. Mais il n'arrivait pas à travailler de manière productive.

Les réunions étaient une épreuve, et il lui fallait faire appel à tout son sang-froid pour ne pas s'emporter contre le personnel qui avait l'habitude de le suivre plutôt que de trouver lui-même des solutions novatrices aux problèmes.

C'était sa faute, et il le savait. Il s'entourait des meilleurs mais, par le passé, il avait insisté pour avoir le dernier mot dans toutes les grandes négociations. Au cours des huit semaines qui s'étaient écoulées depuis son retour à Paris, il avait appris à ses dépens que son approche des affaires reposait trop sur son rôle actif. Il devait déléguer davantage.

Il devait aussi trouver du temps pour former et recruter de nouveaux talents. Il devait se concentrer sur ses projets de déménagement à Berlin, qu'il avait encore retardés mais ne pouvait plus repousser. Il devait trouver une solution aux problèmes qui risquaient de mettre en péril son dernier projet...

Au lieu de cela, il pensait à Élisabeth. Il n'arrivait pas à oublier cette femme. La douceur de sa peau, son souffle dans la nuit lorsqu'elle se blottissait contre lui, le feu dans ses yeux d'ambre lorsqu'ils atteignaient le septième ciel ensemble...

Il se leva d'un bond et arpenta son bureau qu'il n'aimait plus.

Oui, il était resté trop longtemps ici. Il aurait dû quitter Paris bien plus tôt.

Depuis le départ d'Élisabeth, il n'avait pas réussi à passer à autre chose. Sa femme lui avait causé beaucoup de tort, malgré elle sans doute. Il avait supposé, après qu'elle fut retombée dans ses bras, qu'elle avait compris son erreur et reviendrait une fois qu'il se serait excusé. Il avait prévu de se réconcilier avec elle, de passer plus de temps avec elle, et pas seulement lors d'événements professionnels. De s'assurer qu'elle sache à quel point il l'appréciait. Mais il ne l'avait pas comprise du tout.

Il avait été stupéfait quand elle était repartie. Stupéfait, furieux et vidé. Le message qu'elle avait laissé indiquait clairement qu'elle ne voulait plus jamais le voir. Depuis, il n'avait pas réussi à la joindre et sa fierté l'avait empêché d'envoyer un enquêteur à sa recherche. Il n'allait pas lui courir après, tout de même !

Le départ d'Élisabeth avait réveillé des souvenirs qu'il avait passé sa vie à refouler. Le manque d'intérêt de ses parents trop pris par leur passion toxique pour s'intéresser à leur unique enfant. Il avait de la chance que sa grand-mère ait insisté pour le garder après qu'il se fut présenté à sa porte à minuit passé, pieds nus et en pyjama, sanglotant de détresse. C'était cela ou la famille d'accueil.

Jack se dirigea vers le buffet et prit un ballon en cristal de Baccarat. Il s'apprêtait à se servir un cognac lorsqu'une scène de violence qui avait jadis opposé ses parents lui revint en mémoire. Son père avait bu, ce soir-là, et lui-même ferait mieux de s'abstenir s'il voulait garder les idées claires et rester en possession de tous ses moyens.

Il détestait perdre le contrôle et s'était donné pour mission de maîtriser toutes les situations dans lesquelles il se trouvait, même les plus inattendues. Il n'avait pas bien géré les choses avec Élisabeth, et l'avait mal jugée. Pas étonnant qu'elle ait décidé de divorcer !

Les poings serrés, Jack sentit son sang bouillir dans ses veines. Même maintenant, il ne pouvait se résoudre à envisager un dénouement pareil. Parce qu'il n'était pas prêt à mettre fin à leur mariage ?

Parce qu'il n'aimait pas abandonner ? Quand son téléphone sonna, il fut tenté de l'ignorer, mais il vérifia le numéro et décrocha...

— Oui, Leanne ?

— Nous avons un problème, Jack.

Jack se pinça l'arête du nez.

— Encore ? Les négociations avançaient pourtant bien, et...

— Il ne s'agit pas du travail.

Son assistante marqua une pause suffisamment longue pour qu'il ait le temps de se préparer.

— C'est au sujet de... votre femme.

Un filet de sueur perla sur son front.

— Élisabeth ? Est-ce qu'elle va bien ? Que lui est-il arrivé ?

Leanne s'empressa de la rassurer.

— Elle va bien, ne vous inquiétez pas. C'est juste que...

— Quoi ?

— Eh bien... les réseaux sociaux se déchaînent. Des histoires commencent à circuler et les paparazzis ont des photos.

— Des Caraïbes ?

Furieux, il serra les dents. Comme s'il avait besoin de ça en ce moment !

— Oui, mais... il y a aussi d'autres photos de Mme Reilly. Je vous ai envoyé quelques liens et je dois vous avertir...

— Pas la peine, merci, Leanne. Je vais regarder ça et je vous dirai ce qu'il convient de faire à ce sujet, dit-il avant de prendre congé de son assistante.

Jack s'enfonça lentement dans son fauteuil, les yeux rivés sur l'écran de son téléphone. La presse avait mis la main sur une photo de lui et d'Élisabeth pendant leur semaine ensemble. Elle avait été prise à distance, alors qu'ils passaient la journée sur un yacht. Mais même de loin, leur langage corporel montrait clairement que leurs retrouvailles n'avaient rien de platonique.

Le cœur de Jack s'accéléra. Ils paraissaient seuls au monde, comme si rien d'autre n'existait qu'eux deux. Comme si Élisabeth ne pouvait supporter la moindre distance entre eux...

Il eut un rire amer. Qui a dit qu'une photo ne pouvait pas mentir !

Il parcourut l'article évoquant leurs retrouvailles secrètes. Il ne pouvait que remercier sa bonne étoile qu'ils n'aient pas réussi à publier une photo d'Élisabeth et lui en train de faire l'amour sur une plage. La seule question qui se posait était de savoir pourquoi cette photo prise sur le yacht n'avait pas été publiée des semaines auparavant...

Puis, alors qu'il découvrait le cliché suivant, il crut qu'il allait tomber de son fauteuil. Il montrait Élisabeth dans une rue de la ville, devant une porte noire brillante flanquée d'une discrète plaque en laiton. Heureusement, le photographe avait pris soin d'en fournir un gros plan. Elle indiquait le nom du médecin, une obstétricienne.

Jack manqua lâcher son téléphone.

Élisabeth... était-elle enceinte ?

Non, ce n'était pas possible ! Il avait pris soin d'utiliser des préservatifs. Cela signifiait-il que ce bébé, si tout ceci était vrai, n'était pas le sien ? À cette idée, il se sentit pris d'un haut-le-cœur.

Il refusait de croire qu'elle fût passée de son lit à celui d'un autre homme.

Sa respiration se fit plus calme tandis que le bon sens reprenait le dessus. Élisabeth savait faire preuve de discernement. Il avait été son seul amant et il ne pouvait pas imaginer qu'elle l'avait quitté pour quelqu'un d'autre.

Si elle attendait un enfant, celui-ci ne pouvait qu'être de lui.

Sous le choc, il se recroquevilla littéralement sur lui-même. Son cerveau était incapable d'assimiler une telle nouvelle et il resta un long moment hébété, à fixer son bureau en essayant de reprendre son souffle.

Puis il poursuivit la lecture de l'article, qui laissait entendre qu'Élisabeth avait eu une liaison et, de nouveau, la rage s'empara de lui. Comme il fermait cette fenêtre pour consulter un autre site, il vit qu'on s'interrogeait sur l'identité du père de l'enfant, et sur le fait qu'Élisabeth ait l'intention d'être mère célibataire.

Jack cliqua sur un troisième lien. Cette fois, l'auteur de l'article affirmait qu'elle était bel et bien enceinte de lui. Il y avait d'autres photos d'elle, cette fois-ci l'air effrayé et craintif, une main levée pour repousser le paparazzi.

Jack reposa le téléphone avec un juron sonore.

Élisabeth était enceinte. De lui !

Il avait toujours su qu'il ne voulait pas être père. Étant donné le désastre qu'avaient été ses propres parents, il ne voulait pas prendre ce risque. Aucun enfant ne méritait d'être ainsi négligé. Ses parents avaient été des exemples parfaits de ce qu'on ne devait pas être en tant que parents : égocentriques, peu fiables et irresponsables au point d'être dangereux. Non qu'ils aient eu l'intention de lui faire du mal. Ils l'avaient ignoré, tout simplement, vivant leur propre vie sans se soucier de lui.

Il avait fait de son mieux pour être aussi différent d'eux que possible. Pourtant, malgré la satisfaction de savoir qu'il partageait peu de traits de caractère avec eux, sa crainte était qu'à la faveur de circonstances malheureuses il se révèle aussi nul qu'eux.

L'exemple de ses parents était aussi l'une des raisons qui l'avaient poussé à faire un mariage de raison. Un mariage sans amour. Et malgré toutes ses précautions qu'il avait prises, toutes les barrières qu'il avait érigées autour de son cœur trop fragile, la vie le rattrapait ! Ou plutôt, le hasard, car il ne doutait pas qu'Élisabeth ne souhaitait pas plus que lui ce qui arrivait. À moins que…

L'esprit en déroute, il saisit de nouveau son téléphone et pianota sur la touche de numérotation rapide.

— Leanne ? Donnez-moi l'adresse de ma femme à Londres, dit-il lorsque son assistante décrocha. Et annulez tous mes rendez-vous pour la journée !

8

— Je suis désolé, Bess, vraiment. Mais je n'ai pas le choix, dans ces circonstances...

Bess regarda Janusz, qui paraissait très sérieux, et acquiesça, le cœur serré. Il avait raison, cela ne pouvait plus durer.

— Bien sûr. Je comprends.

Son patron, ou plutôt son ex-patron, se dirigea vers la fenêtre, jeta un regard indigné dans la rue, puis retourna à son bureau et s'assit en face d'elle.

— Ces vautours ! Ils se fichent éperdument des dégâts qu'ils causent, à vous ou à qui que ce soit d'autre.

Il secoua la tête.

— Ces derniers temps, nous avons cherché à avoir de la publicité pour obtenir plus de dons. Mais pas ce genre de publicité !

Bess joignit ses mains.

— Je suis désolée, Janusz. Je pensais avoir réussi à me débarrasser d'eux. Je n'ai vu personne me suivre sur le chemin du travail.

— Ce n'est pas votre faute. Vous êtes la victime. Mais beaucoup de nos clients ont été victimes eux aussi et en subissent encore les conséquences. Se faire bousculer, houspiller par les paparazzis dès qu'ils essaient de franchir la porte est désastreux. Beaucoup d'entre eux ne se sont même pas présentés aujourd'hui.

Bess s'affaissa sur son siège. Quoi qu'il en dise, c'était elle qui avait provoqué cette situation.

L'organisation caritative faisait un travail fantastique avec des moyens limités, en aidant les migrants et surtout les réfugiés, dont beaucoup avaient subi de graves traumatismes, voire des tortures. Elle avait été ravie d'obtenir un emploi d'enseignante d'anglais au sein de cette association, mais voilà qu'aujourd'hui des personnes innocentes dont les problèmes étaient bien plus graves que les siens avaient peur des photographes qui faisaient le siège de l'immeuble.

Elle posa une main sur son ventre, assaillie par une soudaine nausée dont elle se demanda si elle était due à sa grossesse ou à la détresse dans laquelle elle se trouvait.

— Peut-être que quand les choses se seront calmées vous pourrez revenir, ajouta Janusz.

Bess acquiesça, mais elle ne croyait pas que cela se produirait. Pas vraiment.

Peut-être que si Jack et elle jouaient les époux parfaits, élevant leur enfant ensemble dans la plus totale harmonie, l'attention de la presse se dissiperait. Mais s'ils renouaient le fil de leur histoire, elle ne pouvait pas imaginer que Jack mette suffisamment longtemps sa carrière entre parenthèses pour la laisser poursuivre la sienne. En d'autres circonstances, l'idée serait presque drôle.

Elle avait la terrible impression que la presse avait bien l'intention de la harceler indéfiniment. Les gens étaient fascinés par Jack, qui figurait régulièrement sur la liste des personnes les plus riches et les plus influentes du monde. L'année dernière, leur séparation avait fait le bonheur des tabloïds avides de détails sordides. Elle était la femme qui avait osé dire non au charme, au pouvoir, au charisme et à la fortune de Jack Reilly, alors que tant d'autres le trouvaient irrésistible. Aujourd'hui, les journalistes réclamaient la suite du feuilleton...

Elle grimaça en imaginant les gros titres sur sa grossesse, puis après la naissance du bébé.

Y avait-il un moyen de se sortir de ce guêpier ?

— Merci, Janusz. Peut-être que je pourrai revenir un jour, en effet. En attendant, plus vite je partirai, plus vite vous pourrez tous reprendre une activité normale.

Elle se leva, mais elle était épuisée, et cela devait se voir car son patron ajouta :

— Je viens avec vous. Vous aurez besoin d'aide pour sortir du bâtiment.

Il la guida dans les escaliers, puis, alors qu'ils atteignaient le hall d'entrée, il dit :

— Je pense que nous devrions commander un taxi.

Il avait raison. Dehors, le vacarme s'intensifiait, et Bess eut un mouvement de recul. Elle n'avait pas peur des foules, mais ces gens étaient des loups enragés.

— Élisabeth !

Elle se retourna... et faillit s'évanouir en découvrant Jack, en grande conversation avec Zoé, la nouvelle assistante de direction.

Bess cligna des yeux. Non, cette grande silhouette athlétique ne pouvait pas être celle de Jack Reilly. Jack était en voyage d'affaires dans les grandes capitales européennes. Il ne pouvait pas être ici, dans un immeuble un peu délabré du nord de Londres !

Puis il s'avança vers elle, et tendit la main à Janusz.

— Vous êtes le directeur du centre, je suppose...

Janusz répondit, mais Bess, assaillie par une soudaine migraine qui faisait battre le sang à ses tempes, ne distingua pas ses paroles.

En revanche, elle entendit distinctement Jack ajouter :

— Je suis Jack Reilly, le mari d'Élisabeth. Je prends le relais. Élisabeth sera en sécurité avec moi. Plus tôt nous partirons d'ici, mieux cela vaudra.

Elle sentit sa tension artérielle monter en flèche. Il n'était là que depuis une minute et il donnait déjà des ordres ! Elle en avait assez qu'il veuille contrôler sa vie, et prendre des décisions à sa place !

Tout en essayant de garder un ton calme et posé, elle intervint.

— Excuse-moi, Jack, mais personne ne t'a demandé de t'occuper de quoi que ce soit. Je peux très bien me débrouiller toute seule, crois-moi !

Dans sa vision périphérique, elle vit Janusz froncer les sourcils. Il ouvrit même la bouche pour protester, mais Jack le devança. Évidemment.

— Bien sûr, Élisabeth. Si c'est ce que tu souhaites...

Son mari s'écarta légèrement d'elle, comme pour lui faire mieux voir le chaos qui régnait à l'extérieur. La porte d'entrée s'ouvrit et un employé entra précipitamment, avant de laisser échapper un soupir de soulagement. On aurait dit qu'il venait de traverser l'enfer...

— Ou bien, dit doucement Jack, je pourrais t'emmener loin d'ici et m'assurer qu'on ne nous suit pas.

Bess regarda Janusz, puis Zoé, et se sentit vaincue. Comment pouvait-elle faire passer sa fierté en premier alors que ses collègues subissaient ce harcèlement à cause d'elle ?

Prenant une profonde inspiration, elle se prépara à affronter son meilleur ennemi. À sa décharge, il n'affichait pas son habituel air suffisant. Il avait plutôt l'air agacé, mais elle savait qu'il jouait la comédie. Jack Reilly était plein d'assurance et, à l'entendre, il avait déjà un plan d'évasion.

Bess se redressa.

— Merci, Jack. Ce serait très utile.

Elle se tourna vers les autres pour ajouter :

— Encore une fois, je suis vraiment désolée de vous infliger tout cela.

— C'est absurde, répondit Zoé. Tu n'as pas à t'excuser. D'ailleurs, certains d'entre nous ont trouvé un moyen de tirer profit de cette situation !

Elle brandit un grand morceau de carton où étaient écrits en grandes lettres rouges « Faites un don ! » ainsi que le numéro de téléphone de l'organisation caritative.

— Nous avons pensé en mettre un dans chaque vitrine.

Janusz acquiesça et Jack sort son téléphone pour noter le numéro.

— Excellente idée ! Et pour compenser un peu tous ces désagréments, je vais demander à mon assistante de téléphoner pour organiser une donation, lança-t-il en annonçant une somme faramineuse.

Bess était partagée entre la reconnaissance et la contrariété. En effet, grâce à sa fortune, Jack pouvait faire face à certains des problèmes de la vie quotidienne avec une facilité révoltante. Il ne se laissait jamais abattre par quoi que ce soit. S'il avait un problème, il mettait tout simplement au point une stratégie pour le résoudre.

Qu'allait-il élaborer pour échapper à la paternité ?

Car Bess ne doutait pas que ce fût son objectif. Il lui avait clairement fait comprendre qu'il n'envisageait pas de fonder une famille de sitôt et que, par conséquent, elle ne devait pas le faire non plus.

De nouveau, son cœur s'emballa. Était-il ici pour lui proposer de l'argent et s'assurer qu'il n'entendrait plus jamais parler d'elle et de leur enfant ? Suggérerait-il à son patron de la licencier ?

Une fois de plus, une violente nausée s'empara d'elle. Avant leur mariage, et dans les premiers jours qui avaient suivi, elle s'était imaginé qu'un jour il tomberait amoureux d'elle. Dans ses fantasmes, mettre au monde le bébé de Jack n'était qu'une étape supplémentaire dans la vie merveilleuse qu'ils partageraient ensemble.

Elle ferma les yeux pour tenter de chasser son malaise quand une main se referma sur son bras. Furieuse, elle maudit la vague de chaleur qu'elle sentait monter en elle, et se détesta pour sa faiblesse.

— Élisabeth... Je ne les laisserai pas te faire du mal. Fais-moi confiance.

Elle ouvrit les yeux et vit qu'il était tout près, assez près pour l'embrasser.

Bess repoussa les larmes qu'elle ne voulait pas verser et se raidit. Elle fit apparaître le sourire de façade que sa mère lui avait appris à maîtriser afin de dominer son ennui durant les soirées mondaines. Un sourire qu'elle avait perfectionné à la mort de celle-ci, pour épauler son père. Un sourire mis à l'épreuve lorsque, à peine un an plus tard, il s'était remarié avec une femme qui la tolérait à peine. Un sourire qui était devenu une seconde nature lors de son propre mariage, alors que sa vie sociale n'était qu'une vaste opération de relations publiques au bénéfice de son mari.

— Bien sûr qu'ils ne me feront pas de mal ! Ils veulent juste des photos, et peut-être une déclaration.

Elle dégagea son bras, et sentit qu'il n'appréciait pas qu'elle s'éloigne.

Pourtant, il aurait dû y être habitué, maintenant ! songea-t-elle, amère.

Bess se tourna vers les autres.

— Merci pour tout, j'espère qu'avec mon départ les choses vont se calmer, dit-elle en se dirigeant vers la porte d'entrée.

Cette fois, Jack ne la toucha pas, mais se posta entre elle et la porte, tout en désignant de la tête l'arrière du bâtiment.

— Dès que tu seras prête, je ferai venir une limousine à l'avant avec deux agents de sécurité pour dégager le passage, et leurrer les journalistes. Pendant ce temps, nous passerons par l'arrière où mon chauffeur nous attend.

Bess se détendit un instant, et ne put réprimer un sourire.

— C'est une bonne idée. Merci.

Quelques minutes plus tard, leur voiture s'engageait dans une rue secondaire, puis sur une route principale qui s'éloignait du centre. Personne ne parut remarquer leur départ et ils ne furent pas suivis. Avec un soupir de soulagement, Bess se détourna de la fenêtre, réduisant ainsi le risque d'être repérée depuis la rue.

Ce qui signifiait qu'elle ne pouvait pas éviter Jack, assis près d'elle sur la banquette arrière.

— Depuis combien de temps le connais-tu ?

Elle le regarda sans comprendre.

— De qui parles-tu ?

— Du directeur du centre.

Malgré son attitude calme, il y avait en lui une tension qui n'existait pas lorsqu'ils avaient évoqué la façon d'éviter les paparazzis.

— Janusz ?

Un muscle de la mâchoire de Jack se contracta.

— Oui.

— Il n'y a pas longtemps, seulement depuis que j'ai commencé à travailler là-bas. Pourquoi ?

Jack n'était pas préparé à la flambée de jalousie qui l'avait envahi lorsqu'il avait vu Élisabeth descendre les escaliers accompagnée d'un homme qui avait placé une main sur son dos. Comme pour… la protéger de lui, son mari !

Quand il l'avait touchée, elle s'était raidie, et il avait eu l'impression qu'on lui enfonçait un poignard dans le cœur.

Durant leur mariage, pourtant, il avait été tellement sûr de l'affection de sa femme qu'il ne s'était jamais posé la moindre question sur sa loyauté.

Il se racla la gorge en essayant d'adopter un ton neutre.

— Vous semblez… proches.

— Pas vraiment. Mais je l'aime bien et il est très bon dans ce qu'il fait. C'est l'une des raisons pour lesquelles le centre est si efficace. Les gens lui font confiance et il ne les déçoit pas.

Était-ce une attaque contre lui ? Jack se crispa, tandis qu'elle poursuivait.

— Croyez-moi, l'argent dont tu as fait don sera utilisé à bon escient.

Il prit une profonde inspiration.

— C'est bon à savoir…

Mais en réalité il se moquait bien de son argent. Seule Élisabeth l'intéressait. Depuis qu'il avait vu cette photo d'elle, aux prises avec un photographe, dans la rue, il avait l'impression de ne plus pouvoir respirer correctement.

Élisabeth haussa les épaules et, un instant plus tard, son regard captura le sien.

— Ce n'est pas le chemin pour aller chez moi…

— Non. C'est le premier endroit où iront les paparazzis lorsqu'ils se rendront compte que tu leur as échappé.

Déjà, elle secouait la tête.

— Je veux rentrer chez moi ! Laisse-moi parler au chauffeur !

— Sois raisonnable, Élisabeth. Si tu fais ça, tu seras prise d'assaut et...

C'était comme s'il avait appuyé sur un interrupteur. En un éclair, elle passa de la politesse contenue à la fureur. Ses joues étaient rouges et ses yeux lançaient des éclairs. Elle n'éleva pas la voix, mais elle vibrait d'une telle émotion qu'il en fut stupéfié.

— Ne t'avise pas de me dire ce que je dois faire, Jack Reilly ! J'en ai plus qu'assez de tes manières !

Le menton levé en une posture de défi, elle le fusillait du regard, et aujourd'hui, pour la première fois, il avait l'impression d'avoir retrouvé la femme passionnée, forte et déterminée qu'il aimait. Il préférait de loin cette attitude frondeuse à la dérobade, voire à l'indifférence.

Comme elle lui avait manqué !

Il se serait volontiers disputé avec elle toute la journée si cela leur avait permis de se réconcilier ce soir. Mais visiblement elle n'était pas de son avis.

Il s'efforça de prendre un ton calme pour répondre :

— J'essaie de te protéger, Élisabeth, rien de plus.

Elle secoua la tête avec véhémence.

— Peu importe ce que tu essaies de faire. Je n'accepterai pas cette excuse. Depuis que nous nous sommes rencontrés, tu prends toutes les décisions, et tu attends de moi que je te suive. Mais je n'accepte plus cela, Jack. À partir de maintenant, je prends mes propres décisions !

Jack la regarda fixement.

— Une excuse ? Je n'ai pas besoin d'excuse pour essayer de protéger ma femme.

Ne comprenait-elle donc pas qu'il avait ses intérêts à cœur ?

— Je suis tout à fait capable de me protéger moi-même ! répliqua-t-elle d'un ton belliqueux.

Un silence de plomb s'installa tandis qu'il assimilait tout cela.

— Tu veux vraiment rentrer à ton appartement ?

Elle croisa les bras sur sa poitrine.

— Absolument.

Jack appuya sur l'Interphone et s'adressa au chauffeur.

— Changement de direction !

Il donna l'adresse d'Élisabeth et la vit écarquiller les yeux lorsqu'elle comprit qu'il savait où elle habitait.

— Tu ne me l'as jamais dit !

— Je ne t'ai jamais dit quoi ? demanda-t-elle.

— Que tu n'aimais pas que je te protège. Que je prenne des décisions et...

— Il ne s'agit pas uniquement de cela. La vérité, c'est que tu ne me respectes pas suffisamment pour accepter que je décide pour moi-même, et je te l'ai dit, à Paris.

Les bras croisés, Jack chercha dans sa mémoire, bien décidé à se défendre contre cette nouvelle accusation. On l'avait accusé de bien des choses, mais jamais d'intimider les femmes. Cela ressemblerait trop au comportement de son père, et il s'était toujours enorgueilli d'une chose : être différent de son père.

— Je ne me souviens pas que tu te sois plainte.

Elle leva les yeux au ciel.

— Si ! Le jour où tu m'as dit que tu m'avais épousée pour ma réputation irréprochable et que tu ne voulais pas qu'elle soit entachée par mon amitié avec Lara.

— Je n'ai pas souvenir que tu aies dit cela.

Cette journée-là avait été pour lui marquée par la douleur. Il ne se souvenait que de son mal de tête aveuglant, de sa contrariété parce que la soirée s'était mal passée et du visage de sa femme, où la détresse se mêlait à la douleur et à la colère.

Elle le regarda fixement, comme si elle essayait de lire la vérité sur son visage. Lentement, il secoua la tête.

— Je ne mens pas, Élisabeth. Je ne t'ai jamais menti. Quoi que tu m'aies reproché ce jour-là, je n'ai rien compris. Et puis, tu ne m'as pas non plus parlé de ça dans les Caraïbes !

Il crispa la mâchoire au souvenir de son départ brutal, juste au moment où il pensait que les choses allaient enfin s'arranger entre eux.

— Au lieu de t'enfuir une deuxième fois, tu aurais pu avoir la courtoisie de m'expliquer !

Elle rougit violemment, et répliqua sans tarder :

— Je te l'ai expliqué par texto. Une relation physique ne me suffit pas. Toi et moi, nous attendons des choses différentes du mariage. C'est ce qui compte.

Comme il ne disait rien, elle poursuivit.

— Je t'ai entendu au téléphone ce jour-là avec Leanne, en train de planifier notre retour à Paris et notre déménagement à Berlin. Tu as même choisi les tenues que je devrais porter ! Mais je ne suis pas une poupée que l'on habille et qu'on exhibe à son bras. Je suis un être humain !

Comme s'il n'en était pas pleinement conscient !

Même furieuse, et alors qu'un gouffre se creusait entre eux, il la désirait. Pas seulement physiquement, mais de toute son âme.

C'était la force de ses sentiments qui l'avait fait venir de Paris pour la sauver. C'était aussi ce lien qui les unissait et dont il savait qu'il existait toujours, malgré la rancune qu'elle lui portait.

Il voulait encore la sauver, malgré tout, car elle portait son enfant. Il sentit son pouls s'accélérer à cette idée, mais ce n'était ni le lieu ni le moment d'entamer cette discussion.

— Si tu étais restée pour parler, je t'aurais expliqué que j'essayais de te faciliter les choses.

Il marqua une pause, soutenant son regard.

— Je ne voulais pas que tu sois stressée à la perspective d'assister à un événement aussi prestigieux, où tous les regards seraient braqués sur nous. J'ai pensé qu'il était de mon devoir, si tu revenais avec moi, de te protéger de mon mieux. Et si une robe haute couture pouvait t'aider à te sentir mieux, eh bien... pourquoi pas ?

Ses yeux s'écarquillèrent et, pendant un instant, il aurait presque juré qu'il l'avait surprise. Mais au lieu d'accepter sa parole, elle détourna le regard. Lorsqu'elle lui fit de nouveau face, son expression était si glaciale qu'il sentit un frisson courir dans son dos.

— Ce n'est pas une excuse ! Il y a une différence entre aider quelqu'un et le prendre en charge. J'ai passé des années à me plier à tes désirs, à faire tout ce que tu voulais. Je pensais pouvoir le supporter, mais ce n'est pas le cas. Plus maintenant.

Jack sentit son souffle se bloquer dans ses poumons, et une émotion qu'il n'avait plus ressentie depuis très longtemps le submergea. Il serra les dents. S'il avait une qualité essentielle, c'était la détermination. C'était cela qui lui avait permis de surmonter les blessures de son enfance et de faire quelque chose de sa vie. Cette détermination, aussi, qui l'avait aidé à conquérir cette femme merveilleuse. Il la reconquerrait, il s'en fit le serment !

La voiture s'engagea dans une rue résidentielle étroite. Ici, les maisons à trois étages avaient été divisées en appartements, tous identiques. Mais, au milieu de la rue, l'une d'entre elles se distinguait des autres par la présence de personnes rassemblées sur le trottoir.

Il appuya sur l'Interphone pour s'adresser au chauffeur.

— Ralentissez un peu, je vous prie...

Puis il se tourna vers Élisabeth.

— Es-tu prête à affronter cette foule ?

L'allée était encombrée, et il vit un visage consterné se plaquer un instant contre la fenêtre du premier étage avant de disparaître. S'il ne se trompait pas, c'était l'appartement d'Élisabeth.

— Ta colocataire n'a pas l'air impressionnée.

Sa femme se mordit la lèvre.

— Pourtant, c'est un cauchemar. Elle ne peut pas sortir sans être harcelée.

— Et tu crois malgré tout que c'est une bonne idée de retourner chez toi ?

Elle resta un instant silencieuse, puis soupira et s'affaissa dans son siège.

— D'accord, tu as gagné ! Emmène-moi à l'hôtel pendant que j'appelle ma colocataire pour lui expliquer...

9

— Parle-moi, Élisabeth.

Bess leva les yeux, interrompant sa contemplation du beau jardin privé situé à l'arrière de la maison. Elle réussit à ne pas grimacer lorsqu'elle croisa le regard scrutateur de Jack. Malgré son attitude nonchalante, il l'observait avec attention.

Il était resté silencieux depuis qu'il avait obtenu qu'elle ne retourne pas à son appartement, ne prenant la parole que pour la présenter à la gouvernante qui avait ouvert la porte de cette magnifique demeure située dans un quartier chic de Londres.

Il n'avait pas expliqué à qui appartenait cette maison, et elle ne l'avait pas demandé. Elle avait des questions plus importantes en tête, comme celle de demander comment elle allait pouvoir subvenir à ses besoins maintenant qu'elle avait perdu son emploi, par exemple.

Bess posa sur la table basse la tasse de porcelaine qu'elle avait utilisée pour boire du thé, puis s'approcha de Jack.

— Merci de m'avoir sauvée, Jack. Tu avais raison. Je n'avais pas de plan pour faire face à la presse. Je trouve cette situation très difficile à vivre...

Son expression s'adoucit lorsqu'il répondit :

— N'importe qui trouverait cela effrayant, tu sais.

— Oui, effrayant. C'est bien le mot.

Car elle n'était pas seulement agacée et indignée. Elle avait peur. Ce n'est que maintenant qu'elle était à l'abri, du moins temporairement, qu'elle réalisait à quel point elle était stressée. Ses mains tremblaient et ses épaules étaient tendues à l'extrême.

Jack dut lire dans ses pensées car il ajouta :

— Tu es en sécurité ici. Je te promets que je ne te laisserai pas subir une nouvelle fois ce genre d'agression.

Un sentiment de gratitude l'envahit, jusqu'à ce qu'elle prenne conscience de sa situation. Comment pouvait-elle accepter la protection de l'homme qu'elle était déterminée à rayer de sa vie ?

— Merci. J'apprécie, mais...

Jack leva la main pour couper court à ses protestations.

— Pas de discussion, je t'en prie. Tu es toujours ma femme, et même si ce n'était pas le cas, penses-tu vraiment que je sois le genre d'homme à abandonner quelqu'un que l'on traque de manière aussi brutale ?

Bess acquiesça. Elle avait passé tellement de temps à s'attarder sur les défauts de Jack qu'elle avait oublié les aspects plus positifs de son caractère.

Son mari était doué pour secourir les gens, et n'hésitait pas à les défendre lorsque c'était nécessaire. Sauf que, se rappela-t-elle, c'était de lui qu'elle avait besoin d'être sauvée. Ou plus précisément, d'elle-même et de ses émotions perfides...

— J'apprécie de pouvoir respirer pendant que je décide de ce que je vais faire ensuite.

Car elle avait perdu son travail et ne pouvait plus rentrer chez elle. Elle était à la dérive, il lui faudrait du temps pour se ressaisir.

Où pourrait-elle aller ? Elle avait des amis à Londres, mais elle devinait que la presse la retrouverait si elle restait dans cette ville. Elle avait renoncé à ses chances d'obtenir un autre emploi à l'étranger, car elle souhaitait rester au Royaume-Uni et avoir accès à des soins médicaux de qualité, du moins pendant sa grossesse.

Se réfugier chez son père n'était pas envisageable. Jillian, sa belle-mère, lui avait fait comprendre que si elle pouvait lui rendre visite pour de courtes périodes, tout séjour plus long serait gênant.

Une douleur familière lui serra le cœur et, l'espace d'une seconde, elle eut le souffle coupé. Mais elle refusa de se laisser submerger.

Elle se tourna vers Jack, si calme et si attentif, et se rendit compte que son pouls ralentissait. La panique s'estompait, comme par magie. Elle se sentait en sécurité avec lui, malgré toutes les raisons qu'elle avait de le repousser.

Soudain, il répéta d'un ton très doux :

— Parle-moi, Élisabeth...

Elle se figea. C'était le moment de vérité, et elle se devait d'être forte. Son univers tout entier avait basculé lorsqu'elle avait appris sa grossesse, et elle s'attendait à une réaction forte de la part de Jack.

Prenant une profonde inspiration, elle se jeta à l'eau.

— Je suis enceinte, Jack.

Elle expira lentement et soutint son regard, tandis que de nouveau une joie secrète l'envahissait en prononçant ces paroles. Elle n'en avait encore parlé à personne, avait à peine eu le temps d'assimiler la nouvelle, mais le fait de la dire à voix haute la rendait bien réelle.

Elle leva le menton.

— De toi.

Elle fut surprise de le voir hocher la tête, simplement. Elle s'était préparée à le voir exprimer sa stupéfaction, à mettre en doute sa parole en prétendant que l'enfant n'était pas le sien, or il n'en était rien.

Elle fronça les sourcils.

— Tu me crois ? Juste comme ça ?

Jack haussa les épaules, toujours imperturbable, puis il se pencha vers elle et planta ses yeux azur dans les siens.

— Nous avons fait l'amour, Bess. Souvent, très souvent même...

À l'évocation de leurs étreintes, une foule d'images torrides assaillit son esprit, menaçant de raviver le désir qu'elle essayait de refouler.

— Cela peut avoir des conséquences, et j'en suis bien conscient.

Comment pouvait-il réagir avec autant de calme, alors qu'elle bouillait intérieurement ?

— Tu me crois donc sur parole si je te dis que ce bébé est de toi ?

Elle insistait, comme si elle voulait provoquer une dispute. Parce qu'elle préférait gérer un conflit que d'accepter ses sentiments ? Elle avait appris à ses dépens que lorsqu'elle avait l'impression d'être en harmonie avec lui, d'avoir les mêmes besoins et les mêmes objectifs, elle était bien trop vulnérable.

— La première fois que nous avons fait l'amour, tu étais vierge, dit-il d'un ton grave, où perçait l'émotion. Tu m'as affirmé que tu n'avais fréquenté personne après avoir quitté Paris. Et lors de notre semaine dans les Caraïbes, ce que nous avons partagé était trop fort pour...

Elle l'interrompit, émue aux larmes.

— Jack...

Ainsi, il avait éprouvé la même chose qu'elle lors de leurs retrouvailles ? Cette idée battait en brèche bon nombre de ses convictions. Elle qui l'avait soupçonné d'utiliser le sexe pour la reconquérir et la lier définitivement à lui !

— Tu as utilisé des préservatifs, et...

— Les accidents arrivent, acheva-t-il.

Bess se tourna vers lui.

— Je sais que tu ne veux pas d'enfant, Jack. Les quelques fois où j'ai évoqué cette possibilité, tu m'as clairement fait comprendre que la paternité ne faisait pas partie de tes projets.

Et Dieu sait que les projets de Jack étaient importants à ses yeux !

Aussitôt, son visage afficha cette expression fermée qu'elle connaissait si bien, et qui signifiait qu'elle ne devait pas aller plus loin. Comme lorsqu'elle lui posait des questions sur son passé et sa famille, par exemple...

— Tu as raison, je n'ai jamais voulu d'enfant.

Il avait prononcé ces mots avec une telle force qu'elle se figea sur son siège. Mais contre toute attente il n'avait pas éludé le sujet, et elle lui en était reconnaissante.

— Mais maintenant, cet enfant est là, ou plutôt, il sera bientôt là. Tu ne crois tout de même pas que je vais l'ignorer, n'est-ce pas ?

Pourtant, c'est ce qu'elle avait cru, et elle en fut un peu honteuse.

— Tu veux... garder le bébé ? demanda-t-il.

Bess se raidit en voyant qu'il avait baissé les yeux sur son ventre, où elle avait posé la main en un geste instinctif de protection.

— Oui.

Il serait plus facile d'élever un enfant dans le cadre d'une relation durable, mais la vie n'exauçait pas toujours nos vœux. Elle en avait fait la douloureuse expérience lorsqu'elle avait perdu sa mère, à l'âge de quinze ans. Elle avait alors découvert que la vie était précieuse et qu'il ne fallait jamais rien considérer comme acquis.

— Bien, dit-il simplement.

Bess essaya, sans succès, de lire dans ses pensées. Il avait l'air aussi enthousiaste que si elle lui avait dit qu'il ferait beau demain pour le pique-nique qu'ils avaient prévu !

Cependant, Jack ne faisait rien d'aussi banal que des pique-niques.

Sauf quand cela faisait partie d'un stratagème destiné à l'attirer à nouveau dans son lit...

Le souvenir d'un merveilleux déjeuner, sur une plage des Caraïbes, où ils avaient nagé avant de se régaler de poisson et de fruits frais, lui revint en mémoire. Après une sieste langoureuse, Jack lui avait fait l'amour si tendrement qu'elle en avait eu les larmes aux yeux...

Elle secoua la tête pour chasser ces images importunes et se concentrer sur leur discussion. Étaient-ce les hormones de grossesse qui l'empêchaient de penser clairement ? Ou Jack, assis trop près d'elle, et plus séduisant que jamais ?

— Tu as l'air de considérer comme une bonne nouvelle le fait que je veuille garder le bébé. Notre mariage est terminé et comme tu ne veux pas d'enfant, je...

— Ne tire pas de conclusions hâtives, Élisabeth. Ce n'est pas parce que je ne veux pas avoir d'enfant que je ne me soucie pas du bébé qui va naître. Il y a une grande différence entre la fiction et la réalité.

Bess nota qu'il n'avait pas évoqué la fin de leur mariage, ce qui était sans doute bon signe, songea-t-elle : il avait accepté la rupture.

Alors pourquoi avait-elle la troublante impression qu'elle faisait fausse route ?

— Alors, que comptes-tu faire, au juste ?

Elle s'en voulut de l'interroger ainsi, comme s'il était en tort. Jack avait ses défauts, mais cette grossesse n'était pas sa faute. C'était un accident. Pourtant, elle n'arrivait pas à se débarrasser de son attitude agressive.

Se pouvait-il… qu'elle ait besoin de ça pour garder ses distances ?

Car, sans se l'avouer, elle aurait tout donné pour qu'il la serre une dernière fois contre lui, et lui murmure à l'oreille que tout irait bien…

La voix de Jack la ramena à l'instant présent.

— Que je l'aie voulu ou non, je vais être père, Bess, et j'entends assumer mes responsabilités.

— Tu veux… jouer un rôle dans la vie de cet enfant ?

Jack fronça les sourcils, comme s'il était surpris.

— Bien sûr. Qu'est-ce qui te fait penser le contraire ?

— Eh bien… tu n'as jamais montré d'intérêt pour les enfants auparavant.

Bess s'efforça de parler d'un ton neutre pour tenter de dissimuler sa stupéfaction. Car elle ne s'était pas attendue à une telle déclaration de sa part.

— Pour les enfants des autres, corrigea-t-il. Mais là, c'est différent, n'est-ce pas, Bess ?

Il marqua une pause, comme s'il savourait le fait de prononcer à nouveau le diminutif de son prénom, plutôt réservé aux situations… plus intimes.

Bess ne put retenir un frisson, comme le souvenir de leurs étreintes l'envahissait tout entière. Peau contre peau, cœur contre cœur, ils étaient pleinement heureux, dans ces moments-là…

Le pouls battant à ses tempes, elle se redressa sur son siège, tandis que Jack reprenait la parole.

— C'est notre bébé et je veux en prendre soin, l'élever, l'aimer…

Il marqua une pause, et plissa les yeux.

— Tu peux le comprendre, n'est-ce pas ?

Elle comprenait et, pourtant, cette simple déclaration la déconcerta. Pour la première fois, elle entendait Jack parler d'aimer quelqu'un. Il n'avait jamais prétendu l'aimer, elle, et lui avait même clairement fait comprendre qu'il n'était pas question de sentiments entre eux.

Si l'entendre parler d'aimer leur enfant la remplissait de joie, elle n'en éprouvait pas moins une forte déception en constatant que les dix-huit mois durant lesquels elle avait essayé d'être une épouse parfaite n'avaient rien changé aux sentiments qu'il éprouvait pour elle.

Elle se leva et marcha jusqu'à la grande fenêtre qui donnait sur le jardin, en proie à la plus grande confusion. Comment pouvait-elle être jalouse de son futur bébé ?

Soudain, les événements des deux derniers jours la submergèrent de nouveau, et elle dut faire appel à toute sa volonté pour ne pas laisser couler ses larmes.

— Qu'est-ce qu'il y a ? demanda la voix de Jack, toute proche. Pourquoi es-tu bouleversée ?

Bess prit une profonde inspiration avant de répondre :

— Je ne sais pas. J'ai juste l'impression que...

— Tu viens de traverser une période difficile, coupa Jack, mais c'est fini, maintenant...

Elle pouvait presque sentir la chaleur de son corps dans son dos, la courbe de ses doigts autour de ses bras. Si elle se penchait un peu en arrière, il la prendrait dans ses bras, et c'était tout ce qu'elle espérait...

Mais elle ne pouvait plus se permettre d'être faible. Jack avait profité de sa faiblesse pendant trop longtemps. Elle allait devenir mère, bientôt, et devait changer ses priorités pour le bien de son bébé.

Elle se retourna brusquement, et dit en fuyant son regard :

— Si ça ne te dérange pas, je préfère... remettre cette conversation à plus tard. Je suis juste... fatiguée en ce moment.

Au lieu d'insister et de pousser son avantage, Jack acquiesça aussitôt.

— La journée a été stressante, et pas seulement à cause des paparazzis. Tu as perdu ton emploi, et je comprends que tu sois épuisée.

En relevant la tête, elle crut lire de la compassion dans son regard, ce qui ne lui ressemblait pas. Était-ce sa façon de cacher la fureur qu'il ressentait au plus profond de lui ? Ou avait-il vraiment tourné la page de leur rupture et était-il passé à autre chose ?

— Tu es au courant ?

— Compte tenu des circonstances, il semblait probable que cela arrive, même si ce n'est que provisoire. Et puis, j'ai entendu ton ami Janusz s'excuser lorsque vous descendiez les escaliers.

Le ton qu'il employa pour parler de Janusz lui mit la puce à l'oreille. Il ne croyait tout de même pas qu'il y avait quelque chose entre eux ! Non, Jack ne serait jamais jaloux d'elle, car il n'éprouvait pas de sentiments pour elle. C'était peut-être pour cela qu'il s'était montré raisonnable en acceptant ce bébé comme le sien. Un homme jaloux ne serait sûrement pas aussi confiant !

— Nous parlerons du bébé plus tard, reprit Jack. En attendant, réfléchissons à un endroit où tu pourrais te reposer, loin des journalistes... As-tu une idée ?

Surprise, Élisabeth cligna des yeux. En dehors de son appartement, elle n'avait aucun endroit où aller. Elle s'attendait à ce qu'il lui annonce qu'il avait déjà pris des dispositions pour la conduire dans un endroit où ils pourraient poursuivre leur dialogue en toute tranquillité. Dans un hôtel, peut-être ?

— Sais-tu où tu te sentirais le plus à l'aise ?

Jack lui demandait sa préférence, au lieu de lui imposer ce qu'il avait déjà prévu ? Se pouvait-il que l'avertissement qu'elle lui avait adressé ait été entendu ?

Elle s'était rendu compte, lors de la dispute qui les avait opposés, dans la voiture, qu'elle ne lui avait jamais vraiment reproché quoi que ce soit auparavant. Tout au long de leur mariage, elle avait essayé d'être la femme qu'il voulait, sans faire de vagues. Et lorsqu'elle l'avait quitté, l'heure n'était plus au dialogue.

Au lieu d'éviter les conflits, elle aurait dû dire franchement à Jack ce qu'elle ressentait, et ce dès le début de leur mariage.

— Dans ta famille, peut-être ? reprit-il. Je sais que c'est l'un des premiers endroits où les paparazzis te chercheront, mais c'est un grand domaine, et tu pourrais sûrement trouver le moyen de rester à l'abri des regards.

Bess secoua la tête.

— Cela ne marchera pas, affirma-t-elle, sans révéler l'antipathie de sa belle-mère à son égard. En d'autres circonstances, je solliciterais Freya, mais pas maintenant. Je ne veux pas l'entraîner dans ce bourbier…

Freya et Michael venaient de rentrer de leur lune de miel, et Bess ne voulait pas troubler leur bonheur tout neuf.

— Je pourrais trouver un hôtel discret.

Les mots étaient à peine sortis de sa bouche que Jack secoua la tête.

— Ne sous-estime pas ces vautours ! Il suffirait d'un seul indice pour qu'ils campent sur le pas de ta porte. Et le personnel des hôtels peut facilement être soudoyé. Tout irait bien jusqu'à ce qu'ils te trouvent. Après cela, tu pourrais dire adieu à toute intimité !

Comme elle baissait les yeux, à court d'idées, il marqua une pause, puis capta son regard.

— J'ai une suggestion à faire… Je connais une maison de campagne, pas très loin de Londres, où tu pourrais te détendre sans être dérangée. De plus, tu pourrais facilement te rendre à Londres, pour un rendez-vous chez le médecin, par exemple.

Une maison à la campagne ?

Elle avait toujours adoré se promener à pied, ou à cheval, dans le domaine familial, et le jardinage avait le don de chasser ses idées noires. Du temps de leur mariage, elle avait même essayé de persuader Jack de déménager hors de la ville.

— Il y a un village à proximité, mais le terrain est privé, précisa-t-il.

— Et le propriétaire ?

— Il est à l'étranger en ce moment, mais il y a du personnel, donc tu n'aurais rien d'autre à faire que te reposer.

Bess lui jeta un regard intrigué. Comment connaissait-il cette maison ? De toute évidence, ce n'était pas la sienne, car Jack avait toujours insisté sur la nécessité de vivre en ville. Était-ce celle d'un ami ?

À ce stade, elle était tellement fatiguée qu'elle s'en moquait. Elle avait hâte de se trouver un refuge où elle pourrait rassembler ses pensées et réfléchir à l'avenir.

— Cela me paraît très bien. Crois-tu que tu pourrais organiser ça rapidement ?

— Bien sûr. Laisse-moi faire...

Ce n'est qu'en voyant la bouche de Jack se courber en une ébauche de sourire qu'elle eut la désagréable sensation d'être tombée dans un piège.

10

Quand Bess se réveilla, elle ne vit que du vert. Elle cligna des yeux, et comprit qu'ils traversaient une forêt et qu'elle s'était endormie en quittant Londres.

Malgré la présence de Jack à côté d'elle !

Elle aurait dû être trop préoccupée pour s'endormir avec lui dans la voiture. Trop sur ses gardes, aussi. Mais le repos n'avait pas été au rendez-vous depuis les Caraïbes, et...

Et tu es enceinte. Cela peut être fatigant.

Bess se redressa, tout à fait réveillée cette fois. Combien de temps lui faudrait-il avant que le choc de cette nouvelle ne se dissipe ?

Un massif bleu apparut sous les arbres. Des jacinthes sauvages ! Elle avait toujours aimé ces fleurs, signe du retour du printemps, chez elle, à Moltyn Hall. La gorge serrée, elle se rappela que Moltyn Hall n'était plus chez elle. Jillian préférait qu'elle n'y vienne pas, et le père de Bess tenait à ce que Jillian soit heureuse. Cela faisait des années qu'elle n'avait pas profité du printemps là-bas.

En proie à une émotion soudaine, elle garda le visage tourné vers la fenêtre, la joue appuyée contre le cuir du siège, plutôt que de faire face à Jack. Il fallait qu'elle se ressaisisse.

La voiture prit un virage et ils quittèrent le couvert des arbres. Elle n'avait aucune idée de l'endroit où ils se trouvaient, mais c'était magnifique ! Des prairies s'étendaient au pied de collines boisées, et une rivière coulait au fond d'une vallée peu profonde. Enchâssée dans cet écrin de verdure se dressait une somptueuse demeure. Bess avait grandi à la campagne, dans une très belle propriété, mais elle n'avait jamais rien vu de tel.

La lumière du soleil dansait sur les douves qui entouraient une grande maison de brique rouge à colombages, sans doute de style Tudor ou plus ancienne, peut-être. Avec ses hautes fenêtres à meneaux et les sculptures en pierre qui ornaient sa porte massive où l'on accédait par une passerelle, elle avait tout d'une maison de conte de fées.

Émerveillée, Bess admira les jonquilles, puis les bassins où glissaient quelques cygnes.

— Ça te plaît ?

La voix de Jack, douce et chaude, lui fit l'effet d'une caresse, mais pour une fois, la réaction qu'elle provoquait en elle ne la troubla pas.

— C'est magnifique, souffla-t-elle. Tu avais parlé d'une maison à la campagne. Je ne m'attendais pas à cela.

Ce manoir entouré d'eau, avec son joli jardin envahi par la végétation, était l'endroit idéal pour se ressourcer.

— C'est vrai ?

Elle se retourna, surprise qu'il l'interroge une nouvelle fois, et vit qu'il l'observait avec attention.

— C'est... ici que je vais m'installer ?

Jack avait parlé de personnel, mais elle avait imaginé quelque chose de plus petit, de plus ordinaire.

— Oui, les propriétaires sont absents pour une durée indéterminée, ce qui tombe à pic. Il s'agit d'un domaine privé et bien sécurisé, donc tu ne seras pas dérangée par les paparazzis.

Bess se tourna vers la maison. Naturellement, Jack était plus sensible à la situation privilégiée qu'à la beauté romantique de l'endroit.

La voiture s'arrête près du pont de pierre qui enjambait les douves.

— Viens, on va t'installer !

Jack dissimula un sourire satisfait lorsqu'ils traversèrent le pont et entrèrent dans une cour carrée flanquée de bâtiments de brique rouge. Les yeux d'Élisabeth brillaient tandis que la gouvernante les accueillait et leur faisait visiter les lieux.

Il sentit se dissiper un peu la tension qui lui nouait les épaules. Son instinct ne l'avait pas trompé : sa femme adorait cet endroit.

Il se souvenait qu'elle lui avait fait visiter Moltyn Hall, la maison de son enfance. Elle ne s'était pas attardée sur les autres demeures que possédait sa famille, mais elle lui avait longuement montré le grand salon, avec son parquet ancien et ses fenêtres donnant sur le parc. Elle avait souri en lui faisant découvrir les passages secrets indiqués sur une vieille carte en parchemin et qui, selon la légende familiale, menaient à un trésor introuvable. Elle aimait aussi beaucoup le jardin clos un peu négligé et les vastes prairies alentour...

Ils traversèrent une bibliothèque au rez-de-chaussée et accédèrent à une galerie ornée de grands plafonniers en cristal, où se reflétaient les douves, en contrebas. Quand Élisabeth s'arrêta près d'un canapé dont elle caressa les coussins, Jack eut soudain une vision d'elle assise dans ce même canapé, un livre à la main...

Puis, une autre image remplaça la première : celle d'Élisabeth tenant un bébé au sein, ses cheveux noirs lâchés sur ses épaules...

Jack s'arrêta net, ébahi.

Élisabeth attendait son enfant !

Il avait beau se l'être dit et répété cent fois, la nouvelle le stupéfiait toujours autant et – plus étonnant encore – suscitait une impatience grandissante.

Mais il ne s'agissait pas seulement du bébé. Son désir pour Élisabeth n'avait pas faibli et, pourtant, elle l'avait rejeté. Deux fois.

Il se massa les tempes pour chasser ces pensées. Ce n'était pas le moment de penser à ça !

La gouvernante leur fit servir un thé dans un petit salon très lumineux. Les meubles étaient anciens, sombres et légèrement défraîchis, mais ils donnaient à cette pièce une ambiance chaleureuse. Les flammes brillaient dans la cheminée de pierre sculptée et se reflétaient sur les vases remplis de fleurs. On se sentait... chez soi. Quand sa femme lui tendit une part de gâteau aux fruits, il sentit un autre nœud de tension céder dans son dos, et se laissa envahir par cette inhabituelle sensation de paix. Lui d'ordinaire si actif, toujours en quête du prochain défi, n'avait que rarement l'occasion de s'accorder un peu de détente.

Mais il y avait quelque chose d'apaisant à être ici, avec Élisabeth, et la voir si à l'aise lui faisait oublier toutes les contraintes de sa vie bien remplie.

— On dirait que... tu es chez toi ici, dit-elle. Tu es déjà venu ?

— Jamais.

Jack savait qu'elle allait lui poser des questions sur son lien avec cet endroit, et changea de sujet.

— Mais c'est bien d'être hors de Londres, loin de la presse, tu ne trouves pas ?

Il regrettait presque d'avoir posé la question lorsqu'il la vit lever un sourcil.

— Absolument. C'était horrible !

Jack ne voulait pas insister, mais il ne pouvait pas la laisser s'imaginer que cela passerait. Il fallait qu'elle comprenne.

— Tu sais que cela ne va pas s'arranger, n'est-ce pas ? Ils continueront à essayer d'obtenir des photos, non seulement pendant la grossesse, mais aussi à la naissance de l'enfant.

Elle baissa les yeux.

— Je m'en suis rendu compte, en effet.

Il aurait dû continuer, lui rappeler qu'il y avait un moyen sûr de détourner l'intérêt que la presse vouait à leur rupture : sauver leur mariage, et le faire savoir...

Mais il n'avait pas le cœur à cela. Il préférait tenter de regagner sa confiance, prendre soin d'elle. Il voulait la distraire et raviver les braises encore incandescentes du désir qui les unissait.

Il voulait... être avec elle, tout simplement.

Mais ce désir pressant menaçait de tout compromettre, et il ne voulait pas prendre ce risque.

Il posa son gâteau sans y toucher et se leva d'un bond, décidé à partir.

— Je vais te laisser t'installer tranquillement.

Ce n'était pas son intention. Il avait prévu de rester sous le même toit qu'elle pour lui faire comprendre que leur mariage n'était pas terminé, qu'il ne pourrait jamais l'être tant qu'ils seraient attirés l'un par l'autre. Cet élan ne faisait que se renforcer. Même aujourd'hui, alors qu'elle fuyait son regard, il avait vu ce qu'elle ne pouvait pas cacher : l'étincelle d'un désir toujours intact.

— Attends !

Elle posa sa tasse, fronça les sourcils.

— Tu t'en vas déjà ?

— J'ai pensé que... tu te détendrais mieux sans moi.

Les mots furent suivis d'un silence assourdissant, alors qu'il s'attendait à ce qu'elle l'invite à rester.

Il se passa la main dans les cheveux.

Que faisait-il ? Il l'incitait à le rejeter, une fois encore ?

Alors qu'il se dirigeait vers la porte, il sentit une vive douleur contracter ses épaules. La trêve était finie...

— Je croyais que tu allais rester.

Il se retourna, dans l'espoir de lire un aveu dans ses yeux. Une invitation à prolonger leur conversation. Au lieu de cela, il perçut une lueur amusée.

— C'est toi qui as eu l'idée de m'amener ici, et...

Il n'eut aucun mal à deviner ce qu'elle pensait sans oser le formuler clairement. C'était son idée, en effet, et elle s'attendait à ce qu'il profite de leur tête-à-tête pour renouer avec elle un dialogue plus... sensuel.

C'était ce qu'il avait prévu, jusqu'à ce que sa raison reprenne le dessus, lui imposant la patience. Elle était trop stressée pour songer à cela.

— J'ai des choses à faire. Des affaires à régler, répondit-il d'un ton cassant.

Pour une fois, c'était un mensonge. À sa demande, Leanne avait reporté toutes ses réunions et délégué les affaires urgentes pour qu'il puisse sauver son mariage.

Sa femme fixa sur lui un regard désapprobateur, puis se leva.

— Tu ne peux pas partir tout de suite. Nous devons parler du bébé. C'est le plus important, maintenant.

Elle avait raison, bien sûr ! N'avait-il pas tout laissé tomber pour venir ici ? Pourtant, il fallait qu'il mette de la distance entre eux. Élisabeth n'était pas la seule à être bouleversée par l'annonce de sa grossesse. Jack avait l'impression d'être sur un bateau pris dans la houle, et cherchait quelque chose de solide à quoi se raccrocher pour ne pas sombrer. Hélas ! son envie d'elle ne cessait de grandir, menaçant d'avoir raison de ses bonnes intentions.

Il perdait le contrôle de la situation.

Elle s'arrêta devant lui, et malgré sa moue contrariée, il ne put s'empêcher de remarquer la douce courbe de ses lèvres entrouvertes et la rondeur de ses seins contre le tissu de sa robe. Sa poitrine s'était-elle épanouie ?

Embarrassé par la réaction de son corps, il enfonça les mains dans ses poches.

— J'ai besoin de comprendre ce que tu veux, Jack. Tu as prétendu vouloir t'impliquer dans l'éducation de cet enfant, donc je suppose que tu souhaites faire valoir certains droits…

Droits ? Voulait-elle parler d'une procédure ?

Elle pencha la tête et reprit :

— Jusqu'à quel point souhaites-tu t'engager ? Des visites occasionnelles ? Des vacances en commun ?

Il fronça les sourcils.

— Je ne veux faire valoir aucun droit au sens où tu l'entends, mais jouer mon rôle de père. À temps plein.

Il la vit pâlir.

— Tu comptes… élever notre bébé ?

Face à son désarroi, il s'interrogea. Pourquoi cette réaction ? Il n'était peut-être pas fait pour être père, mais il ferait tous les efforts nécessaires pour remplir au mieux sa mission.

— C'est exactement ce que je veux dire, confirma-t-il.

Déjà, elle secouait la tête, les poings serrés comme avant un combat.

— Qu'est-ce que tu vas faire ? Essayer d'acheter ce bébé ? Ou essayer de me le prendre par la force ?

Jack releva la tête comme si elle l'avait giflé.

— La force ? Mais qu'est-ce que tu racontes ?

Elle déglutit avec peine avant de répondre :

— Tu es riche et tu as les moyens de t'offrir les meilleurs avocats. Je n'ai aucune chance...

Elle leva le menton et lança d'un son de défi :

— Mais je ne te laisserai pas obtenir la garde exclusive. Quoi qu'il arrive, je trouverai un moyen de t'en empêcher !

Il recula d'un pas, stupéfié par tant de violence.

— Tu crois vraiment que je ferais ça ? Qu'ai-je donc fait pour que tu aies une si piètre opinion de moi ?

Nerveux, Jack se dirigea vers la fenêtre. Un couple de cygnes blancs comme neige frôlaient les eaux vertes en contrebas, mais il les vit à peine.

— Tu me prends pour un monstre, c'est ça ? J'ai pourtant passé ma vie à essayer d'être un homme bien. Un homme meilleur que son père. Ambitieux et prospère, oui, mais aussi honnête et attentionné.

Il voulait s'occuper de son enfant, mais il craignait de ne pas savoir comment s'y prendre. Était-ce un crime ?

Furieux, il lança :

— Pourquoi penses-tu, ne serait-ce qu'une seconde, que je pourrais me comporter ainsi ?

Il la vit rougir, puis elle balbutia :

— Je suis désolée, Jack. Je... J'ai si peur que j'ai paniqué. Je me sens dépassée, comme si je n'avais aucun contrôle sur ma propre vie.

Ses mots le touchèrent au cœur. N'était-ce pas aussi ce qu'il ressentait ? Tout contrôler était sa manière de dépasser ses émotions. Des émotions qui se déchaînaient de nouveau en lui...

Lentement, il se ressaisit, et parvint à formuler une réponse qui lui parut juste.

— Nous devons tous deux assimiler cette nouvelle, et envisager notre avenir et celui de ce bébé. Pour cela, il faut garder la tête froide.

— Et comment vois-tu l'avenir, Jack ?

— C'est simple. Nous allons avoir un enfant. Je veux l'élever, avec toi, lui donner un foyer chaleureux et aimant. Nous sommes mariés et je veux que cela reste ainsi.

Cela semblait simple, en effet, mais il savait à quel point un tel milieu familial était rare et précieux. Ses parents ne lui avaient pas offert une telle sécurité, et il ferait tout ce qu'il fallait pour l'offrir à son enfant.

— Cela ne marchera pas. Tu sais très bien que je veux divorcer !

Jack fixa sa femme, impuissant. Mais son envie de lui prouver qu'elle avait tort, qu'elle le désirait autant qu'il la désirait, était irrésistible.

— Et moi, je ne veux pas divorcer !

Elle recula d'un pas.

— C'est impossible, Jack. Notre mariage a été un désastre.

Elle parlait au passé, et il refusait de l'accepter.

— Je ne suis pas d'accord. Nous avons des problèmes, mais ils ne sont pas insurmontables.

Rien n'était insurmontable. Il la convaincrait de rester avec lui. Il savait se battre, et il était prêt à le faire pour elle.

— Tu dis cela uniquement parce que tu veux l'enfant.

— *Notre* enfant, Élisabeth !

Elle posa sur lui un regard accusateur.

— On peut être père sans être marié, tu sais. Nous pourrions former un couple de parents, négocier un droit de visite. Ce serait plus facile pour tout le monde.

Jack sentit la tempête enfler en lui. Les muscles bandés, il fit un pas vers elle.

— Un couple de parents ? répéta-t-il. Tu te trompes, Élisabeth. Nous formons un couple tout court !

Elle croisa les bras sur sa poitrine.

— Tu n'as jamais considéré notre mariage comme autre chose qu'un simple arrangement. Un arrangement bien pratique...

Il ne put s'empêcher de lâcher un rire amer.

— Pratique ? Eh bien laisse-moi te dire que pour moi, l'année écoulée a été tout sauf « pratique » !

— Tu vas dans mon sens. Notre mariage est un gâchis. Un simple bout de papier qui n'a plus sa raison d'être.

Toute la journée, Jack avait maîtrisé ses émotions. Il s'était montré calme et compréhensif, ne lui reprochant pas de l'avoir fui ou de lui avoir caché trop longtemps sa grossesse.

Il lui avait donné de l'espace, la laissant décider de ce qu'elle voulait faire plutôt que de prendre les choses en main. Il avait ignoré la faim qui le tenaillait, le besoin de la rejoindre, non seulement pour la rassurer, mais aussi pour soulager le mal profond qui l'habitait.

Maintenant, il n'en pouvait plus. Il pouvait tout supporter sauf les mensonges et les fausses promesses, qui avaient gâché son enfance.

Lentement, il se pencha vers elle, la défiant de s'éloigner et de lui mentir à nouveau, comme elle se mentait aussi à elle-même.

Il s'arrêta, sa bouche à quelques millimètres de la sienne.

Elle baissa les yeux, et réprima un sanglot. Malgré tout ce qu'elle lui avait fait subir, il ne voulait pas l'affliger, mais il refusait de la laisser se cacher derrière un mensonge flagrant. Il posa doucement la main sur sa joue, et glissa les doigts dans ses cheveux soyeux...

Lorsqu'il appuya ses lèvres sur les siennes, ce fut comme il l'avait rêvé. Ce simple contact aviva la flamme qui couvait entre eux, et révéla en même temps quelque chose de plus profond : un attachement, un lien indéfectible. Leurs bouches se touchaient à peine et pourtant l'ambiance était torride...

Ses mains se posèrent sur sa poitrine et elle inclina la tête pour mieux s'offrir à son baiser, qu'il approfondit. Quand Élisabeth noua les bras autour de son cou, ce fut comme une révélation : cette femme lui appartenait !

Jack respira son parfum de rose, caressa son corps tremblant et l'embrassa avec une passion trop longtemps retenue. Puis, comme ses caresses se faisaient plus exigeantes, il se ressaisit.

Il ne fallait pas qu'il perde de vue son objectif : regagner sa confiance. Car, malgré la fougue et l'abandon qui caractérisaient leurs étreintes, ils restaient désunis.

Doucement, il prit ses mains et les éloigna de son cou, puis, dans un suprême effort de volonté, il déclara :

— Quand tu auras le temps de réfléchir, tu comprendras que notre mariage est plus qu'un contrat. Il est bien réel. Et c'est un cadre parfait pour élever notre bébé ensemble.

Il recula à contrecœur, puis tourna les talons et sortit.

11

En partant, Jack lui avait dit qu'il la verrait plus tard, Bess avait supposé qu'il reviendrait le lendemain. Mais elle ne s'attendait pas à ce qu'il l'abandonne pendant deux semaines entières !

Elle lui avait fait comprendre qu'elle ne souhaitait pas sa compagnie, et il l'avait prise au mot.

Cela l'agaçait, mais la triste vérité, c'est qu'il lui manquait.

Comment cela était-il possible ?

Depuis son retour des Caraïbes, elle ne cessait de penser à lui. Et elle n'oubliait pas qu'à Londres, c'était lui qui l'avait tirée des griffes des paparazzis.

Elle ne savait pas, en revanche, si elle devait lui être reconnaissante ou lui en vouloir de l'avoir laissée seule dans cet endroit magnifique. Il avait fait ce qu'elle voulait mais, malgré tout ce qui n'allait pas entre eux, elle avait toujours envie de lui…

Les souvenirs de leurs ébats hantaient ses nuits. Parfois, elle croyait sentir la caresse de sa main sur sa chair, de sa peau contre la sienne, et ne rêvait qu'à une chose : être de nouveau nue dans ses bras… Était-il été assez sournois pour la mettre à l'épreuve de la frustration ?

Bess s'arrêta dans une clairière, et respira le doux parfum printanier des jacinthes. C'était l'endroit où elle venait pour réfléchir, pour tenter de mettre un peu d'ordre dans ses idées et ses émotions.

Elle avait demandé le divorce et pourtant, chaque soir, lorsque Jack téléphonait pour savoir comment elle allait, son pouls s'accélérait. Malgré ses réticences, elle appréciait sa sollicitude, le ton rassurant de sa voix…

Elle tenait encore à lui. Beaucoup trop, sans doute, mais comment était-elle censée passer à autre chose, alors qu'ils étaient liés par ce bébé ? De plus, elle n'avait ni maison ni travail, et dépendait de lui financièrement, ce qui compliquait tout.

Elle voulait se libérer de lui, mais se surprenait à imaginer l'avenir qu'il lui avait dépeint : ils restaient mariés et élevaient leur enfant, lui donnant tout l'amour dont il avait besoin pour bien grandir. Une petite voix lui soufflait que Jack avait prouvé qu'il pouvait changer et qu'avec le temps il pourrait peut-être l'aimer, après tout.

Non ! Elle ne pouvait pas se laisser abuser à nouveau par ces illusions. Elle rebroussait chemin vers la maison, avec la ferme intention de chercher un emploi d'enseignante en ligne, lorsqu'elle aperçut au loin une élégante voiture bleue. Son pouls s'accéléra.

Jack !

Les émotions se bousculèrent en elle. Pourquoi ne l'avait-il pas prévenue de son arrivée ? En restant loin d'elle si longtemps, qu'avait-il cherché à prouver ? Était-il à ce point machiavélique qu'il voulait la faire souffrir pour parvenir à ses fins ?

Il avait simplement fait ce qu'elle lui avait demandé, se rappela-t-elle, et il n'était pas responsable des sentiments qu'elle nourrissait pour lui. Agacée contre elle-même, elle prit une profonde inspiration, puis croisa les bras : elle était prête.

Elle le trouva en compagnie d'un autre homme, en train d'inspecter une vanne qui menait des douves à un petit chenal, puis à un lac, au-delà. Jack était vêtu d'un jean et d'une chemise bleu pâle, dont les manches retroussées révélaient des avant-bras musclés. Cette tenue lui allait mieux que ses éternels costumes-cravate, songea-t-elle avec un soupir.

— Élisabeth !

L'espace d'un instant fugace, elle se noya dans ses yeux, dans l'éclat de son sourire, véritable baume sur son cœur blessé. Puis, chassant les pensées érotiques qui commençaient à envahir son esprit, elle se redressa et fit signe à l'employé du domaine qui se trouvait à côté de Jack.

— Y a-t-il un problème avec les douves ?

Jack remercia l'homme et le quitta pour s'approcher d'elle.

— Nous envisagions un assèchement temporaire. Il y a un problème d'humidité dans certaines pièces qui va s'aggraver si on laisse faire.

En effet, elle avait vu la peinture s'écailler et senti l'humidité dans quelques pièces du rez-de-chaussée.

— Mais pourquoi t'en mêler ? Nous ne sommes ici que temporairement.

Il acquiesça, mais elle eut le temps d'apercevoir une mystérieuse lueur, dans ses yeux, vite disparue. Soudain, un étrange pressentiment l'envahit. Elle essaya de se souvenir de ce qu'il avait dit à propos des propriétaires. Étaient-ils ses amis ? Durant leur mariage, il ne lui avait jamais parlé de connaissances possédant une aussi belle propriété.

Le soupçon fou que Jack avait acheté ce manoir refit surface. Mais c'était impossible ! Jack aimait la vie urbaine, plus propice à ses affaires. Il préférait la commodité des hôtels de luxe à un foyer bien à lui. À moins que…

— C'est exact, répondit-il, mais les propriétaires sont absents pour une durée indéterminée, et tu peux rester aussi longtemps que tu le souhaites.

Il haussa les épaules.

— En attendant, comment dire ? Je suis ingénieur et la gestion de l'eau… est un sujet fascinant.

— Alors, tu es juste curieux, c'est ça ?

Un sourire un peu nostalgique se dessina sur son visage.

— Oui, les réunions sans fin perdent de leur intérêt au bout d'un moment. Et il est tentant de mettre vraiment la main à la pâte. Alors je vais voir ce qu'il faut faire pendant que nous sommes ici, et établir un plan des travaux à envisager. Je suis surpris que les propriétaires ne s'y soient pas attaqués plus tôt.

Deux choses frappèrent Bess. D'abord, le fait qu'il ait dit « nous ». Il avait donc l'intention de rester ici avec elle ? Et puis, il semblait raisonner sur le long terme, et prenait le temps d'étudier un problème complexe de construction et d'ingénierie. Combien de temps pensait-il qu'ils resteraient dans cette maison ?

Après deux semaines passées ici, Bess était tombée amoureuse de cet endroit, romantique et plein de charme, et qui témoignait de l'histoire de la région. Plus d'une fois, elle avait imaginé un petit enfant aux yeux bleus et à la chevelure sombre courant dans la galerie ensoleillée, ou jouant avec les antiques chevaux à bascule...

Mais cela n'arriverait pas, même si la maison lui semblait être l'endroit idéal pour une vie de famille.

Bess ne pouvait pas se permettre de fantasmer. Elle aurait dû retenir la leçon : ses rêves romantiques ne seraient jamais exaucés.

La réalité, c'est que Jack n'était pas le seul à s'être mal comporté, et elle devait le reconnaître. Elle croisa son regard, hésitant à parler car elle détestait la confrontation. Mais il fallait faire amende honorable.

— Je te dois des excuses, Jack. Le jour où tu m'as amenée ici, je t'ai accusé de vouloir tenter d'obtenir la garde exclusive. Je me trompais. En réalité, je n'avais aucune raison de croire que tu te comporterais ainsi. Nous sommes différents, toi et moi, mais tu n'as jamais rien fait qui puisse me faire penser que tu t'abaisserais à ce point.

Bess écarta les mains, décidée à être tout à fait honnête.

— Je me sentais complètement dépassée. Par la grossesse. Par les paparazzis. Par le fait de te revoir. J'ai déversé mes craintes sur toi et c'était injuste. Je sais que ça t'a blessé et j'en suis désolée.

Quand elle leva les yeux vers Jack, son regard la bouleversa, et elle fut prise de l'envie soudaine de le serrer dans ses bras.

— Merci, Élisabeth. Cela me touche beaucoup. J'ai toujours essayé d'être un homme meilleur que...

Il s'interrompit, trop ému pour continuer.

Son père ? Son mentor ? Bess ne savait que peu de chose sur son passé, et rien sur sa famille. Il éludait toujours quand elle le lui demandait et elle avait appris à s'abstenir.

Doucement, Jack reprit la parole.

— Je veux ce qu'il y a de mieux. Pour nous tous.

Au début de leur mariage, il lui avait donné beaucoup de joie. Entre eux, c'était la passion, et elle était fière d'être avec lui pour pouvoir l'aider à atteindre ses objectifs. Ce n'est que plus tard, lorsqu'elle avait réalisé à quel point leur vie était déséquilibrée, que tout s'était effondré.

Leur emploi du temps était chargé, mais ils s'accordaient parfois des grasses matinées, et appelaient le room service lorsqu'ils ne se levaient qu'à l'heure du déjeuner, encore alanguis par le plaisir. Il achetait des billets pour des concerts et des expositions qu'elle aimait et, le week-end, il l'emmenait hors de la ville.

Dans ces moments-là, elle se sentait vraiment aimée, choyée.

Est-il étonnant qu'après avoir été rejetée par son père elle ait saisi l'occasion d'être avec quelqu'un qui la considérait vraiment ? Hélas, elle avait compris par la suite que Jack se servait d'elle pour réaliser ses ambitions. Cependant, il ne s'était pas contenté de prendre. Il avait aussi beaucoup donné, mais pas comme elle l'avait espéré.

Elle se frotta les bras tandis qu'un frisson l'enveloppait.

— J'allais entrer pour prendre un thé. En veux-tu ? Un café, sinon ?

Le regard que Jack lui adressa lui réchauffa le cœur.

— Volontiers...

Ils prirent place au salon. Avec le feu qui crépitait dans l'âtre et les bouquets de fleurs printanières qui embaumaient l'air, l'endroit était particulièrement accueillant.

— Veux-tu des sablés au citron ?

Elle lui tendit une assiette. Mme Peterson était une cuisinière hors pair, et semblait s'être donné pour mission de la gâter.

Jack acquiesça et croqua dans un biscuit.

— Ils sont délicieux.

Elle garda un instant le silence, puis se jeta à l'eau.

— Je retournerai bientôt à Londres.

C'était le bon moment pour aborder l'idée du départ, même si elle était triste de partir et n'avait pas encore d'idée précise de l'endroit où elle irait.

— J'ai un rendez-vous de suivi avec un médecin et j'ai besoin d'une échographie.

Jack acquiesça.

— Je t'accompagnerai.

Il se versa du café, dont l'arôme dérangea Bess, qui sentit son estomac se soulever et dut s'adosser à son fauteuil.

— Élisabeth ? Qu'est-ce qu'il y a ?

Elle haussa les épaules.

— Je suis assez sensible aux odeurs, ces derniers temps.

— Tu as des nausées matinales ?

— Pas vraiment.

Soudain, elle se sentit presque timide à l'idée de parler des changements de son corps. Avait-il remarqué sa légère prise de poids et ses seins plus volumineux ?

— Quand as-tu rendez-vous ?

— Ne t'inquiète pas, je me débrouillerai toute seule. Inutile de prendre le risque que nous soyons vus ensemble chez l'obstétricienne.

— Pardon ?

— Cela semblerait confirmer que tu es le père du bébé, et les journalistes...

Le regard azur de Jack la transperça.

— Je *suis* le père de ce bébé, Élisabeth ! gronda-t-il.

— Bien sûr, mais... Cela entretiendrait les spéculations et le scandale, et je sais combien il est important pour toi d'éviter cela.

Cela pouvait nuire à ses affaires, elle en était consciente.

Il fronça les sourcils.

— Tu crois que je me préoccupe à ce point de ce que pensent les gens ? Si je tiens à être présent, c'est pour te soutenir. Pour m'occuper de notre enfant.

Soudain, elle se rendit compte que cela comptait vraiment pour lui. Ces paroles furent comme un baume sur son âme blessée, et une digue se fissura en elle.

— La presse peut publier ce qu'elle veut, je m'en moque ! ajouta-t-il.

— Même si nous divorçons ensuite ?

— Tu crois que j'ai peur d'avoir l'air d'un imbécile ? riposta-t-il. Certaines choses sont plus importantes que la réputation.

Elle se sentit faiblir. Quand il parlait ainsi, il était trop facile de croire que ses priorités avaient vraiment changé.

Bess posa sa tasse.

— Mais tu aimes que tout soit planifié et se déroule comme tu le souhaites, pourtant !

Il haussa les épaules d'un air nonchalant.

— Si j'aime tout planifier, c'est parce que la vie est imprévisible. J'ai appris très tôt à prendre le contrôle de ce que je peux maîtriser, afin d'être prêt à faire face à toute éventualité. J'ai aussi appris qu'il y a des choses que je ne peux pas contrôler, et je ne suis pas prêt à bouleverser ma vie pour éviter le scandale.

Un sourire se dessina sur ses lèvres, et il poursuivit sans lui laisser le temps de réagir.

— Je l'ai déjà fait lorsque tu m'as laissé en plan à Paris. Je veux t'emmener à Londres, et pas seulement pour te protéger de la presse. Je veux être là pour voir notre bébé.

Il les faisait passer, elle et leur enfant à naître, avant sa réputation et ses affaires. C'était très clair.

Elle se rendit compte qu'il devait avoir complètement bouleversé son emploi du temps, annulant ou reportant des réunions, pour pouvoir être ici, avec elle. L'une des raisons pour lesquelles ils avaient déménagé si souvent durant leur mariage était que Jack préférait les séances de travail en face à face que les rendez-vous à distance ou par liaison vidéo. Selon lui, l'implication personnelle permettait d'éviter les écueils et de veiller à ce que les projets soient bien menés.

Tout au long de leur union, il lui avait peut-être caché des choses, mais Jack n'avait jamais menti, elle en avait maintenant la certitude.

Et cela menaçait de remettre en cause tout ce qu'elle croyait savoir de lui.

12

Suspendu aux lèvres de l'obstétricienne qui affirmait que le fœtus se développait bien, Jack fixait l'écran. Son pouls battait la chamade et il était tellement émerveillé qu'il était incapable de prononcer un seul mot.

Il regarda Élisabeth, allongée tout près de lui, le ventre nu. Lorsqu'elle avait soulevé son haut et baissé la ceinture de sa jupe pour révéler ce léger renflement, il s'était senti submergé. C'était la première fois que leur bébé semblait vraiment réel.

Il inspira profondément, essayant de maîtriser sa voix pour poser une question importante, quand il vit les larmes perler aux cils d'Élisabeth. Il referma sa main sur la sienne.

— Tout va bien. Le bébé va bien.

Elle se retourna en clignant des yeux.

— Je sais. Je suis juste...

— Moi aussi. C'est incroyable.

C'est alors qu'elle lui sourit. Un sourire dont il se souviendrait jusqu'à la fin de ses jours. Pas un sourire de gratitude parce qu'il avait réglé les dettes de son père, ni le doux sourire qu'elle lui offrait lorsqu'il l'emmenait voir un spectacle qu'elle appréciait particulièrement, ou encore celui qui l'envoûtait lorsqu'ils faisaient l'amour.

Ce sourire était celui de la joie partagée, et il en fut étrangement heureux.

Dès le début, leur mariage avait été un contrat. Un échange de bons procédés. Il n'était pas assez stupide pour l'oublier. Avec le temps, il savait qu'elle s'était prise d'affection pour lui, tout comme il s'était attaché à elle. Quant à leur vie sexuelle, elle avait été extraordinaire, et il était fier de l'alchimie qui les poussait l'un vers l'autre. Ces derniers temps, les choses semblaient différentes. Malgré sa désertion, Jack était conscient qu'il existait entre eux un lien plus profond qu'un acte de mariage, et qui n'avait rien à voir avec les convenances.

Cela l'avait d'abord inquiété, car il s'était rappelé la relation toxique qu'entretenaient ses parents, et qu'il ne voulait surtout pas reproduire.

Élisabeth serra très fort sa main, et il se sentit réconforté par sa chaleur. Plus que jamais, il était déterminé à sauver son mariage et à voir grandir son enfant.

Une heure plus tard, ils déjeunèrent dans un grand hôtel londonien. Leur table était isolée et le service discret. Plus important encore, c'était un endroit qu'Élisabeth aimait bien.

Jack l'amenait souvent ici à l'époque de leur mariage et elle adorait la nourriture et la décoration raffinées. Il avait alors remarqué que, même si elle brillait lors d'événements mondains et était à l'aise dans les milieux les plus prestigieux, elle n'exigeait pas d'être sans cesse sous les feux de la rampe, comme certaines des maîtresses qu'il avait eues.

Il fallait se rendre à l'évidence : elle était unique en son genre, et c'était ce qu'il appréciait le plus chez elle. Il avait si peur de la perdre !

Il dut s'affaisser légèrement sur sa chaise, car Élisabeth se tourna vers lui.

— Jack, qu'est-ce qui ne va pas ?

Il secoua énergiquement la tête.

— Rien du tout. Ton plat te plaît ?

— Oui, merci, répondit-elle d'une voix blanche, avant de porter une bouchée à ses lèvres.

— As-tu… quelque chose à me dire, Élisabeth ? risqua-t-il après quelques minutes d'un silence pesant. Qu'est-ce qu'il y a ?

Elle planta son regard accusateur dans le sien.

— Alors c'est normal que tu demandes ça, mais pas moi ? Tu me rabroues très souvent quand tu ne veux pas parler de choses personnelles, tu as remarqué.

Jack secoua la tête, abasourdi. Il pensa à tous les moments merveilleux qu'ils avaient partagés. L'intimité du lit conjugal. L'intensité de ces quelques jours dans les Caraïbes, où il lui avait semblé qu'ils étaient plus proches que jamais. Il avait cru alors, à tort, qu'il l'avait reconquise et, ravi, avait planifié leur retour à Paris.

— Je te rabroue ? répéta-t-il, à la fois furieux et confus.

C'était la femme qui l'avait quitté, deux fois, sans lui laisser le temps de s'expliquer, qui disait cela ?

— Pourquoi ? Parce que je ne partage pas toutes mes pensées ?

— Tu ne partages pratiquement rien, Jack ! Je n'essayais pas d'être indiscrète. Je m'inquiète pour toi, c'est tout.

Elle baissa les yeux.

— Tu ne me fais pas confiance, c'est ça ?

— Bien sûr que si !

Comment pouvait-elle penser une chose pareille ?

— Bien sûr que non !

Élisabeth posa ses couverts avec fracas.

— Ce n'était pas important, je t'assure…

Menteur ! C'était important. Tu as peur de la perdre pour toujours.

— Et tu te demandes pourquoi notre mariage a échoué ? Tu ne veux pas me confier quoi que ce soit de personnel.

Elle l'accusait d'avoir détruit leur mariage alors que c'est elle qui était partie ?

Mais elle ne serait pas partie si elle avait été heureuse, songea-t-il, avant de l'imiter et de poser ses couverts.

— D'accord, de quoi voudrais-tu parler ? Demande-moi tout ce que tu veux savoir.

Ses yeux s'écarquillèrent, plus brillants que des diamants.

— Vraiment ?

Jack acquiesça. Il n'avait rien à cacher. Il avait évité d'admettre à quel point il avait besoin d'elle de crainte de se montrer vulnérable. Mais il le lui dirait si c'était ce qu'elle voulait savoir. Ce serait l'occasion de plaider sa cause car, malgré sa méfiance, le courant était plus fort que jamais entre eux. Elle ne pouvait pas le nier. Elle ne pouvait pas non plus continuer à nier aveuglément que le mieux pour l'avenir de leur bébé était qu'ils restent ensemble...

Il la laissa réfléchir à sa guise et, enfin, elle prit la parole.

— Parlez-moi de ton passé, Jack, de ton enfance. Je ne sais rien, à part ce que j'ai lu dans la presse. Cela ne te paraît pas absurde ?

— Tu veux connaître mon enfance ?

L'idée le bouleversa. C'était une période dont il ne parlait jamais, une partie de sa vie qu'il avait enfouie dans un coin de sa mémoire. Il était tellement sûr qu'Élisabeth poserait des questions sur leur mariage ou leur avenir qu'il n'y avait même pas songé.

— Oui, c'est ça.

Comme elle le regardait avec attention, Jack se demanda ce qu'elle voyait. Il avait l'habitude de masquer ses pensées et ses sentiments. Mais il ne s'agissait pas ici d'une négociation d'affaires. Il était en pleine conversation avec sa femme et il découvrait qu'il était de plus en plus difficile de garder la tête froide en sa présence. Il ne le souhaitait pas, d'ailleurs.

Autrefois, ce constat lui aurait fait peur. Aujourd'hui, il reconnaissait simplement l'évidence, et assumait ses sentiments.

Jack attrapa son verre d'eau et l'avala d'un trait.

— Je suis né à Brisbane. Enfant unique de parents eux-mêmes enfants uniques.

— Tu n'as pas de cousins, de tantes ou d'oncles ? Je n'arrive pas à l'imaginer.

Elle avait été fille unique jusqu'à ce que son père se remarie et ait un fils, et, bien qu'elle ait peu de contacts avec sa famille proche, Jack savait qu'elle avait un faible pour son jeune demi-frère et que sa famille élargie était nombreuse. Elle avait des oncles, des tantes et des cousins dans toute l'Angleterre et l'Europe. Elle semblait être en bons termes avec tous.

La chaleur d'Élisabeth et sa capacité à entretenir des amitiés sincères l'avaient beaucoup attiré, au moment où il l'avait rencontrée. Cela compensait le cercle étroit de sa propre famille. Les relations authentiques étaient rares et il appréciait cela chez elle.

— Étais-tu proche de tes parents ?

Un rire amer se dessina sur ses lèvres, mais, lisant l'inquiétude sur les traits de sa femme, Jack se retint d'exprimer le fond de sa pensée.

— Pas du tout. Ma grand-mère paternelle m'a élevé dès mon plus jeune âge.

— Je vois. Tes parents n'étaient donc pas en mesure de… te soutenir ? Cela a dû être difficile.

Jack eut l'impression que ses poumons étaient pris dans un étau. Mais il chassa bien vite cette douleur incongrue. Il avait tiré un trait sur le passé, et préférait se concentrer sur sa femme, dont le visage reflétait une profonde empathie. Elle avait toujours eu le cœur tendre.

Élisabeth méritait plus que des réponses expéditives. Elle avait besoin d'une vue d'ensemble pour comprendre qui il était, d'où il venait. D'un autre côté, trop en dire ne ferait que l'affliger davantage et c'était la dernière chose que Jack voulait.

Il posa la main sur la sienne.

— Sur le papier, mes parents étaient parfaitement en mesure de subvenir à mes besoins. Ma mère ne travaillait pas et mon père dirigeait une entreprise de BTP très prospère. Ils avaient assez d'argent pour m'envoyer dans un pensionnat privé et pour s'offrir des vacances où bon leur semblait…

Il lut la question suivante dans les yeux d'Élisabeth.

— Mes parents n'étaient pas très responsables, poursuivit-il. La moitié du temps, ils oubliaient que j'existais. Tous deux étaient égoïstes et instables, gouvernés par leurs émotions. Je ne sais pas s'ils se sont mariés par amour car, d'aussi loin que je me souvienne, ils étaient à couteaux tirés.

Il eut un rire amer.

— Littéralement. Un jour, j'ai même cru qu'il allait la tuer. Il lui reprochait ses infidélités, et l'explication a mal tourné.

Élisabeth sursauta.

— Oh ! Jack ! Je ne sais pas quoi dire.

— Il n'y a plus rien à dire, hélas. C'est fini, pour eux. En rentrant d'une soirée, ils ont eu un accident. Aucun des deux ne portait sa ceinture de sécurité et tous deux avaient bu. Je ne serais pas surpris qu'ils se soient aussi disputés...

— Après leur décès, c'est ta grand-mère qui t'a élevé, n'est-ce pas ?

Jack était sur le point d'acquiescer, mais il se rappela que sa femme voulait la vérité. Elle la méritait.

Élisabeth était plus forte qu'il ne le pensait. Au début de leur relation, surtout après avoir découvert qu'elle était vierge, il s'était juré de la protéger mais, aujourd'hui, il savait qu'il n'avait pas besoin de la protéger contre la vérité. Elle était capable d'y faire face.

— Je me suis réfugié chez ma grand-mère bien avant la mort de mes parents. Une nuit, quand j'avais six ans, j'ai fugué pour aller la retrouver, et je ne suis jamais revenu chez moi. Ensuite, j'ai vécu quelques années dans un pensionnat.

Elle tourna vers lui un visage horrifié et ses doigts se resserrèrent autour des siens.

— Tes parents étaient violents avec toi ?

— Non. Ils avaient juste oublié que j'existais.

Jack prit une profonde inspiration et retira sa main. Il n'était plus ce petit garçon effrayé qui quêtait l'amour de ses parents. Il n'avait pas besoin de sa sollicitude, même s'il aurait été facile d'y céder...

— Tu étais proche de ta grand-mère ?

Il haussa les épaules.

— Ce n'était pas une femme tendre et maternelle, mais elle m'aimait à sa façon. Elle ne faisait pas de gâteaux et ne lisait pas d'histoires, mais elle était là quand j'avais besoin d'elle. Et elle m'encourageait toujours lorsque j'étudiais et que j'obtenais de bonnes notes, ou lorsque j'excellais dans un domaine comme le sport ou les débats.

Ses éloges l'avaient incité à progresser et à obtenir de meilleurs résultats.

— Elle me maintenait dans le droit chemin et c'est grâce à elle que j'ai pu réussir.

Jack marqua une pause.

— Elle est morte l'année où j'ai gagné mon premier million.

— Je suis désolée. Cela a dû être très difficile...

Il acquiesça.

— En effet.

Il avait attendu avec impatience de partager cette victoire avec elle, et il s'était senti vide sans personne avec qui la célébrer. Mais il avait ravalé sa déception et s'était concentré sur le prochain objectif, puis sur le suivant...

— Il n'y a pas grand-chose à ajouter. Mon enfance n'a pas été idéale, mais elle m'a rendu fort.

Élisabeth n'avait pas l'air convaincue. Elle semblait plutôt... inquiète, et il devinait pourquoi. Elle le jugeait sur son passé.

Il se pencha vers elle.

— Tu penses sans doute que je viens d'une famille dysfonctionnelle. Or la stabilité est très importante pour un jeune enfant, et...

Jack fit une pause, réalisant qu'il parlait trop vite, et reprit plus lentement.

— Tu te demandes quel genre de père je ferai, compte tenu de mon passé. Mais c'est justement à cause de cela que je ferai un bon père. Je sais à quel point l'environnement familial est important pour un enfant, tout comme la confiance et la bienveillance. Des choses que je n'ai pas connues, ou pas assez.

Sa mère lui avait prodigué de l'amour, pour ensuite se désintéresser de lui...

Une main posée sur son poignet chassa ces mauvais souvenirs.

— C'est pour cela que tu ne voulais pas avoir d'enfants ? À cause de ta famille ?

Jack hésita. S'il avouait sa plus grande crainte - se montrer aussi dur et égoïste que ses parents - elle ne serait pas d'accord pour qu'il élève leur bébé. Pourtant, sa détermination à être un bon père éclipsait tout le reste.

Mais il avait promis la vérité.

— Oui, c'est l'une des raisons.

L'autre étant qu'il n'avait jamais rencontré de femme avec laquelle il aurait pu imaginer fonder une famille. Jusqu'à présent.

— Peux-tu m'en vouloir pour ça ?

Bess secoua la tête.

— Bien sûr que non.

Pas étonnant que les enfants n'aient pas fait partie de ses projets.

Elle nota sa mâchoire serrée, le pouls qui battait sous sa peau bronzée et la tension qui se lisait sur ses traits.

Se demandait-il s'il ferait un mauvais père ?

Il dut lire dans ses pensées, car il revint sur ce point, d'un ton grave.

— Je m'efforcerai d'être le meilleur père possible pour notre enfant, je t'assure. Tu sais que je ne fais pas les choses à moitié !

Quand il se redressa, de nouveau plein d'assurance, Bess comprit que son mari n'était ni l'homme d'affaires très sûr de lui qu'elle avait connu, ni le petit garçon solitaire qu'il venait de révéler. Il était un mélange des deux, et c'était ce qui faisait de lui un être intéressant, complexe.

Comment avait-elle pu croire qu'il n'était rien d'autre qu'un bourreau de travail ambitieux ? Pourquoi n'avait-elle jamais remis en question son obsession de la réussite, son besoin de contrôler son monde, et deviné que derrière cette assurance se cachait un homme plein d'empathie pour ses proches, y compris elle-même ?

Honteuse, elle se recroquevilla sur son siège. Certes, Jack avait toujours évité d'évoquer son passé, mais avait-elle vraiment essayé d'en découvrir davantage ?

— Je suis désolée, Jack, murmura-t-elle.

— Ne me juge pas trop durement, Bess. Je ne suis pas comme mon…

— Bien sûr que tu n'es pas comme ton père, coupa-t-elle.

Elle toussa pour dissimuler son malaise, et reprit :

— Je suis désolée aussi pour ce que je t'ai fait subir par le passé. Je t'ai laissé tomber, moi aussi.

C'était exactement ce qu'elle avait fait, même si, à l'époque, elle avait eu l'impression de ne pas avoir d'autre choix. Elle savait qu'il aurait du mal à faire face à la presse après son départ, et peut-être aurait-elle pu gérer les choses différemment.

— Je n'aurais pas dû te quitter si brusquement.

L'expression de Jack se figea, mais ses yeux brillaient d'une lueur étrange. Elle aurait voulu que les choses soient simples entre eux, et qu'ils aillent enfin de l'avant. Leur avenir et celui de leur bébé méritaient d'être mûrement réfléchis.

— Et puis, une chose est sûre, Jack : quoi qu'il arrive, tu feras un père merveilleux. Je n'ai aucun doute à ce sujet, tu sais.

Pendant une seconde, il resta immobile, puis elle vit ses yeux se plisser, sa bouche se recourber en un sourire si chaleureux, si rare, qu'elle eut l'impression d'avoir découvert un trésor.

— Merci, Élisabeth. Je sais déjà que tu feras une excellente mère, toi aussi.

Si seulement il avait raison ! Elle voulait ce qu'il y avait de mieux pour son enfant, et sa propre mère lui servait d'exemple, mais elle ne pouvait se défaire du sentiment qu'elle n'était pas tout à fait prête pour la maternité.

— Excusez-moi, madame, monsieur… Désirez-vous commander autre chose ?

Elle leva les yeux vers le serveur. Elle avait à peine touché à son assiette.

— C'était délicieux, répondit Jack en souriant, mais je crains que nous n'ayons été un peu distraits…

13

Ils se promenaient dans le luxueux hôtel lorsqu'une vitrine attira l'attention de Bess. Elle ne contenait qu'un seul article : une superbe robe fluide aigue-marine.

Elle lui rappelait les eaux cristallines et les couchers de soleil éblouissants des Caraïbes.

— Tu serais magnifique dans cette tenue.

La voix de Jack était rauque et tendre à la fois, et elle sentit un frisson courir dans tout son corps. Le corps de la femme qu'elle avait tenté d'oublier, la femme qui ne pouvait s'empêcher de désirer encore son mari...

— Elle est splendide, murmura-t-elle.

Mais elle ne pensait pas tant à la robe qu'à ce qu'elle ressentait lorsque Jack la regardait de cette façon. Avec lui, elle se sentait fière et forte, et sûre de son pouvoir de séduction.

— Ce serait parfait pour le mariage de Freya et Michael, ajouta-t-il.

Il avait raison. Cette tenue serait tout à fait adaptée au mariage royal de la décennie.

— Je ne suis pas sûre d'y assister, dit-elle.

— Bien sûr que tu iras ! C'est ta meilleure amie et ta cousine de surcroît. Elle compte sur toi.

Jack réfléchit un instant, avant d'insister.

— C'est à cause de moi, c'est ça ? Parce que tu ne veux pas être vue avec moi ?

— Non. Enfin, un peu... Je ne veux pas attirer l'attention de la presse ce jour-là. Si on nous voyait ensemble, les ragots iraient bon train. Ce mariage est un événement important, qui sera très suivi, notamment par les réseaux sociaux.

Jack la regarda, perplexe.

— Je ne crois pas que cela changerait quoi que ce soit, mais si tu veux, je n'irai pas. Je ne veux pas gâcher le mariage que tu attends avec impatience.

Bess lui retourna un regard incrédule.

— Tu ferais ça pour moi ?

— Oui. Tu viens essayer la robe ?

Bess lui prit la main.

— Michael compte beaucoup pour toi aussi. Tu ne peux pas manquer son mariage.

Jack haussa les épaules.

— Il comprendra...

Elle secoua la tête.

— Pas question.

Entre les deux hommes, l'amitié était solide. Or Jack n'avait pas beaucoup d'amis proches. En dehors de Michael, il semblait n'avoir que des relations d'affaires, parmi lesquelles les inévitables flatteurs soucieux de s'attirer ses faveurs.

— Tu veux assister à ce mariage et Michael a insisté.

Jack posa sur elle un regard insistant.

— Je ne veux pas que ma présence te mette mal à l'aise.

Était-il blessé qu'elle ne souhaite pas être vue avec lui ? Elle avait accepté son aide quand elle en avait besoin, mais qu'avait-elle donné en retour ?

Elle pensa à la période qu'il avait traversée lorsqu'elle l'avait quitté du jour au lendemain. Il était fort et résilient, mais cela ne le mettait pas à l'abri des souffrances. C'était lui qui avait dû affronter les ragots après leur rupture, et elle ne voulait pas le faire souffrir davantage.

— Freya et Michael veulent que nous y allions tous les deux, affirma-t-elle en mêlant ses doigts aux siens. Alors allons-y ensemble !

Pendant un instant, Jack ne réagit pas, mais son regard se fit plus intense, et Bess sentit son sang bouillir dans ses veines.

— Même si la presse en conclut que nous sommes réconciliés ?

Bess haussa les épaules.

— Ils le feront de toute façon. Ce que racontent les journalistes n'a pas d'importance. Notre avenir et celui de notre bébé dépendent de nous, et de nous seuls.

Avec Jack à ses côtés, elle se sentait hors d'atteinte. Presque invulnérable.

Un lent sourire se dessina sur le visage de son mari.

— C'est exactement ce que je pensais. Alors, tu vas essayer la robe ?

Comme elle hésitait, il ajouta :

— Je te l'offre, bien sûr.

— Merci, mais ce n'est pas la peine.

Elle lui lâcha la main.

— Je ne serai pas longue.

Quelques semaines plus tard, Bess finissait de s'habiller pour le mariage. Au lieu de séjourner dans un hôtel du centre-ville, Jack et elle s'étaient installés dans un joli chalet. Construit dans le style alpin traditionnel, il était coiffé d'un toit à pignon et entouré d'un grand balcon. Les jardinières déversaient des géraniums rouges sur les balustrades en bois et l'intérieur mêlait les styles moderne et rustique. Au-dehors, une forêt s'élevait en pente raide vers une montagne au sommet encore enneigé.

Cet endroit ne ressemblait pas du tout à ceux où Jack avait l'habitude de séjourner. L'avait-il choisi pour elle ? Ces derniers temps, il se montrait prévenant et attentionné, la consultant sur tout et faisant tout pour lui plaire.

Le chalet était indéniablement luxueux, mais possédait aussi une chaleur qui faisait défaut aux hôtels cinq étoiles où ils avaient séjourné auparavant. Ce serait l'endroit idéal pour une lune de miel, avec son grand lit aussi doux qu'un nuage…

Bess se mordit la lèvre. Voilà qu'elle recommençait à s'imaginer dans les bras de Jack !

Sa proposition de rester mariés était-elle si incongrue ?

À la vérité, ce serait le mieux pour leur enfant, et puis ces derniers temps ils avaient prouvé qu'ils pouvaient vivre ensemble sans être à couteaux tirés.

Serait-ce si grave de renouer physiquement avec Jack ? C'était un amant merveilleux, et elle n'avait jamais voulu d'autre homme que lui dans son lit, dans sa vie.

C'était bien là le problème !

Bess posa son front contre la vitre, le cœur battant la chamade.

Tout avait changé entre eux, et plus elle passait de temps avec lui, plus il lui serait difficile de s'éloigner à nouveau.

Mais lui, que ressentait-il pour elle ? Avait-il besoin de quelqu'un dans sa vie ? Avait-il besoin d'elle ?

Un coup frappé à la porte la fit sursauter.

— Entrez !

La gorge sèche, elle vit s'avancer Jack, plus séduisant que jamais dans un smoking noir impeccablement taillé. Lorsqu'il planta les yeux dans les siens, elle en eut le souffle coupé. Il y avait une telle tendresse, un tel désir contenu dans son regard qu'elle se sentit pousser des ailes.

C'est alors qu'il sortit un écrin de velours noir de sa poche.

— J'ai pensé que tu aimerais porter ceci, dit-il timidement, comme s'il s'attendait à un refus. Cela irait bien avec ta robe.

Bess comprit de quoi il s'agissait lorsque ses doigts se refermèrent sur l'étui. Elle l'avait laissé à Paris, avec les autres bijoux qu'il lui avait offerts lors de leurs fiançailles.

Les doigts tremblants, elle l'ouvrit : un triple rang de perles relié par un pendentif d'ambre formait un très joli collier ras-du-cou.

Elle l'avait aimé d'emblée, surtout lorsqu'il lui avait dit qu'il l'avait choisi parce qu'il lui rappelait l'éclat de son sourire.

Son sourire vacillait lorsqu'elle se pencha vers lui.

— Merci d'y avoir pensé. Peux-tu m'aider à l'attacher ?

Élisabeth et lui avaient fait sensation en arrivant ensemble, et Jack était ravi de voir que les salles de bal du palais, qui accueillait la cérémonie, étaient bondées. Parmi la foule, ils passaient désormais inaperçus, ou presque.

Mais il aurait de loin préféré entraîner sa femme dans un endroit plus tranquille. Un palais de cette taille devait avoir des centaines de lits ! Même un canapé aurait fait l'affaire pour ce qu'il avait en tête.

Une voix féminine le ramena brusquement à la réalité.

— Quelle excellente idée !

La comtesse Von Quelque Chose, parée de saphirs et de diamants, souriait à Élisabeth.

Sa femme. Qui portait *son* enfant.

Il ne put retenir un frisson de fierté. Leur attirance était plus forte que jamais et un peu plus tôt, au chalet, il avait failli craquer en l'aidant à mettre son collier. Il avait de plus en plus de mal à garder le contrôle de lui-même, et ce n'était pas seulement parce qu'elle était éblouissante dans cette robe. C'était le changement dans son comportement qui l'excitait, ses regards lascifs, ses gestes engageants...

Soudain, un riche entrepreneur s'approcha, avec qui il avait toujours voulu entrer en relation sans en avoir l'opportunité. Mais ce n'était pas le travail qui préoccupait Jack, en cet instant.

— Si vous voulez bien nous excuser, comtesse ? L'orchestre joue notre air préféré. N'est-ce pas, chérie ?

Élisabeth leva les yeux, surprise, mais elle ne tenta pas de se dégager lorsqu'il passa le bras autour de sa taille et la serra contre lui. C'était si bon !

Elle murmura une vague excuse à la comtesse et, du coin de l'œil, Jack vit s'éloigner de l'entrepreneur.

— Notre air ? murmura Élisabeth. Je ne savais pas que tu étais fan de Strauss.

— Quant à moi, je ne me souviens pas t'avoir jamais vue si enthousiaste à l'idée de danser !

Jack la serra contre lui. Leurs corps s'accordaient si harmonieusement que, l'espace d'une seconde, il oublia de respirer. Elle entrouvrit les lèvres, comme pour réclamer un baiser...

Cela faisait trop longtemps qu'ils n'avaient pas été aussi proches.

Il pivota, la faisant basculer sur son bras. Elle le suivit avec grâce, mais ce n'étaient pas ses talents de danseuse qui l'impressionnaient. C'était la confiance qu'elle lui accordait en se laissant ainsi tomber en arrière, s'en remettant à lui. L'excitation qu'il lut dans son regard le galvanisa.

— Je veux être seul avec toi, chuchota-t-il à son oreille.

Ses cils sombres voilaient ses yeux, mais lorsqu'elle croisa son regard, ses prunelles brillaient comme des diamants, et il sentit con cœur tambouriner contre le sien.

— Oui...

Ému aux larmes, il la serra plus fort encore contre lui.

Combien d'heures avait duré ce mariage royal ? Trop, songea Jack quand ils regagnèrent enfin leur chalet. Toutes ces mondanités avaient fatigué Élisabeth, qui faillit trébucher en descendant de la voiture.

— Je peux marcher, tu sais ! dit-elle dans un élan d'orgueil.

— Laisse-moi te porter, insista-t-il. Tu ne tiens plus debout.

Élisabeth devait vraiment être épuisée, car elle acquiesça et posa la tête contre sa poitrine.

Il prit les escaliers avec lenteur, comme s'il ne voulait pas que cette parenthèse se termine. Mais ils arrivèrent vite dans la chambre. Il ouvrit la porte, déposa délicatement son précieux fardeau sur l'édredon blanc doux comme un nuage, puis s'écarta aussitôt. Il ne pouvait pas se permettre un baiser, même bref, car Élisabeth avait besoin de repos. Il ne fallait pas oublier qu'elle était enceinte.

Jack enfonça ses poings serrés dans ses poches.

— Dors bien… On se verra demain matin.

Sans attendre de réponse, il fit volte-face et sortit à la hâte, avant que ses bonnes intentions fondent comme neige au soleil.

Une fois dans la salle de bains, il songea qu'une douche bien fraîche lui ferait le plus grand bien. Mais alors qu'il entrait dans la cabine, il sentit une présence et se retourna vivement.

Là, dans l'encadrement de la porte, se tenait Élisabeth.

Nue.

14

Quand Jack parcourut du regard son corps, la fatigue de Bess s'envola, remplacée par un désir brûlant. On aurait dit qu'il allait la dévorer de baisers, posant sa bouche partout où ses yeux s'attardaient.

Excitée au plus haut point, elle sentit une onde de chaleur envahir le cœur de sa féminité. Entre Jack et elle, la passion n'avait jamais faibli, et les dernières semaines avaient mis sa détermination à rude épreuve. Ce n'était pourtant pas juste le désir de sexe qui l'attirait vers lui ce soir, mais un simple aveu : elle ne pouvait plus garder ses distances…

Elle l'aimait, l'avait toujours aimé, et l'aimait encore plus depuis que leur relation s'était apaisée.

Les révélations de Jack avaient jeté un éclairage nouveau sur sa vie, sur sa personne tout entière. Lorsqu'il avait révélé des bribes de son passé, elle avait ressenti son angoisse et avait compris pourquoi il se montrait si combatif. Mais il n'avait pas uniquement cherché à susciter son empathie. Son comportement récent prouvait qu'il était capable d'écouter, et qu'il voulait sincèrement changer les choses. Il ne se contentait plus de prendre sa vie en main. Même lorsqu'il s'agissait de leur enfant, il avait à cœur de parvenir à un accord mutuel. Il la traitait en égale, et c'était le plus puissant des aphrodisiaques.

Auprès de lui, elle se sentait plus vivante que jamais.

Quand leurs regards se captèrent, elle crut que le sol allait se dérober sous ses pieds. Elle avança lentement vers lui, tandis qu'il ouvrait la porte vitrée de la douche.

— Élisabeth...

Dans sa bouche, son nom se faisait caresse, et de nouveau une onde de chaleur la traversa.

— J'ai envie de toi, Jack.

Elle avait besoin de prononcer ces mots, trop longtemps retenus.

De grandes mains se posèrent sur ses hanches et l'entraînèrent dans la douche, délicieusement chaude. Avant même qu'il ne puisse lui donner un baiser, elle s'agenouilla et approcha ses lèvres de son érection.

— Bess...

Il glissa les doigts dans sa chevelure tandis qu'elle lui prodiguait la plus intime des caresses. Son plaisir était le sien et elle voulait tout lui donner.

— Arrête..., gémit-il. Laisse-moi...

La tête basculée en arrière, il laissa échapper un long soupir, et elle enfonça ses ongles dans ses fesses musclées. Elle ne cessa que lorsque son cri de plaisir résonna dans la cabine emplie de vapeur.

Lorsqu'il reprit ses esprits, il la releva et la serra à l'étouffer contre son cœur qui battait follement contre le sien. Puis il prit sa bouche en un baiser langoureux, et si profond qu'elle eut l'impression que leurs deux corps s'étaient fondus l'un dans l'autre pour n'en former plus qu'un.

L'instant d'après, elle sentit la fraîcheur du carrelage, dans son dos. Elle ouvrit les yeux et vit qu'il la regardait, un sourire sensuel ourlant ses lèvres.

Il glissa sa main entre eux, prit son sein en coupe et en titilla doucement la pointe, lui arrachant un cri de plaisir.

Le sourire de Jack s'élargit.

— Ne recommence jamais ça...

Puis il se baissa, les mains toujours sur ses seins, puis sur sa taille et ses hanches. Quand il caressa son ventre avec adoration, elle oublia ses craintes. Son corps de femme enceinte lui plaisait visiblement beaucoup, et il effleura son nombril, délicatement, comme on dépose une offrande.

— Qui aurait cru que la grossesse te rendrait encore plus sexy ?

Ces mots eurent raison des dernières réserves de Bess qui, la tête renversée, s'abandonna à l'exquise caresse. Par le passé, Jack avait pris le temps de découvrir son corps, et il savait parfaitement ce qu'elle aimait...

C'était merveilleux. Elle était totalement à sa merci, et cela l'excitait au plus haut point. Il la soumettait à la plus douce des tortures, lui donnant tant de plaisir qu'elle tremblait de la tête aux pieds. S'il ne l'avait pas soutenue, ses genoux se seraient dérobés.

Quand ses yeux rencontrèrent ceux de Jack, elle bascula dans une myriade d'étincelles. L'instant d'après, elle sombrait dans l'extase, et elle ne revint à la réalité que lorsque des bras puissants la saisirent et qu'une voix apaisante lui murmura des mots d'amour... À la fois épuisée et comblée, elle se fondit en lui. Leurs deux corps n'en formaient plus qu'un, et leur bonheur était parfait.

Quelques heures plus tard, Bess se réveilla dans les bras de Jack. La lumière du soleil perçait à travers les rideaux et elle devina qu'il était tard.

Ils n'avaient pas beaucoup dormi. Ils n'avaient même pas réussi à sortir de la douche après avoir atteint le paradis. Alors que Jack la tenait serrée contre lui, le désir, de nouveau, les avait submergés. Il l'avait possédée, alors qu'elle haletait, les deux mains appuyées contre la paroi de la douche, offerte...

Ils avaient passé le reste de la nuit lovés l'un contre l'autre, et en cet instant, elle était si bien qu'elle n'avait nulle envie de se lever.

— Annulons notre voyage de retour et restons au lit, aujourd'hui.

En entendant la voix rauque de Jack, elle ouvrit lentement les yeux, et croisa son regard brillant de désir.

— Parfois, vous avez d'excellentes idées, monsieur Reilly.

Son sourire la fit fondre.

— Je suis heureux que vous soyez d'accord, madame Reilly.

Bess cligna des yeux, surprise et troublée qu'il emploie son nom de femme mariée, alors que leur mariage n'était plus qu'un souvenir. Le silence s'installa, rompant le charme de l'instant.

Elle devina à son léger froncement de sourcils que Jack n'avait pas vraiment voulu l'appeler ainsi. Cela lui avait-il échappé ? Pourtant, l'homme qu'elle connaissait réfléchissait toujours avant de parler.

Un souffle profond souleva sa poitrine et il dit, presque avec réticence :

— Il faut que nous parlions, Élisabeth. J'ai repoussé ce moment, mais je n'en peux plus.

Elle aurait voulu effacer ces mots pour se perdre en lui et se concentrer sur ce qui, dans leur relation, ne posait pas problème : le sexe. Mais, devant sa détermination, elle acquiesça.

— Tu sais que je ne veux pas divorcer, mais je ne t'ai pas dit pourquoi.

Bess le regarda.

— Si, tu me l'as dit. Tu veux être un père à plein temps. Tu veux que notre bébé ait une vraie famille.

Jack lui caressa doucement l'épaule.

— C'est vrai. Je veux élever cet enfant avec toi. Je ne veux pas qu'un autre homme joue ce rôle.

Un frisson la parcourut à l'idée d'un avenir où elle serait avec un autre que Jack.

— C'est incroyable, n'est-ce pas, que je puisse insister sur ce point alors que je n'ai jamais pu m'engager dans une relation au long cours ? reprit-il, non sans ironie. J'étais tellement perturbé, du temps de notre mariage, que je ne pouvais même pas me résoudre à acheter un appartement. Un endroit pour nous. Cela peut paraître stupide, mais j'avais une peur bleue de me fixer. La maison de mon enfance tenait plus du champ de bataille que du foyer chaleureux. Même lorsque je vivais avec ma grand-mère, la maison n'était pas un endroit sûr, et il me semblait plus facile de ne pas m'attacher.

— À des lieux ou à des personnes ?

Bess noua les bras autour de son cou.

— Jack...

— Assez parlé du passé ! Parlons plutôt de l'avenir. Parce que je veux fonder un foyer, avec toi et notre enfant et peut-être, si tu es d'accord, d'autres enfants à l'avenir.

Stupéfaite, elle écarquilla les yeux. Il voulait d'autres enfants ?

— C'est pour cela que j'ai prévu la maison de campagne, précisa-t-il.

Bess se raidit dans ses bras.

— Tu veux t'installer là-bas ? Arrêter de déménager de ville en ville ?

— Je peux faire la navette si nécessaire, mais si je veux être un mari et un père, je dois adapter ma façon de travailler. Déléguer davantage, travailler plus intelligemment.

Il marqua une pause.

— En outre, je veux passer plus de temps avec toi.

Elle voulait le croire, de toutes ses forces. Mais, même si elle avait fantasmé sur la vieille maison, qui représentait à ses yeux le foyer idéal, elle avait besoin d'en avoir le cœur net.

— Tu veux dire que... tu as acheté cette maison ? demanda-t-elle.

— Je ne ferais pas cela sans te consulter, répondit-il aussitôt, comme s'il devinait ses réserves. J'ai pris un bail avec option d'achat, et nous devrons tous les deux décider si c'est la bonne solution. Comme tu avais besoin d'en endroit calme, j'ai pensé que la meilleure façon d'y parvenir serait d'y vivre... à l'essai, en quelque sorte.

Jack sembla hésiter, avant de poursuivre.

— Si tu veux toute la vérité, j'ai trouvé cet endroit avant notre départ pour les Caraïbes. Une connaissance voulait vendre cette demeure, et lorsqu'il me l'a décrite, j'ai tout de suite pensé à toi. Ton goût pour les vieilles maisons atypiques. Ton amour de la campagne, des parterres de jacinthes et des chevaux, les jardins que tu m'as montrés à Moltyn Hall. Tu avais l'air si heureuse, là-bas !

Bess se souvenait du jour où elle lui avait fait visiter son ancienne maison. Il avait raison : elle adorait les jardins.

— Tu l'as louée avant notre semaine aux Caraïbes ? répéta-t-elle, incrédule. Avant que je ne tombe enceinte ?

Il inclina la tête.

— Oui. Pourquoi ? insista-t-il, un peu mal à l'aise.

L'expression de Jack s'assombrit, et elle le troubla, tout à coup.

— Je voulais que tu reviennes, Bess. J'avais besoin de toi. C'est pourquoi j'ai tout organisé méticuleusement, afin de pouvoir te convaincre de revenir.

— Me séduire, tu veux dire ?

— Oui.

Il eut un sourire triste.

— Je refusais d'envisager la possibilité d'un échec. Il fallait que tu me reviennes. À tout prix.

— Parce que tu avais besoin de moi à tes côtés ? Pour tes affaires ?

Le rire sans joie de Jack la surprit.

— C'est ce que je me racontais. C'est aussi ce que j'ai prétexté pour faire ma demande en mariage. À l'époque, je refusais de voir la vérité.

— Quelle vérité ? De quoi parles-tu, Jack ?

Il planta son regard grave dans le sien.

— Je t'aime, Bess.

Bess le regarda fixement, abasourdie, en tentant de se convaincre qu'elle avait bien entendu. Son cœur battait si fort qu'elle n'arrivait pas à reprendre son souffle.

— Dis-le encore une fois…

Il la prit dans ses bras, et répéta :

— Je t'aime. Il m'a fallu quelques années pour m'en rendre compte. J'apprends lentement, mais j'ai des excuses : je n'avais jamais rencontré l'amour auparavant, et je n'ai pas compris que j'étais en train de vivre une grande histoire… Désolé, je divague.

— Tu es... sincère ?

— Tu crois vraiment que je pourrais mentir à ce sujet ?

— Non, tu dis toujours la vérité.

— Sauf quand je ne la connais pas ! Je me suis convaincu que je t'avais épousée pour des motifs égoïstes, purement utilitaires, et aussi en raison de l'attirance qui existait entre nous...

Ses yeux s'illuminèrent, et il poursuivit.

— Mais ce que je ressentais était plus profond, inexplicablement. Ce n'est que lorsque tu es partie que j'ai pris conscience de mes sentiments. Même à ce moment-là, j'ai eu du mal à mettre un nom dessus.

Il sourit, avent de répéter :

— Je t'aime, Bess. Je veux passer le reste de ma vie avec toi. J'ai été trop long à m'en rendre compte et, dernièrement, trop effrayé pour te le dire, par crainte d'être rejeté.

Jack, effrayé ? C'était inconcevable. Elle leva les yeux vers lui. Malgré son sourire, son regard s'était assombri, et le pouls dans son cou battait la chamade.

Ce n'était pas une ruse et il était parfaitement sincère, elle en avait la certitude. En choisissant cette maison avant même d'être informé de sa grossesse, il avait agi par amour pour elle, et non à cause de leur bébé.

— Oh ! Jack !

Bess était trop émue pour en dire plus. Soudain, c'était comme si on venait de la soulager d'un grand poids. Doucement, elle se pencha pour poser ses lèvres contre sa gorge, là où son pouls s'accélérait.

Lorsqu'elle s'écarta enfin, elle avait les yeux brillants.

— Ce sont des larmes... de joie ? demanda-t-il.

Elle sécha ses joues d'un geste vif.

— Je ne pleure pas !

Jack passa tendrement son pouce sur sa joue. Loin de le rejeter, Élisabeth se blottissait contre lui, des étoiles dans les yeux, et il sentit un bonheur indicible l'envahir.

— Je t'ai aimé dès le début, Jack.

Ses yeux ambrés captèrent les siens.

— C'est pour cela que je t'ai épousé. Pas parce que tu pouvais épargner à mon père une faillite certaine, mais parce que je t'ai aimé dès notre première rencontre.

Respirait-il encore ? Jack n'aurait su le dire, car le temps semblait s'être arrêté.

— Je ne croyais pas au coup de foudre, poursuivit-elle. Je pensais que c'était un mythe. Mais tu étais si... parfait que j'ai été immédiatement conquise.

Il sourit.

— Je suis loin d'être parfait, pourtant, et j'ai commis des erreurs.

— Tu as raison, nul n'est parfait. Mais tu es l'homme qu'il me faut. J'espérais qu'un jour tu ressentirais la même chose à mon égard.

Élisabeth marqua une pause.

— Mais à Paris, j'ai compris que je me faisais des illusions et...

— C'est pour ça que tu es partie ? Parce que tu doutais de mes sentiments pour toi ?

Elle acquiesça.

— Tu as bien fait !

Elle tourna vers lui un regard stupéfait.

— Si tu n'étais pas partie, il m'aurait fallu encore plus de temps pour décrypter mes sentiments, expliqua-t-il. C'est seulement à ce moment-là que j'ai compris que ma vie tout entière tournait autour de toi.

Il prit une profonde inspiration, comme pour mieux saisir le sens de ses propres paroles.

— Tu es sûre, Élisabeth ?

Tout bon négociateur sait qu'il ne faut pas remettre en question une avancée, et encore moins une victoire, mais il ne pouvait se résoudre à accepter l'évidence.

— Absolument sûre.

Elle lui caressa la joue.

— C'est juste que... je n'osais pas reconnaître mes sentiments, moi non plus. J'en étais venue à me considérer comme indigne d'être aimée, et incapable de l'accepter.

Jack haussa les sourcils.

— Indigne d'être aimée ? Quelle folie !

En la serrant contre lui, il entreprit de lui énumérer toutes les raisons pour lesquelles elle se trompait. Pour la première fois de sa vie, Jack avait la certitude que la vie pouvait être tout simplement... merveilleuse. Avec Élisabeth à ses côtés, il était enfin comblé.

15

— Cette affaire ne se présente pas bien, Jack. Le nouveau premier ministre a évoqué la possibilité d'annuler le contrat, prétendant que les entreprises étrangères ne s'intéressent qu'à leurs profits et…

— C'est absurde !

Jack se dirigea vers la fenêtre, le téléphone à l'oreille, et regarda vers l'extérieur, où les douves avaient été drainées afin de permettre aux spécialistes d'inspecter les fondations du manoir.

— Son pays n'aurait jamais pu financer ce projet sans nous, et sa contribution ne couvrira pas nos frais ! ajouta-t-il. Il ne s'agit pas d'une question de profit pour nous.

— Je le sais bien… Mais il bluffe en jouant la carte du nationalisme, et renforce ainsi les préjugés à l'égard des entreprises étrangères.

— Au risque de compromettre une alimentation en énergie renouvelable quasi gratuite dans les îles périphériques ?

— Nous pensons qu'il veut aller de l'avant, mais qu'il veut apparaître comme l'homme fort du projet, celui qui gère les investissements étrangers.

Jack secoua la tête.

— Épargnez-moi les considérations politiciennes !

Son interlocuteur laissa échapper un rire ironique.

— C'est déjà un miracle que vous ayez décroché ce contrat, vous savez !

Il avait fallu plusieurs années de travail et d'efforts diplomatiques, mais le jeu en valait la chandelle. Depuis le jour où il avait commencé à gagner de l'argent, Jack avait affecté un pourcentage important de ses bénéfices à des projets d'énergie renouvelable dans des régions qui n'avaient pas les moyens d'engager des travaux d'envergure.

Ce projet, en plus d'apporter l'électricité à des régions qui en étaient privées jusque-là, devait être un modèle vertueux, respectant la culture et l'environnement locaux.

Jack se passa la main dans les cheveux.

— Qu'est-ce qu'il demande ?

— Une visite de l'équipe de direction, dirigée par vous. Il ne traitera avec personne d'autre que le P-DG. Il veut des séances de photos, des réunions avec des membres éminents du gouvernement, des visites de sites, et même une grande soirée donnée par le Premier ministre en votre honneur !

Jack ricana.

— Il n'a pas peur que j'abandonne le projet ? C'est mon entreprise qui rend service à son pays, et non l'inverse !

— Il sait combien de temps et d'efforts ont été nécessaires pour en arriver là. Il n'est pas dupe. Il sait aussi ce que cela représente pour vous en termes d'investissement personnel.

C'était vrai. Jack avait visité trop d'endroits dans le monde où des vies auraient pu être sauvées s'il y avait eu de l'électricité pour alimenter les hôpitaux ou pomper de l'eau douce. C'était l'une des raisons pour lesquelles il avait été attiré par ce secteur.

— Quel est le calendrier envisagé ?

— Il parle de lundi prochain.

Lundi ! Le jour où Jack devait emmener Élisabeth passer son échographie. Il ne pouvait pas rater ce rendez-vous. C'était trop important. Il avait promis d'être là et il voulait y assister, afin de s'assurer que tout allait bien pour le bébé.

En outre, il venait de rentrer d'une série de réunions en dehors de l'Angleterre. Élisabeth et lui avaient discuté de son emploi du temps et décidé que, plutôt que d'essayer de faire la navette plus souvent, il réduirait ses déplacements autant que possible.

Elle lui manquait tous les jours et il savait qu'elle ressentait la même chose.

— C'est impossible. Je peux envoyer une équipe d'ingénieurs sur place d'ici là...

— Ce n'est pas suffisant. Il a déjà annoncé votre visite. C'est vous qu'il veut voir, Jack.

Jack serra les poings.

— Laissez-moi y réfléchir.

Il prit rapidement congé et commença à faire les cent pas dans son bureau, furieux qu'un de ses potentiels clients se croie autorisé à lui dicter sa conduite.

Il ne pouvait pas laisser tomber Élisabeth. Cette échographie était trop importante et il avait promis d'être là quand elle avait besoin de lui.

Elle n'avait que peu parlé du fait qu'elle s'était sentie rejetée par sa famille, mais Jack en savait assez pour comprendre que la peur de ne pas être aimée était très ancrée en elle.

Il lui avait dit qu'il l'aimait et essayait de le lui montrer tous les jours. Il ne pouvait pas, ne voulait pas la laisser penser qu'il faisait passer les affaires avant elle.

D'autant plus qu'ils avaient récemment organisé la visite de son jeune demi-frère, qu'elle aimait beaucoup. Que se passerait-il si Jack partait en Asie pendant ce temps-là ?

Un frisson lui parcourut l'échine. Ce n'était pas ainsi qu'il pourrait construire la famille qu'il souhaitait par-dessus tout.

Il ne pouvait pas prendre ce risque, quel que soit l'enjeu. Il avait laissé tomber sa femme par le passé et pour rien au monde il ne voulait réitérer cette erreur.

Bess leva les yeux vers Jack, dont les traits audacieux étaient éclairés par le soleil de l'après-midi, et se détendit dans ses bras.

C'était merveilleux de l'avoir à la maison. Il lui avait manqué, bien qu'elle ait été occupée par les plans des jardins et l'enseignement à temps partiel.

— Tu es sûr qu'il n'y a rien d'anormal ?

Elle ne l'avait pas trouvé dans son bureau, mais ici, près des douves, l'air préoccupé.

— Y a-t-il un problème avec la maison ?

Elle espérait que non, car elle était déjà attachée à cet endroit.

Ses yeux bleus cherchèrent les siens.

— Non, tout va bien. C'est juste que... j'ai beaucoup de choses en tête, en ce moment.

Bess appuya sa tête contre son épaule et le serra dans ses bras. Ensemble, ils feraient de cet endroit leur foyer.

Une heure plus tard, alors qu'elle passait devant le bureau de Jack, elle surprit une conversation téléphonique.

— Je sais que c'est un désastre total, mais je ne peux pas partir. On a besoin de moi, ici !

Il avait l'air si tendu, si furieux qu'elle s'arrêta net.

— Oui, mais j'ai les mains liées. S'il veut tout annuler, eh bien... qu'il en soit ainsi !

Bess s'éloigna, de crainte d'être surprise en train d'écouter aux portes. Mais les paroles de Jack continuaient de résonner dans sa tête : « Je ne peux pas partir. On a besoin de moi ici. »

Il parlait sans doute d'un nouveau déplacement qu'il n'était pas prêt à faire, et elle lui en était reconnaissante. Elle aimait l'avoir ici. Elle aimait le sentiment d'appartenance qui s'était renforcé entre eux depuis qu'ils s'étaient avoué leurs sentiments. Plus ils passaient de temps ensemble, à planifier leur avenir et à partager les menus détails de la vie, plus leur lien était solide. C'était tout ce dont elle rêvait !

Pourtant, elle ne parvenait pas à se rassurer, alarmée par le ton inquiet qu'elle avait perçu chez Jack. Quel que soit le problème auquel il était confronté, il ne voulait pas le lui confier de crainte de l'ennuyer.

Heureusement, l'assistante personnelle de Jack, Leanne, appela Bess pour lui demander si elle pouvait assister à un gala de charité le mois suivant, et n'opposa aucune résistance quand elle l'interrogea.

— Vous voulez dire qu'il... abandonne le projet ?

Bess ne put cacher son incrédulité.

— Après tout ce travail ?

— Oui. Il est intraitable, et il n'écoute personne.

Le ton de Leanne alerta Bess.

— Et... que veut-on lui dire ?

L'assistante laissa échapper un soupir.

— Que le Premier ministre n'appréciera pas de perdre ce projet, même si c'est en partie sa faute. Il déformera la réalité pour faire savoir au public que Jack a fait des promesses qu'il n'a pas pu tenir, qu'il a fait naître des espoirs, puis déçu tout le monde. Il nuira à la réputation de l'entreprise et...

— Je comprends, murmura Bess d'un ton grave. Jack n'a pas dit pourquoi il refusait d'y aller ?

— Non.

Leanne n'en révéla pas plus, mais son silence était éloquent.

Bess posa la main sur son ventre, tandis qu'une foule de pensées envahissaient son esprit.

Elle pensa à la promesse de Jack de réduire ses déplacements et de déléguer davantage. Elle se réjouissait de l'avoir plus souvent à ses côtés. Elle adorait étudier avec lui de vieilles cartes et de vieux plans du domaine, et discuter des améliorations à apporter. Elle avait le sentiment grandissant de vivre dans un cocon, un peu à l'écart du monde...

Était-ce parce qu'elle ne se sentait pas assez sûre d'elle, ni de l'amour de Jack, pour le partager avec le monde extérieur ?

— Je suis désolée, Leanne, il faut que je vous laisse. À plus tard !

Elle raccrocha d'une main tremblante, et lâcha son téléphone.

Je ne peux pas partir. On a besoin de moi ici.

Jack croyait-il qu'elle ne comprenait pas à quel point ce projet était vital pour lui, pour son entreprise et pour les nombreuses personnes dont il pourrait changer la vie ?

Craignait-il qu'elle ne fasse pas confiance à leur relation et lui demande sans cesse de faire ses preuves ?

Il savait qu'elle s'était sentie rejetée par sa famille. Peut-être l'estimait-il trop fragile pour s'en sortir s'il la laissait seule au moment d'aller passer son échographie ?

Bess se laissa tomber sur un canapé voisin.

Se pouvait-il qu'elle fût à ce point fragile ? Voire lâche ?

Certes, elle détestait les confrontations. Elle avait quitté Jack, deux fois, sans avoir le courage de discuter avec lui de leur situation. La première fois, elle avait simplement dit qu'elle était malheureuse et que leur mariage ne fonctionnait pas, mais Jack n'avait pas été en mesure d'avoir une conversation. La deuxième fois, elle lui avait envoyé un SMS alors qu'elle montait dans l'avion !

Lorsqu'il s'était agi d'avouer ses sentiments pour lui, elle s'était abstenue, attendant que Jack se jette à l'eau le premier. Jack, qui n'avait jamais connu, comme elle, le sentiment de sécurité que procure l'amour d'une mère, avait été le seul à affronter ses sentiments et à lui dire ce qu'il éprouvait. Il avait pris ce risque, sans savoir si elle le rejetterait.

Alors qu'elle l'aimait depuis des années, mais était trop effrayée pour le lui dire !

En proie à une grande confusion, Élisabeth se laissa tomber dans le fauteuil le plus proche.

Elle avait cru leur relation parfaite. Mais comment pouvait-elle l'être, alors qu'elle était bâtie sur des bases aussi fragiles ?

— Rude journée ?

Jack leva les yeux et aperçut Bess dans l'embrasure de la porte, magnifique dans une robe dorée qui moulait sa silhouette légèrement arrondie.

— Tu as changé…

Il se racla la gorge et écarta sa chaise du bureau.

— Nous sortons, ce soir ?

Elle secoua la tête et s'approcha lentement de lui.

— Non. Je voulais juste me faire belle pour toi...

Jack sourit et l'attira sur ses genoux, se rappelant l'accueil enthousiaste qu'elle lui avait réservé à son retour de voyage.

— Eh bien, tu m'en vois ravi !

Sa main effleura sa cuisse tandis qu'il se penchait vers elle, humant son parfum de rose. Oui, sa femme était très sexy, et il eut soudain envie de lui montrer l'effet qu'elle avait sur lui...

— J'ai une idée à te soumettre, ajouta-t-elle.

Il recula pour croiser son regard.

— Une surprise ? demanda-t-il, alors que son désir se faisait plus pressant. Dis-m'en plus, chérie.

Son sourire acheva de l'embraser.

— Tu sais, j'aime bien ton grand bureau...

Quand elle passa lentement la main sur le bois, écartant une pile de dossiers, Jack sentit son pouls s'accélérer.

— Mais ce n'est pas ça, ma surprise.

Aussi excité qu'un adolescent, il déglutit avec peine avant d'articuler :

— Ah bon ?

— Non.

Dans son regard, la lueur mutine disparut, laissant place à une expression sérieuse tandis qu'elle se tournait pour lui faire face, les paumes appuyées contre sa poitrine.

— Élisabeth... Qu'y a-t-il ?

— Tu sais que je t'aime, Jack, n'est-ce pas ?

Ses bras se resserrèrent autour d'elle.

— Oui. Et je t'aime aussi. Cela sera toujours ainsi.

Doutait-elle de ses sentiments pour elle ?

— Je sais, mon chéri. Tu m'aimes plus que je ne le mérite...

Il sentit ses doigts sur ses lèvres lorsqu'il voulut protester.

— Laisse-moi finir... Je me suis rendu compte aujourd'hui que je n'avais pas été très claire avec toi. Je savais que je t'aimais depuis des années, mais j'avais trop peur de l'avouer et j'attendais que tu te déclares en premier...

— Mais... Cela n'a pas d'importance, tu sais. Tout est clair, maintenant.

— J'avais pris l'habitude de fuir les conflits, au lieu d'y faire face. C'est ma faute si tu penses que je ne suis pas assez forte pour supporter les changements ou les déceptions.

Jack se cabra.

— Tu es déçue par notre relation ?

— Bien sûr que non !

Pour le lui prouver, elle déposa un long baiser sur sa bouche. Mais lorsqu'il voulut l'approfondir, elle se déroba.

— Laisse-moi finir d'abord...

Il acquiesça, confus mais rassuré.

— Tu n'as pas besoin de me prouver ta loyauté, Jack. Quant à moi, je ne veux pas te décevoir à nouveau. C'est pourquoi j'aimerais que tu ailles en Asie la semaine prochaine. Leanne est en train de régler les détails pour toi et ton équipe.

Jack se renfrogna.

— Leanne t'a parlé de ça ? Elle n'aurait pas dû !

— Ne lui en veux pas. C'est moi qui lui ai demandé parce que j'étais inquiète pour toi.

— Ce n'est pas la peine. Je sais ce que j'ai à faire.

Élisabeth hocha la tête.

— Oui, il faut que tu ailles en Asie pour sauver ce contrat. C'est trop important, pour les gens là-bas, pour ton entreprise et pour toi. Je sais que tu ne te serais jamais engagé dans cette voie si cela ne te tenait pas à cœur.

Il voulut protester, mais elle continua.

— Je ne vais pas m'effondrer parce que tu dois partir au moment de mon échographie ou de la visite de Tom. Ni douter de ton amour parce qu'une crise est survenue.

Ses yeux brillaient de vérité et il sentit une douce chaleur s'épanouir au plus profond de lui.

— Je t'aime, Jack, et ça signifie que je te soutiens autant que tu me soutiens. Aimer, c'est donner autant que prendre. J'ai changé la date de mon échographie et celle de la visite de Tom. Il viendra une semaine plus tard.

Elle sourit.

— Parce que je t'accompagne ! Il s'avère que le Premier ministre et sa femme attendent leur deuxième enfant. Je suis sûre qu'elle et moi aurons beaucoup de choses à nous dire pendant que vous et son mari serez occupés à parler affaires !

Jack vit la lumière de triomphe dans ses yeux. Comment pouvait-elle se croire faible une seule seconde ?

— Tu n'es pas obligée de faire ça, Élisabeth. Je ne t'en voudrai pas si tu préfères te consacrer à autre chose...

— J'ai l'intention d'être la meilleure épouse possible. Je t'aimerai et te soutiendrai de toutes les manières possibles, y compris en étant présente et en veillant à ce que tu ne perdes pas ton sang-froid avec ce politicien capricieux !

Jack laissa échapper un rire surpris.

— Tu n'as pas idée à quel point c'est tentant !

Elle avait l'air si déterminée que Jack ressentit une grande fierté. Comme il avait de la chance d'avoir à ses côtés cette femme ardente et douce à la fois !

— Tu ne vois donc pas d'inconvénient à ce que je change tes plans ?

— Pas du tout. Ton idée est géniale ! J'ai hâte de voir le Premier ministre tomber sous ton charme... et signer ce fichu contrat ! Merci de tout cœur, Élisabeth. Personne n'a jamais fait cela pour moi auparavant.

— Alors habitue-toi, parce que j'ai l'intention de recommencer. Tout comme je sais que tu seras toujours là pour moi.

Il acquiesça, à court de mots, puis, doucement, il la fit basculer sur le bureau.

Épilogue

— Chers amis, nous sommes réunis ici pour célébrer l'union d'Élisabeth et de Jack…

Bess sourit à l'homme qui se trouvait à ses côtés, sur cette plage privée des Caraïbes. Jack était très séduisant, dans un pantalon clair et une chemise blanche en lin.

Ses yeux d'azur s'illuminèrent lorsqu'ils rencontrèrent les siens.

À le voir ainsi bercer Alexandra Amber Reilly, leur fille adorée, Bess sentit son cœur chavirer.

Quand son mari lui sourit, elle songea avec impatience à la soirée qui les attendait. Son père et Jillian avaient proposé de faire du baby-sitting ce soir, et ils seraient en tête à tête.

Émue aux larmes, elle se tourna vers le célébrant. Cette cérémonie de mariage était simple mais belle, grâce surtout à la présence affectueuse de leurs amis et de leur famille. Tom, en tant que témoin, rayonnait littéralement, et le fait de voir Michael si attentionné à l'égard de Freya, enceinte de leur premier enfant, rappela à Bess des souvenirs de sa propre grossesse.

Une fois leurs vœux prononcés, Jack la serra contre lui et elle se perdit dans la douceur de son sourire.

— Heureuse, ma chérie ?

— Toujours. Tant que je suis avec toi…

Quand il prit ses lèvres pour un long et langoureux baiser, elle sut qu'elle avait enfin trouvé son port d'attache.

MELANIE MILBURNE

Odieuse attirance

Traduction française de
CHRISTINE MOTTI

AZUR

HARLEQUIN

Titre original :
BLACKMAILED INTO THE MARRIAGE BED

Ce roman a déjà été publié en 2019.

1

Ailsa avait longuement hésité avant de reprendre contact avec son mari, Vinn Gagliardi, après presque deux ans de séparation, puis elle avait fini par s'y résoudre. Et à présent, comble de l'horreur, elle devait attendre qu'il daigne la recevoir.

Et attendre.

Et attendre.

Et attendre encore.

Cela faisait déjà plus d'une heure qu'elle trépignait, les nerfs à fleur de peau.

Elle avait beau tenter de s'occuper l'esprit en consultant les magazines mis à sa disposition par l'éblouissante assistante de Vinn, rien n'y faisait : elle se sentait de plus en plus agacée et tendue.

On lui servit un délicieux café, puis une eau citronnée qu'elle avala d'un trait. Elle commençait vraiment à en avoir assez. Si cela continuait, elle risquait de se ronger les ongles jusqu'au coude. Ou alors, elle finirait par se ruer sur la porte du bureau de Vinn et l'ouvrir à la volée.

De toute évidence, il l'ignorait sciemment. Ailsa l'imaginait bien installé à son bureau, occupé à dessiner une nouvelle ligne de mobilier, le sourire aux lèvres, savourant chaque minute de l'attente qu'il lui infligeait. Une torture à laquelle il prenait sans doute un plaisir fou.

Ailsa prit une profonde inspiration et ferma les yeux pour chasser l'image de cette bouche si sensuelle… *Seigneur !* Ce que cette bouche était capable de provoquer en elle quand elle se promenait sur son corps…

Non, non et non… Oublie ça tout de suite !

— M. Gagliardi va vous recevoir, lui annonça l'assistante d'une voix suave.

Interrompue dans sa rêverie, Ailsa rouvrit les yeux tandis que son cœur se mettait à battre follement dans sa poitrine. Pourquoi se sentait-elle si nerveuse ? Elle avait le droit de demander un entretien à son mari, d'autant plus que cela concernait son jeune frère.

Certes, peut-être aurait-il mieux valu prendre rendez-vous plutôt que de venir à l'improviste… Mais le hasard avait voulu qu'Ailsa se trouve à Florence quand son frère, Isaac, l'avait appelée pour lui dire que Vinn allait le parrainer et lui permettre ainsi de devenir joueur de golf professionnel. Bien décidée à découvrir les raisons qui avaient conduit Vinn à concrétiser le rêve de son frère, elle avait alors sauté dans un avion pour Milan sans réfléchir plus avant.

Et elle avait décidé de camper dans sa salle d'attente aussi longtemps qu'il le faudrait. Comme elle avait emporté des vêtements de rechange pour son voyage à Florence, elle pouvait rester quelques jours.

Les jambes en coton, elle quitta le confortable canapé de cuir jaune sur lequel elle s'était installée plus d'une heure auparavant. Elle lissa les pans de sa jupe, ajusta la bandoulière de son sac à main, agrippa son bagage à roulettes et prit la direction de la porte — toujours fermée — que lui indiquait l'assistante.

Elle bouillait intérieurement. Pourquoi Vinn ne venait-il pas l'accueillir, ici, à la réception ? Devait-elle frapper à sa porte, comme une vulgaire domestique ?

Seigneur, que lui valait un tel comportement ?

Bon sang, elle était sa femme, avant. Elle avait dormi dans son lit, tout partagé avec lui…

Non, pas tout…

Ailsa chassa le soupçon de culpabilité qui l'assaillait. Maris et femmes n'étaient pas obligés de connaître tous les détails de leurs passés respectifs. Et encore moins Vinn et elle, mariés non par amour, mais parce qu'ils ne pouvaient lutter contre l'attirance qui les poussait l'un vers l'autre. Ailsa avait épousé Vinn tout en sachant qu'il ne l'aimait pas, espérant qu'entre eux le désir suffirait. Hélas ! il voulait plus qu'une femme trophée. Beaucoup plus. Bien plus qu'elle était prête à lui donner.

De nombreux non-dits planaient entre eux. Ailsa ne savait pas grand-chose du passé de Vinn, excepté le fait que son père avait été emprisonné pour fraude. Elle ignorait l'impact de cette condamnation sur l'entreprise familiale. Très vite, elle s'était lassée de questionner son mari, puis avait abandonné totalement. Mieux valait ne pas trop chercher à éclaircir certaines zones d'ombre. Elle-même aurait détesté que l'on cherche à en savoir davantage sur elle. Son passé recelait un secret de taille... qu'elle ne voulait surtout pas déterrer.

Une fois devant le bureau de Vinn, Ailsa redressa les épaules, comme pour se préparer au combat. Il était hors de question qu'elle s'abaisse à frapper à la porte et attende qu'on l'invite à entrer.

Pas question !

Elle ajusta la bandoulière de son sac, agrippa fermement la poignée de son bagage à roulettes et ouvrit la porte.

Vinn se tenait debout devant la fenêtre, le téléphone vissé à l'oreille, et lui tournait de dos. L'animation de la ville en contrebas de l'immeuble semblait retenir toute son attention. S'avisant de sa présence, il l'invita d'un vague geste de la main à prendre place sur l'une des chaises situées devant son bureau, puis reprit sa conversation. Visiblement, elle le dérangeait en plein travail, et il n'avait pas l'intention de lui donner la priorité.

Elle eut soudain l'impression que l'on venait de lui tirer une flèche acérée en plein cœur. Malgré ses efforts pour se convaincre que Vinn ne représentait plus rien à ses yeux, la désinvolture dont il faisait preuve à son égard la blessait plus qu'elle ne l'aurait imaginé. Comment pouvait-il l'ignorer après une séparation aussi longue ? N'avait-elle donc jamais compté pour lui ?

Jamais ?

Vinn conversait en italien avec son interlocuteur. Ailsa s'efforçait de ne pas écouter cette langue sensuelle qui, dans la bouche de son mari, la troublait profondément. Elle se rappelait, comme si c'était hier, les sensations délicieuses qui l'assaillaient chaque fois qu'il s'exprimait dans sa langue maternelle.

Ailsa se surprit à étudier les traits de son mari. De temps à autre, son visage lui apparaissait de profil, comme si Vinn ne voulait lui laisser entrevoir que des morceaux de lui. C'était frustrant à l'extrême, car elle aurait aimé le regarder en face pour tenter de voir si, comme elle, il gardait des stigmates de leur union tumultueuse.

Soudain, changeant son téléphone de main, il vint se poster devant son ordinateur et cliqua sur sa souris, l'air soucieux.

Pourquoi ne levait-il pas les yeux sur elle ? Ne pouvait-il lui manifester un peu plus d'intérêt ? Pourtant, elle s'était donné beaucoup de mal pour paraître au mieux de sa forme. Et avait dépensé une fortune pour s'offrir le tailleur griffé qu'elle portait. Elle était allée chez le coiffeur, avait apporté un soin extrême à son maquillage pour masquer le trouble qui l'agitait à la perspective de revoir son mari.

Imperturbable, Vinn gardait les yeux rivés sur son écran tout en poursuivant sa conversation. Peut-être Ailsa aurait-elle dû opter pour une tenue plus sexy pour attirer son attention. Quant à lui, il était aussi séduisant que la dernière fois qu'elle l'avait vu. Ses cheveux noirs, légèrement ondulés, ni courts ni longs, soulignaient les traits ciselés de son visage. Ailsa se rappelait le plaisir qu'elle ressentait à l'époque en glissant les doigts dans ces cheveux soyeux...

Chassant ce souvenir, elle décocha un regard meurtrier à son mari et lui dit :

— Je veux te parler... Maintenant !

Un sourire narquois se dessina sur les lèvres de Vinn, puis il reprit son sérieux, le temps de mettre fin à son appel.

— Si tu avais pris rendez-vous comme tout le monde, j'aurais eu plus de temps à te consacrer.

— Je ne suis pas tout le monde ! rétorqua Ailsa, furieuse. Je suis ta femme.

Une lueur noire traversa les yeux bruns de Vinn.

— Ne serait-ce pas plutôt… ma future ex-femme ?

Vinn allait-il enfin consentir au divorce ? Comme leur mariage avait eu lieu en Angleterre, ils étaient assujettis à la loi anglaise qui stipulait que le couple devait être séparé depuis deux ans pour que le divorce soit prononcé. Si leur mariage s'était tenu en Italie, les choses se seraient passées différemment, puisque selon la loi italienne une année de séparation suffisait pour mettre un terme à un mariage.

— Au risque de te surprendre, je ne suis pas ici pour notre divorce imminent.

— Laisse-moi deviner…

Après un coup d'œil au bagage qu'elle transportait, il reprit :

— Tu reviens vivre avec moi.

Ailsa serra les poings.

— Certainement pas ! Je suis ici pour te parler de mon frère. Isaac m'a dit que tu étais d'accord pour le parrainer, ce qui lui permettra de participer à la compétition internationale, l'année prochaine.

— C'est exact.

— Mais… Pourquoi ? demanda-t-elle, la gorge soudain serrée.

Vinn leva un sourcil, l'air surpris, comme si cette question lui paraissait ridicule.

— Pourquoi ? Parce qu'il me l'a demandé, tout simplement.

— Il… te l'a demandé ? s'étonna Ailsa en écarquillant les yeux. Il ne m'en a pas parlé…

Abasourdie par cette nouvelle, elle agrippa le dossier de la chaise devant elle pour se soutenir. Dans quelle galère son frère s'était-il engagé ? Sans même la consulter, alors qu'il savait que cela risquait de ne pas lui plaire du tout.

— Isaac m'a dit que tu le parrainerais… À certaines conditions. Et que ces conditions dépendaient de moi.

Le sourire narquois de Vinn disparut, remplacé par une expression sérieuse.

— Assieds-toi, nous allons en discuter.

Ailsa obtempéra, non parce qu'elle se pliait à la volonté de son mari, mais parce que ses jambes flageolantes peinaient à la soutenir. Pourquoi Isaac avait-il laissé entendre que Vinn l'avait approché et non l'inverse ? Pourquoi avait-il commis l'indélicatesse de reprendre contact avec son mari ? Elle serait amenée à le croiser s'il s'investissait dans la carrière de son jeune frère.

Son demi-frère...

Ailsa avait appris la vérité au sujet de son père biologique à l'âge de quinze ans. Jusque-là, elle avait toujours cru, comme tout son entourage, que son beau-père, Michael, était son vrai père. Ce mensonge avait permis à la famille de demeurer unie... même si quelques désaccords avaient surgi de temps à autre, rompant l'harmonie du foyer.

Elle ignorait alors qu'elle était responsable de ces disputes. Que le mensonge qui entourait sa naissance avait rendu la vie du couple extrêmement difficile. Mais après avoir appris la vérité sur son père biologique et les circonstances de sa conception, elle avait compris...

Après avoir lissé consciencieusement les pans de sa jupe sur ses cuisses et pris une profonde inspiration, elle jeta un coup d'œil au bureau de Vinn, et son regard fut soudain capté par un cadre argenté reposant sur son support. Pourquoi son mari l'avait-il conservé ? Elle le lui avait offert après leur mariage, avec une photo qu'elle adorait, les représentant sur fond de soleil couchant. Lui faire don de cette photo avait été un moyen pour elle de se bercer d'illusions sur leur mariage. De croire qu'il l'avait épousée par amour, et non parce qu'elle représentait un trophée de choix.

De l'endroit où elle se trouvait, Ailsa ne pouvait voir la photo dans le cadre. Peut-être l'avait-il remplacée par une autre. À cette idée, elle sentit son cœur se serrer douloureusement. Elle avait toujours caressé l'espoir que Vinn tombe amoureux d'elle. Elle voulait conquérir son cœur, être la première personne à laquelle il penserait chaque matin au réveil, et la dernière, chaque soir, avant de sombrer dans le sommeil.

Mais elle n'avait aucune valeur à ses yeux. Elle ne figurait pas parmi ses priorités. Il ne l'aimait pas. Ne l'avait jamais aimée. Ne l'aimerait jamais. Il en était incapable.

Vinn s'adossa à son fauteuil et la jaugea de la tête aux pieds.

— Tu as l'air en forme, *cara*.

Ailsa se raidit.

— Ne m'appelle pas comme ça.

Vinn ébaucha un sourire, comme si la colère de sa femme l'amusait.

— Toujours le même sale caractère, à ce que je vois, Ailsa.

— Pourquoi aurais-je meilleur caractère ? Qu'est-ce qui me dit que ce n'est pas toi qui as fait germer cette idée de parrainage dans la tête d'Isaac ? Combien de fois as-tu été en contact avec lui depuis notre séparation ?

— Ma relation avec Isaac n'a rien à voir avec celle que j'entretiens avec toi. C'est totalement différent.

— Nous ne sommes plus ensemble, Vinn.

— Et à qui la faute, hein ? répliqua-t-il, le regard glacial.

Ailsa laissa alors éclater la colère qu'elle contenait depuis le début de cet échange.

— Nous ne l'avons jamais été, d'ailleurs ! Tu m'as épousée pour de mauvaises raisons. Tu voulais une femme trophée, une potiche occupée à t'attendre pendant que tu poursuivais ta carrière, la mienne ne représentant rien à tes yeux.

La bouche de Vinn se crispa. Visiblement, il peinait, lui aussi, à maîtriser sa fureur.

— J'imagine que ta fameuse carrière te tient chaud la nuit. À moins que tu aies confié cette tâche à un amant ?

Ailsa leva le menton d'un air de défi.

— Ma vie privée ne te regarde plus.

— D'après Isaac, tu ne vois personne, ajouta Vinn avec un sourire ironique.

Ailsa aurait pu étrangler son jeune frère de ses propres mains. Ou l'attacher sur un canapé et l'obliger à regarder des dessins animés à la place de ses programmes de sport favoris. Ou encore, revendre son équipement de golf et jeter les balles dans les toilettes.

Après une profonde inspiration, elle adressa un sourire délibérément provocant à son mari.

— Personne qu'il connaisse, en effet.

Elle vit un muscle tressauter dans son cou, signe chez lui d'une agitation palpable.

— Qui que soit ton amant du moment, il devra se tenir à distance au cours des trois prochains mois, car j'ai un marché à te proposer.

Un marché ? Quel marché ? Cette fois, Ailsa sentit son pouls battre follement.

— Pardon ? fit-elle avec stupeur. Tu ne peux m'inclure dans aucun de tes marchés, Vinn. Plus maintenant. C'est moi qui suis aux commandes de ma propre existence.

Vinn joignit les index et appuya la bouche dessus, le regard dardé sur elle. Un regard si intense qu'elle détourna le sien. Elle avait toutefois eu le temps de remarquer que son alliance ornait toujours son annulaire, un détail qui la fit frissonner. Pourquoi portait-il toujours ce bijou ?

— Isaac ne rejoindra jamais le circuit professionnel sans sponsors, déclara-t-il après un long moment. L'incident qui s'est produit l'année dernière dans cette boîte de nuit a fait fuir un grand nombre de ses soutiens potentiels. Je représente sa seule chance. Sa dernière chance.

Ailsa déglutit avec peine. L'incident auquel Vinn se référait aurait pu faire plus que nuire à la carrière de son frère. Il s'en était fallu de peu que quelqu'un soit blessé.

Le groupe d'amis avec qui Isaac traînait depuis l'école s'attirait constamment des ennuis, et Isaac payait régulièrement les pots cassés. Non qu'il fût influençable, mais sa capacité de jugement laissait à désirer.

Pour une fois cependant, il semblait prêt à prendre son avenir en main. S'il rejoignait le circuit international, il se tiendrait à distance de ses ex-fréquentations.

— Pourquoi fais-tu cela ? demanda-t-elle d'une voix blanche. Pourquoi m'impliquer ? Si tu veux parrainer mon frère, fais-le, mais laisse-moi en dehors de cela.

Vinn secoua la tête.

— Non, ça ne marche pas comme ça, *cara*. Tu es la raison qui m'amène à le parrainer. La seule raison.

Ailsa plissa les yeux. Se pouvait-il qu'elle se soit méprise sur les sentiments de Vinn à son égard ? L'avait-il épousée parce qu'il l'aimait ? Était-ce pour cela qu'il portait toujours son alliance ? Pensait-il toutes les promesses qu'il lui avait faites le jour de leur mariage ?

Non. Bien sûr que non. Il ne l'avait jamais aimée.

Il n'avait jamais prononcé les trois mots magiques. Elle non plus d'ailleurs. Elle avait délibérément choisi de ne pas les dire pour se protéger, parce qu'elle se sentait trop vulnérable auprès de lui. La personne qui aimait le plus avait moins de pouvoir que l'autre. Or, elle ne voulait pas lui en donner davantage. Celui qu'il exerçait sur ses sens la fragilisait bien assez...

Il l'avait subjuguée, charmée, au point de réussir à la convaincre de l'épouser, feignant d'accepter sa volonté de ne pas avoir d'enfants. Puis, il avait changé d'avis après quelques mois. Ou bien il n'avait pas changé d'avis du tout, pariant simplement sur sa capacité à la faire plier.

Oui, il avait parié... et perdu.

Reportant son attention sur le cadre argenté, elle demanda :

— Est-ce... ce à quoi je pense ?

Vinn tourna le cadre dans sa direction afin qu'elle puisse contempler la photo de leur mariage. Ailsa n'en avait regardé aucune depuis leur séparation, remisant les albums au fond de sa penderie, sous des vêtements qu'elle ne portait plus. Elle n'aurait jamais supporté de revoir sa mine réjouie, alors qu'elle savait pertinemment le sort qui l'attendait : renoncer à sa carrière, à sa propre existence, pour devenir un trophée à exhiber. Elle avait accepté de devenir un objet, de museler ses espoirs et ses rêves. Regarder ces photos lui aurait rappelé toutes les erreurs qu'elle avait commises. Comment avait-elle pu être assez stupide pour croire qu'épouser un homme — et surtout un homme comme Vinn — lui donnerait l'impression d'être une personne normale ? Sentiment qu'elle n'avait plus jamais éprouvé après ses quinze ans. Leur mariage n'avait même pas duré un an. Onze mois et treize jours, très précisément.

Vinn avait prononcé le mot interdit : « bébé ». Il voulait fonder une famille pour perpétuer la dynastie des Gagliardi. Ailsa se serait transformée en machine de reproduction, sa carrière réduite à néant tandis que celle de Vinn aurait continué de prospérer.

Son bébé, c'était l'entreprise de décoration d'intérieur qu'elle avait créée. Elle avait bataillé dur pour réussir, se faire un nom dans la profession, au prix d'immenses sacrifices. Mettre un enfant au monde était hors de question. Son hérédité comportait trop d'inconnues.

Comment aurait-elle pu donner naissance à un enfant alors qu'elle ignorait tout de ses propres origines ?

Ailsa déglutit pour s'éclaircir la voix et reporta son attention sur Vinn.

— Pourquoi gardes-tu cette photo sur ton bureau ?

Sans un mot, une expression indéchiffrable sur le visage, Vinn remit le cadre dans sa position initiale. Quand il reprit la parole, ce fut d'un ton froid.

— L'un des conseils les plus avisés que j'aie pu recevoir en affaires est le suivant : ne jamais oublier les erreurs commises par le passé. L'important est de s'en servir pour rebondir et aller de l'avant.

Les erreurs…

Ailsa en était une, et de taille.

Dès le moment où elle avait découvert les circonstances de sa venue au monde, elle avait perdu toute estime d'elle-même. Alors que la plupart des enfants étaient des fruits de l'amour, elle avait été conçue dans la violence.

— Que pensent tes nouvelles conquêtes de cette photo trônant sur ton bureau ?

— Cela n'a posé aucun problème jusqu'ici.

Ailsa n'était pas sûre de comprendre la réponse de Vinn. Que voulait-il dire ? Avait-il eu de nombreuses maîtresses ? Les avait-il amenées dans ce bureau ? Ou avait-il préféré les recevoir ailleurs, pour éviter de songer à toutes les fois où il lui avait l'amour dans cette pièce ? Portait-il son alliance quand il couchait avec d'autres femmes, ou la retirait-il chaque fois qu'il l'estimait nécessaire ?

Elle scruta son visage impassible à la recherche d'un signe indiquant que, tout comme elle, il ressentait un certain trouble. Mais ses traits ne révélaient rien. Visiblement, Ailsa l'indifférait comme une parfaite étrangère.

— Donc... *Les conditions de ce marché...*, commença-t-elle avant d'être interrompue.

— Mon grand-père doit subir une greffe du foie, expliqua Vinn. Il se peut qu'il ne survive pas à l'opération, mais si on ne la tente pas, il mourra d'ici à quelques semaines. Le chirurgien ne peut avancer aucun pronostic.

— Oh ! Je suis désolée d'apprendre cette nouvelle, mais je ne vois pas en quoi...

Vinn l'interrompit à nouveau.

— S'il doit mourir — ce qui risque de se produire —, je veux qu'il meure en paix.

Ailsa savait à quel point Vinn respectait son grand-père, Domenico Gagliardi. C'était lui qui l'avait aidé quand son père s'était retrouvé derrière les barreaux. Quant à elle, elle aimait beaucoup Dom, même si elle le trouvait austère et parfois même un peu distant. Elle imaginait la douleur que ressentirait Vinn s'il devait perdre son grand-père. Cette perspective la désolait, mais elle ne voyait guère le rapport entre elle et cette opération risquée.

— Je sais que tu tiens énormément à lui, Vinn, et j'aimerais pouvoir faire quelque chose pour...

— Il y a une chose que toi et moi pouvons faire : nous réconcilier le temps qu'il se remette de l'opération, si celle-ci réussit.

Ailsa lui jeta un regard affolé, comme si son mari venait de lui demander de sauter par la fenêtre. Son cœur battait la chamade.

— Quoi ?

— Tu as parfaitement compris, lâcha-t-il sèchement.

Elle s'humecta les lèvres tout en réfléchissant à toute vitesse. Vinn voulait reprendre la vie commune ? Qu'elle redevienne sa femme ?

Peinant à trouver une réponse sensée, elle secoua la tête.

— Serais-tu devenu fou ?

— Fou ? Non. Mon but est d'aider mon grand-père à traverser cette épreuve avec le minimum de stress. Il a un sens aigu de la famille. Je veux que nous respections ses valeurs, que nous lui fassions honneur en vivant de nouveau sous le même toit jusqu'à ce qu'il soit hors de danger. Rien ni personne ne doit compromettre sa guérison.

Ailsa se leva si vite de sa chaise qu'elle faillit la renverser.

— Je n'ai jamais rien entendu d'aussi absurde ! Tu ne peux pas me demander de revenir avec toi maintenant, après deux ans de séparation. Je ne le ferai pas. Tu ne peux pas m'y obliger.

Inébranlable, Vinn demeura assis, le regard rivé au sien.

— Isaac a du talent, finit-il par déclarer après un long silence, mais ce talent sera gâché sans mon aide, et tu le sais. Je le parrainerai trois ans si tu acceptes de revenir vivre avec moi pendant trois mois.

Ailsa aurait aimé refuser. Mais si elle déclinait l'offre de Vinn, son jeune frère ne développerait jamais son potentiel. Elle tenait le destin d'Isaac entre ses mains. Mais comment pourrait-elle vivre à nouveau avec Vinn ? Même trois minutes lui semblaient au-dessus de ses forces. Alors, trois mois !

Pour soutenir ses jambes qui menaçaient de se dérober sous elle, elle agrippa fermement la poignée de son bagage à roulettes.

— N'oublierais-tu pas quelque chose ? J'ai une carrière à mener à Londres. Je ne peux pas tout laisser tomber pour venir m'installer ici.

— Il te suffit d'ouvrir une succursale ici, à Milan, objecta Vinn posément. Tu pourrais même envisager une franchise. Tu as déjà plusieurs riches clients italiens, si je ne m'abuse.

Ailsa fronça les sourcils et lui décocha un coup d'œil soupçonneux. Comment Vinn avait-il eu connaissance des clients qu'elle avait en Italie ? Isaac lui avait-il révélé cette information ? C'était peu probable, car elle parlait rarement affaires avec son jeune frère. Isaac préférait s'étendre sur son rêve de devenir un jour golfeur professionnel, sur son régime alimentaire, sur ses entraînements, sur sa frustration à l'égard de ses parents qui ne comprenaient pas à quel point le golf comptait pour lui, sur leur manque de moyens financiers depuis leur divorce.

Ailsa n'avait pas informé son jeune frère de ce voyage à Florence où elle devait rencontrer un couple fortuné qui souhaitait lui confier la décoration intérieure d'une magnifique villa de style classique. Le couple avait visité son showroom à Londres et l'avait aussitôt engagée.

— Comment as-tu obtenu cette information ?

Le sourire de Vinn se fit moqueur.

— Je suis italien. J'ai des amis et des associés un peu partout dans le pays.

Le soupçon s'insinua dans l'esprit d'Ailsa, tandis qu'elle comprenait ce que sous-entendaient les propos de Vinn.

— Est-ce à dire... que je dois te remercier pour la villa des Capelli à Florence ? Ou pour celle des Ferrante à Rome ?

— Pourquoi ne te recommanderais-je pas ? Tu fais un travail sublime.

Ailsa plissa les yeux.

— Je suis plus douée pour la décoration d'intérieur que pour le rôle d'épouse.

— Après un deuxième essai, tu deviendras peut-être meilleure.

— Il n'y aura pas de deuxième essai. Tu m'as piégée en me demandant de t'épouser. Me crois-tu assez stupide pour commettre la même erreur une deuxième fois ?

Vinn s'adossa à son fauteuil avec une grâce indolente. Il ressemblait à un lion marquant une pause avant de fondre sur sa proie.

— Je n'ai pas dit qu'il s'agirait d'un *vrai* mariage, cette fois.

Devait-elle se sentir rassurée ou offensée ? Que voulait-il dire ? Qu'elle ne l'attirait plus du tout ? Le sexe était pourtant ce qui les avait réunis autrefois... Le feu qui brûlait entre eux paraissait inextinguible. Dès qu'ils se frôlaient, la magie opérait. Dès le premier baiser échangé avec Vinn, Ailsa s'était sentie transportée au septième ciel. Jamais elle n'avait éprouvé autant de plaisir avec un homme. Le souvenir de leurs étreintes torrides l'avait empêchée de trouver un autre compagnon. Qui aurait pu remplacer Vinn ? Personne...

— Pas un *vrai* mariage... C'est-à-dire ?

— Nous ne dormirons pas ensemble. Nous apparaîtrons en public pour donner le change, mais en privé nous ferons chambre à part.

Ailsa ne comprenait pas pourquoi elle se sentait aussi blessée. Pourtant, elle non plus ne voulait pas dormir avec Vinn, même si son corps et ses sens lui tenaient un tout autre langage. La voix de la raison lui intimait de ne prendre aucun risque. Elle savait qu'au moindre contact elle succomberait à la tentation de se donner pleinement, pour revivre ces instants hors du temps où elle avait connu l'extase la plus pure.

Chassant les images érotiques qui lui traversaient l'esprit, elle déclara :

— Écoute, cette discussion ne rime à rien, car je ne reviendrai pas avec toi ni en public ni en privé, ni maintenant ni jamais de la vie. Compris ?

Il soutint posément son regard, mais sa détermination ne faiblissait pas d'un cran, comme s'il était sûr de sa force de conviction.

— Dans trois mois, si tu les passes avec moi, je t'accorderai le divorce sans manifester la moindre opposition.

Ailsa déglutit à nouveau. Vinn accéderait enfin à sa demande : un divorce rapide et sans complications d'aucune sorte. Il le lui accorderait à condition qu'elle accepte de vivre trois mois avec lui.

— Un détail me chiffonne, finit-elle par objecter. Si on nous voit revivre ensemble, cela annulera les deux ans de séparation requis par la loi anglaise.

— Cela repoussera le divorce de deux années supplémentaires, mais ce serait un problème seulement si tu envisageais d'épouser quelqu'un d'autre.

Il marqua une pause avant d'ajouter :

— Est-ce le cas ?

Ailsa se força à soutenir son regard inquisiteur.

— Cela dépend.

— De quoi ?

— De ma capacité à trouver un homme prêt à me traiter en égale et pas comme une jument poulinière.

Vinn laissa échapper un soupir, excédé, et se leva de son fauteuil. Visiblement, il était à bout de patience.

— Pour l'amour du ciel, Ailsa ! Lorsque j'ai évoqué l'idée de fonder une famille, il s'agissait d'une éventualité, pas d'un impératif. Je pensais que le sujet méritait qu'on s'y arrête.

— Mais tu connaissais mon avis sur la question quand tu m'as demandée en mariage. Tu semblais avoir accepté le fait que je ne veuille pas d'enfants. Je ne t'aurais jamais épousé si j'avais su que tu aspirais à fonder une famille ! L'encre de nos signatures sur le contrat de mariage n'avait même pas eu le temps de sécher que tu abordais le sujet !

L'orage couvait à présent dans les yeux de Vinn.

— Tu ignores le sens du mot « compromis », n'est-ce pas ?

Ailsa laissa échapper un petit rire moqueur.

— Quelle ironie, venant de toi ! Jamais tu n'as proposé de rester à la maison pour élever nos enfants pendant que je travaillerais. Tu pensais sans doute que je serais ravie d'enchaîner les grossesses et de devenir une vraie maîtresse de maison.

Vinn plissa les yeux, l'air songeur.

— Je n'ai jamais compris comment une personne comme toi, élevée par des parents aimants, dans un foyer normal, pouvait refuser l'idée de fonder une famille.

Normal ? Il n'y avait rien de normal dans ses antécédents. En surface, sa famille semblait en effet *normale*. Mais depuis leur divorce, sa mère et son beau-père peinaient à sauvegarder les apparences et à entretenir des relations cordiales. Il y avait trop de non-dits dans leur relation. Le secret entourant sa venue au monde avait eu raison du couple.

D'une certaine manière, Ailsa comprenait la décision de sa mère et de son beau-père de taire l'effroyable secret de sa naissance. Sa mère avait été victime d'un viol perpétré lors d'une soirée entre amis par un inconnu s'étant introduit par effraction chez le couple qui les recevait. L'horreur absolue... Un traumatisme si grave que sa mère n'avait même pas eu la force de porter plainte. Elle avait tu cette agression à son petit ami — le beau-père d'Ailsa — aussi longtemps que possible. Puis, quand il lui était devenu impossible de cacher sa grossesse, elle lui avait avoué la vérité. Mais il était trop tard pour envisager un avortement...

Son beau-père avait toujours refusé l'idée de faire un test ADN, contrairement à sa mère qui aurait aimé en savoir plus sur son agresseur. Ailsa avait été témoin de fréquentes disputes entre ses parents, mais celle qu'elle avait surprise un soir où elle était rentrée plus tôt de l'école avait détruit à jamais son rêve de fonder sa propre famille. Apprendre l'affreuse réalité concernant sa conception avait annihilé tous ses espoirs de mener une vie heureuse.

Ailsa soutint le regard de Vinn.

— Je ne vois pas l'intérêt de répondre à ton interrogation. J'espère que tu voudras quand même parrainer Isaac. Il t'admire beaucoup et serait dévasté si...

— Ce n'est pas ainsi que je mène mes affaires, la coupa-t-il.

Ailsa leva un peu plus le menton.

— Et moi, je refuse de céder au chantage.

Ils s'affrontèrent du regard pendant un temps qui lui parut infini, comme ils en avaient coutume du temps de leur mariage. Curieusement, ces duels avec Vinn lui avaient beaucoup manqué. Il ne fuyait jamais face à une dispute, et elle non plus. Ailsa avait toujours apprécié ces joutes verbales qui, invariablement, se terminaient au lit...

Cette même pensée avait-elle effleuré Vinn ? Gardait-il comme elle un souvenir vivace de leurs étreintes torrides et passionnées ? Lui manquaient-elles ? Lui arrivait-il de se réveiller la nuit, de tendre les bras vers elle et de sentir son cœur se serrer en ne rencontrant que le vide ?

Non, sans doute pas. Car son lit ne devait pas être souvent vide...

Ailsa ne voulait pas être la première à détourner le regard, même si elle sentait son courage faiblir à mesure que le silence se prolongeait. Dans les yeux de Vinn, elle décelait de la colère et de l'amertume aussi. Deux plis sévères ornaient les coins de sa bouche.

La sonnerie du téléphone sur son bureau mit fin à cet affrontement muet.

— Oui, *nonno* ? dit Vinn en décrochant.

La conversation en italien fut de courte durée, mais Ailsa en perçut la teneur en observant les émotions qui se succédaient sur le visage de Vinn. Quand il raccrocha, il leva les yeux vers elle, l'air ébahi, comme s'il découvrait sa présence.

— Tout va bien ? demanda-t-elle en se rapprochant de lui. Ton grand-père...

— On a trouvé un donneur, répliqua-t-il d'une voix atone et légèrement tremblante. Je pensais que nous disposerions de plus de temps pour nous préparer à l'idée d'une greffe. Une semaine ou deux, mais... l'opération aura lieu dans quelques heures.

Il agrippa fébrilement ses clés de voiture, puis sa veste suspendue au dossier de son fauteuil. Dans sa précipitation, il fit tomber plusieurs papiers du bureau et ne prit pas la peine de les ramasser. Cette nervosité ne lui ressemblait pas.

— Désolé de mettre un terme à cette conversation, mais je vais aller le voir avant… qu'il soit trop tard.

Ailsa n'avait jamais vu Vinn perdre ainsi ses moyens. Même quand elle lui avait annoncé qu'elle le quittait, deux ans plus tôt, il n'avait pas manifesté la moindre émotion. Elle était surprise de découvrir cette nouvelle facette de sa personnalité. Il n'était donc pas totalement insensible. Un cœur battait dans sa poitrine…

Elle se baissa pour ramasser les papiers éparpillés au sol, puis les tendit à Vinn. Ce dernier les jeta négligemment sur le bureau et, de nouveau, quelques feuilles s'envolèrent.

— Je ne peux pas le laisser tomber, murmura-t-il, comme s'il s'adressait à lui-même. Pas maintenant, pas comme ça.

— Veux-tu que je t'accompagne ? s'entendit-elle proposer. Mon vol n'est prévu que dans quelques heures, alors…

Le regard de Vinn retrouva sa dureté.

— Si tu m'accompagnes, c'est en qualité d'épouse, c'est à prendre ou à laisser.

— Si je viens à l'hôpital, c'est parce que j'ai toujours beaucoup aimé ton grand-père. Crois-tu qu'il sera heureux de me voir ?

— Évidemment…, maugréa Vinn en farfouillant dans les papiers sur son bureau.

— Est-ce ceci que tu cherches ? demanda Ailsa qui avait ramassé à nouveau les quelques feuilles tombées au sol.

Il les lui arracha des mains, les étala sur le bureau puis lui tendit un stylo.

— Signe ici, lui intima-t-il.

Elle ignora son geste et plongea le regard dans le sien.

— Devons-nous vraiment faire cela maintenant ? Ton grand-père…

— Signe !

Ailsa sentit la moutarde lui monter au nez. Prête à en découdre, elle leva le menton et fusilla son mari du regard.

— Je ne signerai rien avant d'avoir pris connaissance des termes de cet accord.

— Bon sang, Ailsa, le temps presse ! rugit Vinn en tapant du poing sur le bureau. Il faut que j'aille voir mon grand-père. Fais-moi confiance ! Pour une fois dans ta vie, accorde-moi un peu de crédit ! Je ne peux pas le laisser tomber. Il compte sur moi pour traverser cette épreuve. Je ne me contenterai pas de parrainer Isaac. Tu toucheras aussi un montant forfaitaire de dix millions.

Ailsa écarquilla les yeux, sous le choc de cette révélation.

— Dix millions ?

Vinn fronça les sourcils.

— Si tu ne signes pas dans les cinq secondes, le marché est annulé. Définitivement.

Ailsa lui prit le stylo des mains. En l'effleurant, elle fut prise dans un tourbillon de sensations, comme avant, chaque fois que leurs peaux entraient en contact. Le stylo avait gardé la chaleur de ses doigts… Cette chaleur qui lui rappelait tant de souvenirs, réveillant ses sens, exacerbant son désir, la plongeant dans un océan de béatitude.

Autant de souvenirs qu'elle avait vainement tenté d'enfouir au plus profond de sa mémoire.

Elle balaya du regard le contrat, sous ses yeux. Les termes en étaient parfaitement clairs : trois ans de parrainage pour Isaac et dix millions pour elle.

Ailsa connaissait une belle réussite professionnelle, mais avec cette somme sur son compte elle pourrait développer son affaire dans toute l'Europe.

Puis elle se rendit compte du piège qui se refermerait sur elle si elle acceptait les termes de ce marché. Elle devrait passer trois mois avec Vinn. Il fallait qu'elle y réfléchisse. Qu'elle ne fonce pas tête baissée, comme lorsqu'elle avait accepté de l'épouser.

Repoussant le document vers Vinn, elle déclara :

— J'ai besoin d'un ou deux jours de réflexion. Il s'agit là de beaucoup d'argent, et je ne veux pas prendre le risque de me tromper.

Il ne manifesta aucune émotion, ce qui la surprit, car elle s'attendait qu'il se montre plus insistant. Mais peut-être ce masque impassible cachait-il un autre stratagème pour la faire plier.

— Nous en reparlerons à notre retour de l'hôpital, finit-il par dire.

Il disposa les feuilles du contrat sous un presse-papiers, puis invita Ailsa à le précéder hors du bureau.

En quelques mots, il expliqua la situation à Claudia, son assistante, qui lui adressa aussitôt des mots de réconfort. Ailsa ressentit une pointe de jalousie en se rendant compte de l'importance que semblait revêtir cette employée aux yeux de Vinn. Visiblement, elle occupait un rôle important dans sa société, et il lui faisait confiance.

Qu'était donc devenue l'assistante qui travaillait pour lui à l'époque de leur mariage ?

Ailsa attendit qu'ils soient installés dans la voiture de Vinn pour aborder le sujet.

— Qu'est-il arrivé à ton ancienne assistante, Rosa ?

— Je l'ai licenciée.

Ailsa écarquilla les yeux, surprise. Elle ne s'attendait pas à une telle réponse. Rosa semblait lui donner entière satisfaction. Elle avait souvent entendu Vinn parler d'elle en termes élogieux, disant qu'elle contribuait énormément à la réussite de ses affaires, qu'il serait perdu sans elle. Pourquoi diable s'en était-il séparé ?

— Vraiment ? Pourquoi ?

— Elle a outrepassé certaines limites. Je l'ai virée. C'est tout.

— Outrepassé… De quelle manière ?

Il lui jeta un regard agacé.

— Pourrions-nous en parler à un autre moment ?

Ailsa se mordit la lèvre.

— Je suis désolée… Je sais que la situation de ton grand-père te stresse énormément. Le savoir malade est un crève-cœur.

— En effet. Il est tout ce que j'ai. Et je ne me sens pas prêt à le perdre.

Ailsa aurait aimé poser la main sur la sienne en signe de réconfort, mais elle n'osa pas, craignant que Vinn ne la repousse.

— Ton père est toujours en vie, n'est-ce pas ?

— Non. Il est mort dans un accident de voiture. Il avait bu… Il s'est tué, a tué sa nouvelle petite amie, et a grièvement blessé les occupants de l'autre voiture : un couple avec deux enfants.

— Seigneur ! Je suis désolée... Je l'ignorais.

Imaginer Vinn devoir surmonter seul une perte aussi tragique lui fendit le cœur. Ailsa n'avait rien su de ce drame. Elle n'avait donc pas eu le loisir d'envoyer une carte ou des fleurs ni de transmettre ses condoléances. Avait-il réussi à cacher ce décès à la presse ? Ailsa évitait de lire les journaux people et n'avait que très rarement recherché des informations sur Vinn ou sa famille, sauf certains soirs, quand elle se sentait particulièrement seule et malheureuse.

Éludant la compassion qu'elle lui témoignait, il haussa négligemment les épaules.

— Il accumulait les catastrophes depuis la mort de ma mère quand j'étais enfant. Cet accident y a mis un terme.

Ailsa avait rarement entendu Vinn évoquer sa mère. Mais elle savait que sa relation avec son père s'était dégradée terriblement quand ce dernier avait été accusé de fraude. L'entreprise familiale de mobilier sur mesure avait failli connaître la ruine. Mais Vinn s'était battu comme un diable pour restaurer sa réputation et la remettre sur les rails. Et aujourd'hui, elle connaissait un succès éclatant.

— Ce n'est pas donné à tout le monde d'avoir un père parfait, répliqua Ailsa avec un soupir quand ils pénétrèrent dans l'enceinte de l'hôpital. Toi et moi n'avons pas été gâtés de ce côté-là.

Après s'être garé sur un emplacement libre, Vinn lui jeta un regard perplexe.

— Que veux-tu dire ? Tu as un père formidable. Michael est l'homme le plus honorable, le plus travailleur que j'aie jamais rencontré.

Ailsa se mordit la lèvre. Elle regrettait d'avoir baissé sa garde. Comment justifier à présent les propos qu'elle avait tenus ?

— Oui... Je sais. Il est formidable..., bredouilla-t-elle. Même depuis le divorce, il fait son possible pour...

— Alors, pourquoi dire une chose pareille ? la coupa Vinn. Il reste ton père même s'il a divorcé d'avec ta mère.

— Oublie ce que j'ai dit… je ne le pensais pas.

Ailsa s'en voulait de paraître aussi agitée. Peut-être Vinn mettrait-il son trouble sur le compte des circonstances. Leur visite dans cet hôpital où son grand-père allait subir une intervention risquée pouvait expliquer son comportement. C'est sans doute ce qui empêcha Vinn de lui demander de plus amples explications. Il s'agissait là d'un sursis. Combien de temps attendrait-il pour revenir sur le sujet ?

Quoi qu'il en soit, Ailsa devait à tout prix surveiller ses paroles en présence de Vinn. Il figurait parmi les rares personnes capables de la cerner. Il ne connaissait pas son horrible secret, mais… pour combien de temps encore ?

2

Ces retrouvailles avec Ailsa mettaient Vinn au supplice. Elles le ramenaient à une époque qu'il aurait préféré oublier, surtout en ce jour crucial pour son grand-père...

Deux ans plus tôt, quand sa femme avait mis un terme à leur union, il avait eu le sentiment de recevoir un coup de poignard en plein cœur. Il n'aurait jamais imaginé qu'elle le quitterait.

Ils n'avaient même pas eu le temps de fêter leur anniversaire de mariage. Pour une raison étrange, c'était ce qui le perturbait le plus. Il avait couvert sa femme de cadeaux, de bijoux, lui avait offert un cadre de vie luxueux et confortable, comme le méritait l'épouse d'un homme riche. Peut-être ne l'avait-il pas aimée comme la plupart des femmes souhaitent l'être, mais elle non plus ne l'avait pas épousé par amour. La situation avait dégénéré quand Vinn avait évoqué son désir de fonder une famille. Ailsa avait refusé d'engager tout dialogue autour des enfants. Même si sa carrière représentait sa priorité, n'aurait-elle pas pu faire preuve d'un peu de maturité au lieu de fuir à toutes jambes ? Au début de leur liaison, Vinn avait prétendu ne pas vouloir fonder une famille. À ce moment-là, la question ne se posait pas. Mais après quelques mois de mariage, quand son grand-père avait connu ses premiers soucis de santé, il lui avait confié en privé son espoir de serrer un petit-fils dans ses bras avant de mourir. Il avait laissé entendre à Vinn que son rôle était d'assurer une descendance pour perpétuer leur nom, ajoutant que les affaires familiales devaient se transmettre de génération en génération. Faute de quoi, il s'agirait d'un échec.

« Perpétuer leur nom. »

« Un échec. »

Des mots forts, qui hantaient Vinn depuis que son grand-père les avait prononcés.

Son père avait déjà failli déshonorer leur famille. Il avait pris des risques inconsidérés avec ses malversations. Vinn s'était promis de ne jamais tomber dans de tels travers.

Être fils unique ne l'avait jamais dérangé jusque-là, mais avec son père qui se comportait comme un adolescent irresponsable et son grand-père qui prenait de l'âge, il avait pris conscience du temps qui passait et des responsabilités qui lui incombaient. À qui transmettrait-il son immense patrimoine, sa richesse ? À quoi bon travailler aussi dur si l'on n'avait personne à qui transmettre le fruit de son labeur ?

Mais à peine avait-il abordé le sujet qu'Ailsa avait disparu de sa vie comme une enfant capricieuse, refusant de communiquer avec lui, excepté par l'intermédiaire de leurs avocats respectifs. Par sa faute, il avait connu l'échec — celui de leur mariage. Mais il était déterminé à ne lui accorder le divorce que quand cela l'arrangerait, pas avant. Il était soumis à de plus fortes pressions, la plus urgente étant liée à l'état de santé de son grand-père. Son opération revêtait à ses yeux une importance capitale.

Vinn misait sur l'amour qu'Ailsa vouait à son jeune frère Isaac pour l'obliger à accepter ses conditions pour les trois mois à venir. Mais sa visite intempestive à son bureau lui avait rappelé à quel point elle pouvait être imprévisible.

Il allait devoir se contrôler.

Se montrer prudent.

Il avait imaginé, à tort, qu'elle appellerait pour prendre rendez-vous. Avec Ailsa, mieux valait s'attendre à tout. Elle avait l'étonnant pouvoir de le prendre au dépourvu. Comme lorsqu'elle avait refusé de signer cet accord qui prévoyait pourtant un gain de dix millions de livres. Il n'imaginait pas qu'elle demanderait un délai de réflexion, qu'il lui avait cependant accordé parce que le temps pressait et qu'il voulait revoir son grand-père avant son opération. Il n'avait jamais fait preuve d'une telle indulgence à l'égard de qui que ce soit. Personne n'était jamais parvenu à le manipuler, et il avait mis en place des mesures strictes empêchant quiconque de contrecarrer ses plans ou de le duper.

Toute sa vie, il avait réussi dans tous les domaines, dans tout ce qu'il avait entrepris. Seul son mariage avec Ailsa s'était soldé par un échec. Un échec magistral. Retentissant. Comme il haïssait ce mot — « échec ». Il le détestait plus que tout. Il l'associait au mot « incompétence ».

Mais il n'était pas le seul à avoir été affecté par la défection d'Ailsa. La rupture de leur mariage avait anéanti son grand-père. Pas étonnant que sa santé se soit mise à décliner sitôt après le départ de la jeune femme. Son grand-père avait fondé dans cette union tous ses espoirs d'un futur riche et glorieux, avec la promesse d'une descendance, de projets ambitieux, de réussites exceptionnelles. Mais cet espoir avait été réduit à néant avec le départ d'Ailsa. La mort de son fils survenue peu de temps après n'avait pas arrangé les choses.

Récemment, alors qu'approchait la date fatidique de leurs deux années de séparation, Vinn avait remarqué que son grand-père manifestait de plus en plus de signes de stress et que sa santé en pâtissait. Domenico avait un sens aigu de la famille et était demeuré fidèle à sa femme, Maria, la grand-mère de Vinn, jusqu'à son décès, cinq ans plus tôt. Si Vinn parvenait à convaincre son grand-père qu'il avait repris la vie commune avec Ailsa, peut-être le vieil homme traverserait-il l'épreuve de la transplantation avec plus de sérénité. Et, cette fois, Vinn garderait le contrôle de la situation. Il ne permettrait pas à Ailsa de rompre leur marché et de s'enfuir à nouveau. Il avait établi une durée précise à leurs « retrouvailles » et banni le sexe de leur relation, pour demeurer en terrain neutre.

Mais quand elle avait surgi dans son bureau à l'improviste, son sang avait bouillonné dans ses veines. Un désir d'une force inouïe l'avait saisi. S'il n'avait pas été occupé à résoudre un problème au téléphone avec l'un de ses cadres, il se serait rué sur elle, l'aurait prise dans ses bras et obligée à avouer qu'elle ressentait toujours la même attirance pour lui. Une attirance datant de leur toute première rencontre lors d'un salon du meuble à Paris. La beauté naturelle d'Ailsa l'avait subjugué — le blond vénitien de ses longs cheveux soyeux, ce teint diaphane, cette silhouette élancée et ce regard bleu-vert, ensorcelant.

Il avait aussi particulièrement apprécié le fait qu'elle ne succombe pas tout de suite à ses charmes. C'était nouveau pour l'homme célèbre et convoité qu'il était de devoir prendre le temps de courtiser une femme avant de l'entraîner dans son lit. Pour la toute première fois, il avait découvert le frisson de la chasse. Ailsa avait représenté un défi de taille, qu'il avait relevé haut la main, quand enfin elle avait capitulé et cédé à ses avances. Pour être honnête, c'était aussi l'une des raisons pour lesquelles il lui avait demandé de l'épouser au lieu de se contenter d'entretenir une liaison avec elle. La raison principale, peut-être.

Hélas ! cette détermination de fer qui l'avait tant séduit en Ailsa avait aussi contribué à l'échec de leur mariage. Mais Vinn possédait la même détermination : les trois prochains mois le prouveraient…

Ailsa suivit Vinn dans la chambre privée allouée à Domenico en attendant son opération. Ils furent soumis à des procédures de stérilisation strictes avant de pouvoir pénétrer dans la pièce. Des procédures qui seraient encore plus poussées après l'intervention, selon les dires de l'infirmière.

Le vieil homme reposait dans son lit, relié à une multitude d'appareils complexes. Il ouvrit les yeux en entendant Vinn approcher. Quand elle vit la tendresse sur les traits de son mari, Ailsa ressentit une bouffée d'émotion.

L'avait-il déjà regardée de cette manière ?

Ailsa se maudit d'avoir eu cette pensée. Le moment était particulièrement mal choisi pour se poser une telle question, alors que le grand-père de Vinn vivait peut-être ses dernières heures.

— Je t'ai amené une personne qui avait très envie de te voir, dit-il avec douceur.

Domenico regarda dans la direction d'Ailsa et, aussitôt, ses yeux se mirent à pétiller de joie.

— Ailsa ? C'est bien toi ?

— Bonjour, Dom.

Les yeux du vieil homme se brouillèrent de larmes, et il dut ciller plusieurs fois pour retrouver le contrôle de ses émotions.

— Ma chère petite… Si tu savais comme je suis comblé de vous revoir ensemble, Vinn et toi. J'ai prié pour que ce moment arrive. Prié, prié et prié.

« Vous revoir ensemble ».

Une vague de chaleur la submergea quand elle entendit ces trois mots, et elle sentit ses joues s'empourprer. Vinn avait-il déjà informé son grand-père de leurs retrouvailles ? Avait-il eu l'arrogance de croire qu'elle approuverait cet accord ? Finalement, elle se réjouissait de ne pas avoir apposé sa signature au bas du document. S'en félicitait, même. Certes, les dix millions offerts constituaient une bonne raison d'accepter le marché proposé, mais cela prouvait que Vinn voyait en elle une femme suffisamment vénale pour se plier à sa volonté.

— Mais nous…, commença-t-elle avant de s'interrompre.

Comment tenir des propos que le vieil homme ne voulait absolument pas entendre ? Elle n'avait pas signé cet accord, mais le grand-père de Vinn s'apprêtait à subir une intervention délicate dont on ignorait l'issue. Elle n'avait pas le droit de le faire souffrir…

— Je suis là, dit-elle doucement, en étreignant la main de Vinn sur celle de Dom. Nous sommes là tous les deux. Ensemble.

Des larmes inondèrent les joues du vieil homme, et Ailsa prit un mouchoir pour les lui essuyer.

— Si je ne me réveille pas, au moins j'aurai l'assurance que vous avez recollé les morceaux, dit le vieil homme, la voix enrouée. Vous êtes faits l'un pour l'autre. Je l'ai su dès que tu m'as été présentée. Tu es une femme forte, Ailsa. Et mon petit-fils a besoin d'une personne assez solide pour le gérer.

Elle saurait le « gérer » sans problème. En commençant par lui dire sa façon de penser ! La manipulation dont elle faisait l'objet la mettait hors d'elle. Même si elle n'avait pas encore signé ce fameux marché, Vinn savait qu'elle céderait dès lors qu'elle découvrirait l'état de faiblesse de son grand-père. Voilà pourquoi il n'avait pas insisté pour obtenir son accord avant qu'ils quittent son bureau. Il avait misé sur le fait qu'elle se laisserait attendrir par la fragilité du vieil homme. Il savait qu'il toucherait là son point faible. De la même façon qu'il avait utilisé l'amour qu'elle vouait à son frère pour la plier à sa volonté.

— Il est temps d'y aller, annonça une aide-soignante.

Vinn se pencha pour embrasser son grand-père sur les joues, à la manière européenne.

— Bonne chance, *nonno*, dit-il d'une voix vibrante d'émotion. Nous attendrons qu'on te remonte dans ta chambre.

« Si tu te réveilles de l'opération... »

Ailsa avait l'impression d'avoir entendu ces mots non prononcés qui résonnaient dans sa tête tel un écho. Vinn traversait à nouveau une terrible épreuve. Il avait perdu sa mère très jeune, puis sa grand-mère et son père. Et à présent, il était confronté à la perspective de perdre son grand-père.

Ailsa ne s'attendait pas à éprouver autre chose que de la haine à l'égard de Vinn pour la manière dont il l'avait piégée en l'épousant. Mais à présent, elle ressentait une profonde empathie à son égard. Comment ne pas avoir le cœur serré en assistant aux adieux de deux personnes si proches, si intimement liées, si fragilisées à l'idée de ne plus jamais se revoir ?

Dom et Maria, son épouse, étaient intervenus dans la vie de Vinn très tôt, lorsque sa mère était morte, puis, plus tard, quand son père avait failli compromettre les affaires familiales. Dom était demeuré aussi proche que possible de son petit-fils. Ailsa ne savait pas grand-chose du rôle que le vieil homme avait joué. Tout ce qu'elle avait appris, elle le tenait de la bouche de Rosa, son ancienne assistante, qui côtoyait depuis longtemps la famille Gagliardi.

Le cœur serré, elle embrassa à son tour les joues de Dom et, quand elle se redressa, sentit le bras de Vinn autour de sa taille. Malgré l'épaisseur de ses vêtements, ce contact l'électrisa, faisant naître des ondes de chaleur dans tout son corps.

Échappant à l'étreinte de son mari, elle attendit de se retrouver seule dans la chambre avec lui pour demander :

— As-tu dit à Dom que nous étions de nouveau ensemble avant même de m'avoir parlé ?

— Non, répliqua-t-il avec une pointe d'agacement. Il a dû faire le rapprochement quand il a vu que tu m'accompagnais.

Il se passa nerveusement une main dans les cheveux et laissa échapper un soupir à fendre l'âme avant d'ajouter :

— Merci, en tout cas. Tu l'as rendu heureux.

— Et que se passera-t-il à son réveil ? Il comprendra que quelque chose cloche… Il a beau être très malade, il est loin d'être idiot.

Le regard noir de Vinn se planta dans le sien.

— Il faudra te montrer un peu plus convaincante pour qu'il te croie amoureuse de moi.

Ailsa haussa les sourcils.

— Peut-être serait-il souhaitable que tu me montres comment faire.

Les yeux de Vinn parcoururent les traits de son visage avant de s'arrêter longuement sur sa bouche. Ailsa retint son souffle, tandis que son cœur s'emballait. Le désir qui les dévorait l'un comme l'autre ne laissait planer aucun doute. Après un temps infini, Vinn planta à nouveau le regard dans le sien, mettant ainsi un terme à cette situation à haut risque. Sans doute venait-il de se rappeler, tout comme elle, qu'ils se trouvaient dans un hôpital et qu'à tout instant on pouvait les surprendre.

— Je suis sûre que tu joueras très bien le jeu, une fois que les dix millions de livres seront créditées sur ton compte.

Sur ces mots, il sortit son téléphone portable, pianota dessus, puis ajouta :

— Je vais transférer un quart de la somme maintenant et le reste à la signature.

Cet affront la mit en rage. Vinn croyait-il vraiment pouvoir l'acheter ?

— Tu pourrais virer vingt millions sur mon compte, ça ne changerait rien au fait que je te hais. Et, je te l'ai déjà dit, je ne signerai rien sans y avoir d'abord réfléchi.

Il leva les yeux de son téléphone, une expression indéchiffrable sur le visage.

— Tu peux me haïr autant que tu veux en privé, *cara*, mais en public — que tu signes ou non cet accord — je compte sur toi pour te comporter comme la plus heureuse des épouses, ou tu devras en subir les conséquences.

Ailsa serra les dents.

— Ne te comporte pas comme un macho avec moi, Vinn. Ça ne marchera pas.

Un sourire insolent se peignit sur les traits de son mari, comme si cette joute verbale le satisfaisait au plus haut point. Il s'approcha d'elle et, de l'index, lui souleva légèrement le menton. Ailsa savait qu'elle aurait dû éviter ce contact, mais elle se sentait comme hypnotisée, incapable du moindre geste. Le regard noir de Vinn la retenait captive.

— Tu m'as l'air prête à en découdre, n'est-ce pas, *tesoro mio* ? Pourtant, tu sais où se terminent nos disputes en général... Au lit, avec tes ongles plantés dans mon dos pendant que je te fais jouir encore et encore.

Ailsa se sentit rougir jusqu'aux oreilles. Comment osait-il lui rappeler à quel point elle était vulnérable dans ses bras ? Sous ses caresses, elle se transformait en un animal sauvage, toutes griffes dehors, les sens exaltés, le désir pulsant dans ses veines, le corps en feu. Personne ne savait mieux que lui la satisfaire.

Soudain, fuir lui parut essentiel, si elle voulait réfléchir posément. Peu importaient les termes de l'accord qu'il voulait lui faire signer. À cet instant précis, il fallait à tout prix mettre de la distance entre eux.

— Tu peux toujours rêver, Vinn. J'ai besoin de me rafraîchir. Peux-tu m'excuser une minute ?

— Il y a une salle de bains juste ici, répondit-il en lui indiquant une porte.

Ailsa lui adressa un mince sourire.

— Je préfère utiliser les toilettes qui se trouvent dans le hall.

Retenant son souffle, elle se dirigea vers la porte en prenant soin de passer à bonne distance de son mari. Elle se détendit, une fois sortie de la pièce. En jetant un coup d'œil par-dessus son épaule, elle vit que Vinn était déjà occupé à autre chose : il consultait son téléphone portable.

Une fois dans le couloir, Ailsa s'engouffra dans le premier ascenseur qu'elle trouva. Elle aurait volontiers emprunté l'escalier, mais elle était pressée. Elle avait laissé son bagage à roulettes dans la voiture de Vinn, mais au moins son passeport se trouvait dans son sac à main. Soucieuse, elle réfléchit aux différentes options qui s'offraient à elle. Si elle repartait pour Londres, Vinn abandonnerait aussitôt l'idée de parrainer Isaac. Elle avait trop souvent affronté sa volonté de fer pour se bercer d'illusions. La seule fois où elle l'avait emporté dans le cadre d'une dispute, c'était le jour où elle avait mis un terme à leur mariage.

Elle avait disparu de sa vie deux ans plus tôt, mais une part d'elle-même avait toujours espéré que Vinn viendrait la chercher. Même s'il n'était pas amoureux d'elle, elle avait attendu longtemps un signe de sa part, une marque d'intérêt, la preuve qu'il tenait un peu à elle. Car elle devait bien l'admettre : elle avait fui de manière impulsive, sans réfléchir une seule seconde. Avec le recul, elle avait jugé son attitude puérile. Elle était partie parce qu'elle estimait ne pas être traitée avec suffisamment d'égards. Elle reprochait à Vinn de la négliger, parce qu'il travaillait beaucoup et rentrait très tard le soir. Elle avait eu le sentiment de devenir un jouet abandonné dans un coin, ne représentant plus le moindre attrait. Si bien que lorsque Vinn avait évoqué l'idée de fonder une famille, une sirène d'alarme s'était déclenchée dans son cerveau, réveillant toutes ses angoisses. Quel genre de mère pourrait-elle être ? Comment prendre le risque de mettre un enfant au monde alors qu'elle ignorait tout de son propre sang ?

Mais Vinn n'était pas venu la chercher. Il ne l'avait même jamais appelée, prouvant ainsi le peu d'intérêt qu'elle représentait à ses yeux. Elle avait donc décidé de divorcer.

Quand les portes de l'ascenseur s'ouvrirent, Ailsa dirigea son regard vers la sortie de l'hôpital. Pouvait-elle prendre le risque de partir en espérant que Vinn ne remettrait pas en question son projet de parrainer son jeune frère ?

Alors qu'elle se dirigeait vers le hall d'accueil, elle remarqua un attroupement à l'extérieur de l'hôpital. Des paparazzis. Attendaient-ils la visite d'une célébrité ?

C'est alors que l'évidence la frappa de plein fouet : la célébrité, c'était elle.

Comment avait-elle pu se montrer naïve à ce point ? De toute évidence, Vinn avait informé la presse de leur réconciliation. Décidément, il avait toujours plusieurs longueurs d'avance sur elle. Comme elle n'avait pas signé ce maudit accord, il avait imaginé un plan B, un plan C, et sans doute avait-il encore d'autres tours dans son sac.

Dès qu'il l'aperçut dans le hall, l'un des paparazzis s'adressa à ses collègues et, soudain, tous se précipitèrent dans sa direction.

Tournant les talons, Ailsa se rua vers un ascenseur et pressa fébrilement le bouton d'appel. Atterrée, elle constata que la cabine se trouvait au quatrième étage. Elle se dirigea alors vers le deuxième ascenseur et, quand la porte s'ouvrit enfin, elle se retrouva nez à nez avec Vinn qui lui prit aussitôt le bras et l'attira à lui, comme s'il craignait de la voir s'échapper.

Une expression dure se lisait sur son visage. Ailsa aurait dû y réfléchir à deux fois avant de chercher à déjouer les plans de son mari.

— Notre première conférence de presse est sur le point de commencer, dit-il à mi-voix. Ravi que tu puisses te joindre à moi à cette occasion.

Ailsa n'eut guère d'autre choix que de plaquer un sourire de circonstance sur son visage et de se préparer à affronter la situation. Visiblement, tout le monde se réjouissait d'apprendre que la fugueuse qui tenait lieu d'épouse au richissime créateur de mobilier était de retour.

— Un baiser pour les caméras, réclama l'un des journalistes en anglais.

Ailsa sentit son cœur s'emballer à l'idée des lèvres de Vinn posées sur les siennes, mais il leva la main à l'intention des journalistes.

— S'il vous plaît, un peu de respect pour notre vie privée. Nous traversons un moment difficile aujourd'hui, avec l'opération à haut risque que doit subir mon grand-père. *Grazie*.

Les photographes et cameramans s'écartèrent pour laisser le couple sortir de l'hôpital. Ailsa comprenait la gravité de la situation, avec Domenico qui se trouvait entre la vie et la mort… Mais pourquoi Vinn n'avait-il pas profité de la situation pour l'embrasser en public ? Avait-elle mal interprété le regard qu'il avait posé sur sa bouche un peu plus tôt ? Tenait-il réellement à ce que le sexe ne fasse pas partie du contrat qu'il voulait la voir signer ? Se pouvait-il qu'une autre femme lui apporte aujourd'hui ce dont il avait besoin dans l'intimité ?

Une soudaine douleur lui comprima la poitrine. Imaginer son mari avec une autre la bouleversait. Au cours des derniers vingt-deux mois, elle s'était efforcée de ne pas penser à une telle éventualité…

Vinn la conduisit jusqu'à l'endroit où il avait garé sa voiture et l'aida à s'installer sur le siège passager. Elle voyait bien qu'il était en colère. De toute évidence, l'orage couvait. Elle ne tarda pas à en avoir confirmation quand il la foudroya du regard après s'être installé au volant.

— Tu n'as peut-être pas encore signé ce maudit accord, mais tu as dit à mon grand-père que tu étais de nouveau avec moi. Si tu cherches à t'échapper encore une fois, non seulement je retirerai l'offre que j'ai faite à Isaac, mais je m'assurerai que personne d'autre ne le parraine. Il ne pourra plus jamais pénétrer sur un parcours de golf en Europe, pas même en spectateur, et encore moins participer à un tournoi. Est-ce clair ?

Ailsa aurait aimé lui jeter ce fameux accord au visage, ainsi que les dix millions promis. Déchirer les billets un à un en menus morceaux lui aurait procuré un plaisir fou. Mais elle aimait son frère bien plus qu'elle ne haïssait Vinn. Ce qui la terrorisait, d'ailleurs, et la fragilisait. Elle se sentait en danger avec Vinn. Quand cesserait-il d'exercer une telle emprise sur elle ?

Levant courageusement le menton, elle affronta son regard.

— Tu crois sans doute pouvoir me faire du chantage et m'obliger à revenir vivre avec toi, mais je te haïrai toujours. Dix millions, vingt millions et même cinquante n'y changeront rien.

— Si tu valais cinquante millions à mes yeux, je les débourserais.

Ces mots cruels la touchèrent en plein cœur. Muette de stupeur, elle porta le regard sur les mains de Vinn, crispées sur le volant. L'air dans l'habitacle de la voiture s'était raréfié, comme si tout l'oxygène qu'il contenait avait été aspiré.

Ailsa se sentait au bord des larmes, chose étonnante, car elle pleurait rarement. Elle était une combattante, pas une pleurnicheuse. Elle rendait coup pour coup et ne montrait jamais sa vulnérabilité. Luttant contre toute faiblesse émotionnelle, elle refusait de laisser percevoir ses besoins. Une attitude acquise dans l'enfance, quand sa mère se détournait d'elle — son unique fille — dès qu'elle lui tendait les bras dans l'attente d'un baiser ou d'un peu de réconfort.

Tournant la tête vers la vitre, elle contempla le ballet des gens qui entraient et sortaient de l'hôpital. Des personnes qui traversaient différents cycles de vie : naissance, mort, maladie, guérison, joie, tristesse, perte, espoir...

Vinn laissa échapper un profond soupir, puis reporta son attention sur elle.

— Je suis désolé... C'était maladroit de ma part.

— Maladroit ?

Ailsa ne se sentait pas prête à pardonner. Son cœur saignait.

— Tu pensais ce que tu m'as dit, inutile de regretter tes propos. Je ne vaux rien à tes yeux. En réalité, je suis même surprise par cette offre de dix millions.

D'un geste très tendre, il glissa une main sur sa nuque, réveillant en elle mille sensations vertigineuses.

— Je serais prêt à débourser une fortune pour garantir le succès de l'opération de mon grand-père. Je ne suis pas prêt à me passer de lui...

Tu l'étais en revanche pour me laisser disparaître de ta vie...

Ces mots lui brûlaient la langue, mais elle préféra s'abstenir de les prononcer.

— Tu l'aimes énormément, n'est-ce pas ?

Sa main se glissa dans ses cheveux. Ailsa réprima un frisson.

— Il est ma seule famille.

— Tu as bien des cousins, des oncles, des tantes et...

Il la coupa d'un geste brusque.

— Ils ont disparu de la circulation quand les malversations de mon père ont défrayé la chronique. À quoi bon entretenir des relations avec des personnes qui vous abandonnent quand vous avez cruellement besoin d'elles ?

Ailsa ne s'était jamais rendu compte jusqu'à aujourd'hui du degré d'isolement dans lequel son mari vivait. Elle savait que les Gagliardi formaient une famille nombreuse pour avoir rencontré un grand nombre de ses membres lors de son mariage. Certains avaient refusé l'invitation à la cérémonie à cause de la réputation du père de Vinn, mais son mari n'en avait pas pris ombrage. Mais où se trouvaient-ils tous à présent, alors que Domenico affrontait la pire épreuve de sa vie ? Certains avaient-ils proposé leur aide ? Avaient-ils apporté un peu de réconfort ? Qui étaient les amis de Vinn aujourd'hui ? Ailsa avait rencontré certains de ses associés, mais aucun n'avait semblé figurer parmi ses proches. Vinn avait la fâcheuse tendance de tenir les gens à distance.

Elle était d'ailleurs la mieux placée pour le savoir...

Même si elle avait partagé sa vie pendant presque un an, il avait toujours représenté une énigme à ses yeux.

Sous son regard de braise, Ailsa sentit ses résolutions fondre comme neige au soleil. Rien ne l'obligeait à rentrer à Londres dans l'immédiat. Elle avait même prévu de s'absenter du studio pendant une semaine ou deux pour travailler depuis chez elle. Quelle importance après tout si elle reportait son vol de retour d'un jour ou deux, jusqu'à ce que Dom se réveille de son opération ? Brooke, son assistante, pourrait gérer les urgences en son absence.

— Quand auras-tu des nouvelles de ton grand-père ? Je pourrais demeurer à l'hôtel un peu plus longtemps... Jusqu'à ce que j'aie pris ma décision sur l'arrangement que tu proposes.

Allait-il lui accorder cette latitude ? Un jour ou deux, ce n'était pas trop demander pour un sursis, mais elle devait à tout prix se tenir à distance... pendant qu'elle le pouvait.

Elle sentit la main de Vinn fourrager dans ses cheveux, lui arrachant des frissons irrépressibles.

— Est-ce en moi ou en toi que tu n'as pas confiance ? demanda-t-il d'un ton de velours.

Ailsa peinait à garder le contrôle de ses émotions, et le corps de Vinn, si proche du sien, l'attirait comme un aimant. Elle sentit ses lèvres s'assécher tandis que son souffle s'accélérait.

Seigneur ! Elle brûlait de désir, mais il était hors de question qu'il perçoive son émoi. Hélas ! en dépit de ses bonnes résolutions, ses yeux furent irrésistiblement attirés par les lèvres de Vinn. Pourquoi cet homme était-il doté d'une bouche aussi belle ? Au tracé ferme et sensuel à la fois. Comme certaines autres parties de son corps, se souvint-elle soudain avec un frisson d'excitation.

Luttant contre le puissant magnétisme qu'il exerçait sur elle, Ailsa leva le menton d'un air de défi.

— Tu crois sans doute que je te désire encore ?

Elle laissa échapper un petit rire avant d'ajouter :

— Cet ego qui te caractérise est toujours aussi démesuré, à ce que je vois. Eh bien, tu te trompes, je ne ressens plus rien pour toi. Absolument rien !

Elle le vit hausser un sourcil puis esquisser un sourire ironique. La main toujours posée sur son cou la troublait au plus haut point. Il laissa le regard errer sur sa bouche, comme s'il hésitait sur la conduite à adopter. Allait-il oui ou non se décider à l'embrasser ? Serait-elle capable de l'en empêcher alors que chaque cellule de son corps vibrait de désir ?

Ailsa se débattait avec ces questions quand soudain il s'écarta, les traits figés en un masque impénétrable.

— Quelqu'un a besoin de cette place de stationnement. Nous ferions mieux de partir.

Ailsa avait totalement occulté le fait qu'ils se trouvaient encore dans l'enceinte de l'hôpital. Rien d'étonnant à cela, car en compagnie de Vinn elle avait toujours eu tendance à tout oublier — comme, par exemple, le fait qu'il l'avait épousée simplement parce que l'heure était venue pour lui de se marier. Et aujourd'hui, inutile de se leurrer : elle ne l'intéressait plus. Peut-être la désirait-il, mais au plan affectif il ne ressentait rien pour elle.

Les hommes et les femmes fonctionnaient d'une manière diamétralement opposée. Sachant cela, Ailsa n'aurait jamais dû accepter cette union. Vinn l'avait demandée en mariage parce qu'elle était la première à lui résister. Elle représentait un défi à relever, une conquête de choix qu'il avait exposée aux yeux du monde entier dans le cadre d'une cérémonie très médiatisée.

Toutefois, même s'il ne lui avait pas déclaré son amour, Ailsa avait été subjuguée par le désir qu'elle lui inspirait. Comme personne avant lui ne l'avait autant séduite, elle avait imaginé que leur entente physique suffirait à son bonheur.

Elle s'était crue irremplaçable.

Si tel avait été le cas, ne se serait-il pas battu davantage pour la garder ? Or, il l'avait laissée partir, sans le moindre murmure de protestation...

3

La gorge si nouée qu'il pouvait à peine respirer, Vinn quitta le parking de l'hôpital. Il savait que l'intervention chirurgicale durerait encore de longues heures. De longues heures s'écouleraient également avant que *nonno* reprenne conscience.

Si toutefois cela se produisait.

Vinn détestait les hôpitaux, ces grands établissements immaculés où étaient admis des êtres chers qui n'en ressortaient jamais. Il était très jeune — quatre ans à peine — quand sa mère y était entrée pour une opération de routine. Très jeune, mais assez mûr pour comprendre que quelque chose de grave venait de se produire quand le médecin les avait rejoints, son père et lui, dans la salle d'attente. L'homme en blouse blanche s'était aussitôt adressé à son père, qui, en l'espace de quelques secondes, s'était métamorphosé. Vinn n'oublierait jamais l'expression de ce visage décomposé, de ce regard effaré.

Mais son père lui avait menti, déclarant que tout allait bien et que *mamma* rentrerait à la maison dès qu'elle aurait récupéré. C'était là le premier d'une longue série de mensonges proférés les jours suivants, jusqu'à ce que ses grands-parents interviennent et insistent pour que la vérité soit dite.

Nonno avait toujours été auprès de lui. Il l'avait toujours soutenu, faisant en sorte que les lourdes erreurs de son père ne laissent pas en lui des traces indélébiles.

Et puis quand ce père était mort, deux jours après le départ d'Ailsa, quand les familles détruites des innocentes victimes avaient réclamé vengeance, *nonno* lui avait encore apporté son soutien. Ce malgré l'immense chagrin causé par la perte de son fils unique. Vinn avait machinalement organisé les obsèques, et avait même prononcé un bref mais respectueux éloge funèbre. Tout cela dans une sorte d'état second, comme un automate. Il ne gardait pas le souvenir d'avoir éprouvé quoi que ce soit, ce jour-là. Il avait eu l'impression d'être vidé de tout sentiment, de toute émotion. Comme si son cœur et son âme étaient figés pour toujours.

À la fin de la cérémonie, les gens étaient venus lui présenter leurs condoléances. Il avait ainsi été confronté à des regards étonnés dus à l'absence d'Ailsa et avait fourni quelques vagues explications : son épouse ne tarderait pas à rentrer. En formulant ces mots, il en était d'ailleurs convaincu.

À cette période de sa vie, le décès de son père avait représenté pour lui une sorte de distraction. Les jours s'étaient écoulés, les semaines, et il ne lui avait pas fallu moins d'un mois pour comprendre qu'Ailsa ne reviendrait pas.

Dans un premier temps, il avait pensé qu'elle ne tarderait pas à l'appeler ou à lui envoyer un message pour exprimer son regret. Elle avait coutume de s'emporter. En général, elle ne tardait pas à surmonter sa crise de colère, et tout rentrait dans l'ordre. Pas cette fois cependant, puisqu'elle n'était pas revenue. Il n'avait reçu aucun appel. Aucun message.

Et il ne l'avait lui-même pas informée de la mort de son père. Pourquoi l'aurait-il fait ? Ailsa n'avait jamais rencontré son beau-père, et durant leur bref mariage Vinn n'avait eu que peu de contacts avec lui.

Il s'était dit qu'elle apprendrait ce décès par la presse, puisque son père avait fait pendant quelques jours la une des magazines. Mais par chance, les tabloïds anglais étaient plus sobres que leurs pendants italiens, ce dont il n'avait pu que se réjouir. Mieux valait en effet que le moins de gens possible soit au courant des affaires louches dans lesquelles avait trempé son père et du malheur qu'il avait semé autour de lui.

À l'heure actuelle, tout cela n'avait plus grande importance, puisque Ailsa était de retour. Et cette fois, Vinn veillerait à ce qu'elle reparte en respectant les conditions qu'il aurait *lui-même* fixées.

Elle s'attendait que Vinn la conduise à un hôtel, mais il emprunta la route menant à Magenta, quartier huppé où se trouvait sa villa. Surprise, elle se tourna vers lui, s'efforçant de refouler la panique qu'elle sentait monter en elle. La panique... Ou plutôt le désir ? Elle s'empressa de refouler cette pensée importune.

— Il me semblait t'avoir précisé que je souhaitais loger à l'hôtel...

— Ce serait ridicule. Imagine la réaction de la presse si elle l'apprenait, alors que notre réconciliation a été annoncée ? Cela risquerait d'arriver aux oreilles de *nonno*. Mieux vaut opter pour la solution la plus raisonnable.

« Raisonnable » ? Le terme était particulièrement mal choisi ! Il n'y avait rien de raisonnable au fait de s'installer chez Vinn, même pour une très courte période. Ils n'y seraient certes pas tout à fait seuls, puisque la gouvernante et deux jardiniers vivaient à la villa, mais il n'en restait pas moins que la situation comportait un certain nombre de risques, et non des moindres.

Ailsa refoula le soupir qui lui montait aux lèvres. Elle avait grandi dans un milieu ni riche ni pauvre, communément appelé classe moyenne. Rien ne l'avait donc préparée à arriver dans un univers où tout respirait l'opulence.

Pendant leurs quelques mois de vie commune, Vinn lui avait laissé carte blanche pour décorer la villa, et elle avait pris un immense plaisir à réaliser ce projet — le plus important qui lui ait jamais été confié. Elle avait réussi à transformer la vieille maison, au demeurant très belle, en un lieu magique.

Bien sûr, elle avait dû supporter les ingérences de Carlotta, la vieille gouvernante grincheuse de Vinn, qui n'avait jamais caché sa désapprobation face au changement le plus minime. Ailsa avait toutefois fini par ignorer les commentaires de celle-ci pour faire ce que bon lui semblait. Elle n'était pas peu fière du travail accompli, et bien qu'elle ait retiré les photos de son site web, pas un jour ne s'écoulait sans qu'elle pense à ce qu'elle considérait comme sa plus belle réussite. N'était-ce pas normal, puisqu'elle s'y était investie corps et âme ?

Comme la voiture roulait sur cette route qu'elle connaissait par cœur, elle se demanda si Vinn avait apporté des modifications à la demeure depuis son départ. Avait-il décidé de gommer toute trace de son passage ? À l'idée qu'il ait pu anéantir tout le travail fourni, elle eut l'impression qu'une main de fer lui enserrait le cœur.

Ce fut alors qu'elle se rappela la pièce qui avait déclenché leur rupture, celle que Vinn souhaitait transformer en chambre d'enfants. Au début, elle avait cru qu'il plaisantait. Et puis jour après jour, il avait abordé le sujet, chaque fois un peu plus longuement. Jusqu'à ce qu'un soir elle se plaque les mains sur les oreilles et quitte en toute hâte le salon où ils prenaient l'apéritif.

Cette pièce, elle avait décidé, elle, d'en faire une chambre d'amis, avec une salle de bains attenante et un coin lecture près de la fenêtre qui surplombait le jardin. En fin de compte, elle n'y avait apporté aucune modification. Elle en avait refermé la porte, tout comme elle avait clos le chapitre de leur union.

— Et revoilà notre Vinn, fidèle à lui-même ! s'exclama-t-elle avec un rire narquois. Me donnant des ordres, comme si j'étais une gamine. Je crois bien que tu oublies un petit détail : je ne me suis engagée à rien. Je suis ici pour un jour ou deux, pas plus.

Il prit une profonde inspiration, comme pour puiser au fond de lui la patience qui commençait à lui faire défaut.

— Serait-il possible d'éviter toute discussion stérile pendant les prochaines vingt-quatre heures, ma chère Ailsa ? Vois-tu, je ne me sens pas d'humeur à polémiquer.

Elle décida de ne pas répondre et resta murée dans le silence jusqu'à ce qu'il se gare devant la villa. Lorsqu'elle descendit de voiture, une foule de souvenirs l'assaillit. Comment oublier le jour où il l'avait soulevée dans ses bras pour entrer dans la maison, au retour de leur voyage de noces ? Comment oublier aussi leurs étreintes passionnées, dans chacune des pièces de cette maison ? Tous les moments merveilleux qu'ils avaient vécus ensemble défilaient à vive allure dans son esprit.

C'était là qu'ils avaient eu leur première dispute. Et aussi la dernière.

Vinn ouvrit la porte principale puis, d'un geste de la main, l'invita à entrer. Comme elle passait près de lui, les notes boisées de son parfum masculin vinrent lui chatouiller les narines, et elle eut soudain la fugace impression de s'enfoncer au cœur d'une forêt.

Elle foula le sol du couloir, et une autre sensation, plus troublante, s'empara d'elle : celle de plonger dans le passé. Rien n'avait changé. Autour d'elle, les mêmes couleurs, les mêmes meubles, les mêmes objets, un décor qu'elle avait elle-même choisi.

La gorge nouée, elle regarda autour d'elle. Allait-elle trouver les autres pièces, elles aussi identiques à ce qu'elle avait laissé derrière elle ?

— Je pensais que tu aurais changé toute la décoration, depuis mon départ. Que tu n'aurais gardé aucune trace de... mon passage.

Il haussa les épaules.

— Pour être tout à fait honnête, je ne m'en suis pas vraiment préoccupé.

— Donc... Il n'y a rien de nouveau ?

— Au cas où tu l'aurais oublié, je te rappelle que ces modifications m'ont coûté une fortune. Je n'allais tout de même pas perdre davantage d'argent encore, sous prétexte que ma femme me quittait !

Ailsa sentit les muscles de son corps se raidir.

— Il me semble que nous étions mariés, non ? Donc a priori, il s'agissait de *notre* argent. De plus, j'ai moi-même investi une somme assez importante dans ces travaux.

Elle vit alors son regard s'assombrir.

— Si mes souvenirs sont bons, ce n'est pas moi qui ai oublié que nous étions mariés, Ailsa.

— Pourquoi faut-il toujours que ce soit moi la fautive ? lâcha-t-elle d'une voix vibrante de colère. Tu n'es responsable de rien, toi, peut-être ? Tu n'as jamais décidé de n'en faire qu'à ta tête, n'est-ce pas ?

Elle s'interrompit, un instant à peine, pour reprendre son souffle.

— Tu as essayé de m'obliger à signer cet accord ridicule, et ensuite tu m'as conduite d'office ici alors que j'aurais préféré, et de loin, loger à l'hôtel. Tu n'écoutes rien, Vinn. Rien ni personne ! Tu agis à ta guise, sans te soucier le moins du monde des désirs de ceux qui t'entourent. Excuse-moi, mais je doute que ce soit le fonctionnement idéal pour assurer le succès d'un couple.

Ses traits s'étaient figés. Il donnait l'impression de s'être renfermé sur lui-même. Mais peut-être cherchait-il seulement à la tenir à distance.

— Je crois t'avoir expliqué pourquoi je jugeais préférable que tu loges ici.

— Soit, mais tu n'avais pas pris la peine d'aborder le sujet avant. Tu t'es installé au volant de ta voiture et tu t'es engagé dans cette direction sans penser une seule fois à me consulter.

Il leva les yeux au plafond, comme s'il implorait le ciel de lui donner un peu plus de patience.

— D'accord. Nous allons donc aborder ce sujet maintenant.

Les jambes bien plantées sur le sol, il darda sur Ailsa un regard noir.

— Voyons, explique-moi pourquoi tu aurais préféré loger à l'hôtel.

Parce que je n'ai pas confiance en moi quand tu es dans les parages. Parce que tu restes toujours l'homme le plus attirant que j'aie jamais rencontré et que j'ai du mal à ne pas me précipiter dans tes bras.

Elle se garda bien de prononcer ces mots, évidemment, et répliqua d'un ton froid :

— Parce que je préfère avoir mon propre espace. J'ai eu tout le loisir de m'y habituer, au cours de ces vingt-quatre derniers mois.

Le regard sombre se fit plus perçant, et elle eut la désagréable impression que celui qui était toujours son mari lisait en elle. Qu'il la mettait à nu.

— Vraiment ? ironisa-t-il.

Il fixait à présent sa bouche et, d'instinct, elle se surprit à entrouvrir les lèvres. Le souffle court, elle glissa derrière son oreille une mèche de cheveux. Pour s'occuper les mains, pour éviter de se rapprocher de Vinn, de lui passer les bras autour du cou et de...

Tu es folle à lier !

Pourquoi cet homme produisait-il toujours sur elle un tel effet ? À croire qu'en présence de Vinn son corps se déconnectait de son cerveau. Qu'elle n'entendait plus le moindre signal l'incitant à la retenue, à la prudence.

— Oui, vraiment, répéta-t-elle d'une voix qui se voulait calme. Tu ne m'as pas manqué, Vinn. Pas une seule fois. Je dirais même que... Eh, mais que fais-tu ?

Il venait de franchir la distance qui les séparait pour lui poser les mains sur la taille. Il se tenait à présent si près d'elle qu'elle sentait la chaleur de son corps tout contre le sien. Elle sentait aussi fondre en elle toute trace de volonté, toute velléité de le repousser.

Pourquoi, mais pourquoi fallait-il qu'elle soit aussi vulnérable en sa présence ?

— Tu n'as jamais su mentir, Ailsa, murmura-t-il avec un sourire enjôleur.

Tout en prononçant ces mots, il commença à lui caresser

le visage. Comme il le faisait autrefois juste avant de l'enlacer, de l'embrasser, de la rendre folle de désir. Une douce chaleur s'insinuait déjà en elle. Pour rien au monde elle n'aurait voulu interrompre ce moment. Personne ne l'avait approchée d'aussi près depuis vingt-deux mois.

Personne.

Désormais elle n'avait qu'une envie : qu'il la serre fort contre lui, qu'il l'embrasse à en perdre haleine, qu'il lui fasse redécouvrir ces merveilleuses sensations que tant et tant de fois ils avaient partagées. Les souvenirs de leurs étreintes passionnées se bousculaient dans son esprit, attisant son désir.

Vinn, qui avait incliné le visage vers elle, laissait à présent les doigts courir sur son corps brûlant. Leurs lèvres se touchaient presque. Les paupières closes, elle avala sa salive.

— Je... ne mens pas.

En guise de réponse, Vinn lui sourit. Elle sentait son souffle chaud tout contre sa bouche. Il était pour elle une sorte de drogue, songea-t-elle alors. Une drogue dont elle avait réussi à se passer pendant vingt-deux mois.

Continue. Résiste.

Elle leva les bras et les posa sur ses larges épaules, sans pour autant parvenir à le repousser. Elle ne retrouva l'usage de la parole qu'au bout de quelques instants.

— Tu crois que je te désire toujours ? demanda-t-elle, incapable de s'exprimer aussi froidement qu'elle l'aurait voulu.

Il resserra un peu plus encore son étreinte, et elle eut l'impression qu'une décharge électrique la traversait tout entière.

— Bien sûr, Ailsa. Tu as envie de moi, tout comme j'ai envie de toi. Certaines choses ne changent jamais.

— Tu m'as pourtant dit tout à l'heure que cette prétendue réconciliation n'était qu'un arrangement, rien d'autre, répliqua-t-elle en haussant un sourcil.

— Si nous pouvons tirer le meilleur parti de ce qu'il reste entre nous, pourquoi nous en priver ?

Sa voix s'était faite caressante, suggestive, et elle sentait à présent tout contre elle son membre viril. De toute évidence, le désir qui la dévorait était réciproque.

— Il ne reste plus rien entre nous, Vinn.

— En es-tu bien sûre, *cara* ?

Elle ne devait pas céder. Pas plus aux avances de cet homme irrésistible qu'à l'appel de ses sens. S'il l'embrassait, la bataille serait perdue, elle en était bien consciente. Il suffirait que leurs bouches se joignent pour que tout semblant de raison la déserte.

Ce fut alors qu'elle sentit son pouce sur ses lèvres. Le contact de cette peau brûlante balaya sur-le-champ ses dernières réticences et, d'instinct, elle y passa la langue.

Le regard de Vinn se fit aussitôt plus intense.

— Tu n'aurais pas dû faire *ça*, dit-il d'une voix rauque.

Une voix dont elle ne connaissait que trop les accents, qui réveillaient en elle des zones endormies. Qui lui rappelaient qu'elle était une femme, ce qu'elle avait presque oublié ces derniers mois.

Presque.

— Pourquoi ? s'entendit-elle demander.

— Parce que maintenant je n'ai plus le choix...

Et, sans plus attendre, il cueillit ses lèvres entrouvertes. Offertes. Car à quoi bon le nier, c'était ce qu'elle attendait, qu'elle souhaitait au plus profond de son être. Dès que cette bouche sensuelle s'empara de la sienne, elle répondit avec ardeur à son baiser. Et elle ne fut pas longue à lâcher un petit gémissement, aussi éloquent que si elle avait formulé de vive voix le désir intense que lui inspirait Vinn.

Intense et incontrôlable. D'ailleurs, elle ne cherchait plus à maîtriser la vague qui la submergeait et se laissait porter par ce courant.

— Tu veux rester ici ou monter dans la chambre ? lui chuchota-t-il à l'oreille.

Cette question sans ambages la replongea soudain dans la

réalité. En un éclair, elle prit conscience de ce qui était en train de se produire et repoussa brusquement Vinn en le foudroyant du regard.

— C'est une plaisanterie ? Tu crois vraiment que je vais continuer ce petit jeu ?

Il salua ces mots d'un rire moqueur.

— Dois-je te rappeler que c'est toi qui as commencé à y jouer, *tesoro* ? Tu sais bien que je ne résiste pas à certaines choses...

Elle ne le savait que trop. Depuis son départ, elle avait vainement essayé d'oublier leurs ébats amoureux, leurs étreintes passionnées. Que de fois ils s'étaient donnés l'un à l'autre, sans la moindre retenue ! Aucun homme n'avait jamais suscité en elle un tel désir ni provoqué un tel plaisir. Aucun. Et elle lui en voulait d'autant plus. Comment oublier cet amant exceptionnel, comment tourner la page sur une histoire pareille ?

— Je crois que tu te trompes, rétorqua-t-elle en le toisant. C'est... un dérapage, voilà tout !

Cette fois il éclata de rire.

— Tu es incroyable !

— Toi pas, peut-être ?

Elle le vit alors changer d'expression, devenir sérieux.

— Merci, Ailsa, dit-il d'un ton posé qu'elle ne lui connaissait pas.

— Merci ?

— De m'avoir permis pendant quelques minutes d'oublier *nonno.*

Elle cligna des paupières, étonnée d'avoir elle aussi oublié Dom durant cet intermède. Mais qu'y avait-il là d'étonnant ? Le reste du monde n'avait-il pas toujours basculé dans l'oubli le plus absolu quand ils étaient dans les bras l'un de l'autre ?

— Est-il trop tôt pour appeler l'hôpital et prendre de ses nouvelles ?

Il acquiesça lentement en se passant la main sur la nuque.

— Beaucoup trop tôt. Il faudra attendre de longues heures avant de pouvoir en savoir davantage. À moins que...

Les traits de son visage se crispèrent.

— ... que les choses ne se déroulent pas comme prévu, finit-il d'une voix étranglée.

D'instinct, Ailsa tendit la main pour la poser sur son bras.

— Essaye de ne pas penser à cela, Vinn. Ton grand-père est peut-être fragile, mais les médecins n'auraient jamais proposé une intervention chirurgicale aussi lourde s'ils n'avaient pas envisagé qu'elle puisse réussir.

— Sans cette opération, il n'avait aucune chance de rester en vie. Aucune, répéta-t-il en détachant les syllabes.

Elle accentua la pression de ses doigts sur son bras musclé.

— Est-ce que je peux faire quelque chose pour t'aider ?

— Tu m'as déjà été d'un grand secours en acceptant de rester.

À ces mots, elle lui lâcha le bras.

— Je resterai un jour ou deux, tout au plus. Jusqu'à ce qu'il soit tiré d'affaire.

Ou l'inverse. Bien entendu, elle se garda de prononcer ces mots, mais ils n'ignoraient ni l'un ni l'autre que l'issue pouvait être fatale.

— Il m'est impossible de rester plus longtemps, ajouta-t-elle, croisant les bras sur sa poitrine. Je n'ai pas signé cet accord et j'ai à Londres des engagements professionnels qui...

— Annule-les.

— Bien sûr. Comme tu le faisais pendant notre mariage, quand j'avais besoin de toi ! lança-t-elle, sarcastique.

— Il se trouve que je dirige une entreprise de taille, ce qui implique de lourdes responsabilités. Difficile, dans ces conditions, de prendre un jour de congé quand bon me semble, sous le seul prétexte que ma femme s'ennuie.

— Voyons, et pourquoi est-ce que je m'ennuyais, au juste ? Tout simplement parce que tu avais insisté pour que je m'installe à Milan et que j'oublie les activités que j'exerçais à Londres. Je n'avais pas l'habitude de disposer de tout ce temps libre.

— Tu m'as dit toi-même que tu ne t'épanouissais pas dans cette boîte, Ailsa ! Tu travaillais pour quelqu'un qui t'exploitait.

— Exact, admit-elle avec un soupir. Il semblerait que j'attire ce genre d'individus...

Il fut prompt à réagir.

— Je ne crois pas t'avoir jamais exploitée. Je t'ai expliqué ce que j'étais prêt à te donner, et...

— Et ensuite tu t'es empressé de changer les règles du jeu ! Tu pensais me faire un ou deux enfants, pendant que tu poursuivrais ton importante carrière que rien ni personne ne peut entraver.

— Tu es la femme la plus exaspérante que j'aie jamais connue ! lança-t-il dans un accès de rage. Impossible de discuter de quoi que ce soit avec toi sans que cela tourne au pugilat ! Il me semble avoir été très clair : ta présence ici m'est nécessaire pendant une semaine au moins. Je comprends bien que tu aies des obligations à Londres, donc je te permettrai d'aller et venir en fonction de ces...

Elle ne le laissa pas finir sa phrase.

— Tu me *permettras* ?

— Je suis prêt à me montrer raisonnable.

Le bleu-vert de ses yeux avait presque viré à l'émeraude lorsqu'elle rétorqua :

— S'il y a bien un terme qui me semble totalement contraire à ta personnalité, c'est celui de « raisonnable » ! J'irai à Londres quand j'en aurai envie ou besoin. Je n'ai aucun ordre à recevoir de toi, Vinn. Hors de question que tu me kidnappes !

— Ne tente pas le diable...

Elle passa la langue sur ses lèvres sèches. Le diable en question ne la tentait que trop. Au point que la force de caractère qu'elle venait de démontrer en le repoussant l'étonnait elle-même. La main tendue vers son sac qu'elle avait posé sur une chaise, elle lâcha un long soupir.

— Je boirais volontiers une tasse de thé. Ça t'ennuie si j'en prépare ?

Demander ce genre de permission, dans cette maison qu'elle avait longtemps considérée comme la sienne, était pour le moins bizarre, elle en était consciente. Mais la présence probable de Carlotta, l'insupportable gouvernante, l'incitait à se montrer prudente. Celle-ci continuait sans doute de veiller jalousement sur ce territoire qu'elle considérait comme le sien, et dans la mesure où Ailsa ne jouissait plus des mêmes privilèges qu'avant...

En avait-elle jamais joui, d'ailleurs ? À la moindre occasion, Carlotta s'était chargée de semer le doute dans son esprit. Ce n'était pas faute d'avoir cherché à se rapprocher de la gouvernante. À son arrivée dans la maison, elle s'était même prise à espérer que celle-ci soit pour elle une sorte de figure maternelle — sa propre mère n'ayant pas réussi à jouer ce rôle. Mais toutes ses tentatives s'étaient révélées vaines. La vieille femme s'était toujours montrée glaciale envers elle, lui faisant clairement comprendre qu'elle n'appréciait guère sa présence. Qu'elle n'était pour elle qu'un fardeau.

Situation qu'elle ne connaissait que trop, pour l'avoir vécue avec sa mère.

Vinn tendit la main en direction de la cuisine.

— Fais comme chez toi. Tu sais où sont rangées les choses. Je dois sortir, maintenant. Je ne sais pas à quelle heure je rentrerai. Si tu as besoin de moi, appelle-moi ou envoie-moi un message.

C'était bien là le problème : elle avait besoin de lui. Ou plus exactement, *envie* de lui. Ce désir, qu'elle avait toujours ressenti pour Vinn semblait lui coller à la peau. Parviendrait-elle un jour à s'en défaire ?

— Et Carlotta ? Elle risque de me mettre à la porte dès qu'elle me verra... À moins que tu l'aies prévenue du motif de ma présence.

Il pinça les lèvres, agacé par ce commentaire. N'ayant jamais vu ou entendu sa gouvernante se montrer désagréable envers Ailsa, il avait du mal à admettre que cela ait pu se produire. Ce sujet avait d'ailleurs engendré un certain nombre de discussions entre eux.

— Elle est en congé pour la semaine, déclara-t-il d'un ton sec.

— Carlotta, *en congé* ? C'est un pur miracle ! J'ignorais qu'elle avait une vie en dehors de cette maison… À l'époque où je vivais ici, elle travaillait sept jours sur sept.

Vinn leva les yeux au ciel.

— J'espère que tu ne vas pas lui rendre la vie infernale pendant ton séjour.

— Moi, lui rendre la vie infernale ? Jusqu'ici, c'est plutôt le contraire qui s'est produit !

Elle ponctua ces mots d'un rire dénué de gaieté. Car le souvenir de ces moments ne l'amusait pas. Pas du tout, même.

— Chaque fois que j'ai tenté un rapprochement, elle m'a repoussée, comme si j'étais un chien errant qui venait gratter à sa porte !

— Écoute, Carlotta n'a plus vingt ans, et je ne voudrais pas…

— Il y a bien longtemps qu'elle aurait dû prendre sa retraite, poursuivit-elle, lui coupant la parole. Elle n'est même pas capable de s'acquitter de ses tâches. Il m'est arrivé plus d'une fois de devoir passer derrière elle pour nettoyer ce qui avait été mal fait. Ce qui explique aussi sans doute qu'elle m'ait détestée à ce point ! Pourquoi la gardes-tu à ton service ?

Il eut un geste d'impatience.

— Elle ne te détestait pas, Ailsa.

— Une chose est sûre, elle évitait de le montrer en ta présence. Quel âge a-t-elle ?

— Soixante-treize ans.

— Un âge un peu avancé pour continuer à occuper ce poste dans cette grande maison, non ?

— Elle a toujours travaillé pour ma famille.

Il marqua une pause avant de reprendre, plus bas.

— Depuis la mort de ma mère. Elles étaient… proches. Aussi proches que peuvent l'être une maîtresse de maison et sa gouvernante.

Les paupières plissées, Ailsa essaya de déchiffrer l'expression de son visage. En vain.

— Tu la gardes donc, en souvenir des liens qu'elle avait tissés avec ta mère ?

Vinn n'avait quasiment jamais évoqué sa mère par le passé. Elle avait bien essayé de lui soutirer des informations, sans grand succès, et avait fini par penser qu'il était trop jeune quand elle était décédée pour se rappeler grand-chose.

L'espace d'un court instant, elle crut voir son regard se voiler. Mais il se ressaisit aussitôt et changea de sujet.

— Encore une fois, fais comme chez toi, Ailsa. Si je reçois des nouvelles de *nonno*, je te tiendrai bien sûr au courant.

Sur ce, il tourna les talons et la laissa seule dans le couloir, avec le bruit de ses pas pour seule compagnie. Elle rejoignit alors la cuisine, mais au lieu de préparer du thé, elle s'approcha des portes-fenêtres pour contempler le spectacle qui s'offrait à elle. Elle posa d'abord les yeux sur la cour, puis sur le jardin qui s'étendait au-delà, et enfin sur la piscine, dont l'eau turquoise scintillait sous le soleil printanier. Sans même ouvrir, elle avait l'impression de sentir le parfum des glycines qui grimpaient le long des abris en bois.

Avec combien d'autres femmes Vinn avait-il fait l'amour dans cette piscine ?

Elle se détourna de la fenêtre en soupirant. Quelle importance ? Pourquoi cette question lui était-elle venue à l'esprit ? N'était-ce pas elle qui avait quitté le domicile conjugal — et ce depuis presque deux ans ? Ils avaient passé, Vinn et elle, plus de temps séparés qu'ensemble !

Vingt-deux mois représentaient une période fort longue pour un homme habitué à avoir une vie sexuelle bien remplie depuis l'adolescence. Ils lui avaient semblé à elle aussi très longs, alors que sa propre expérience dans ce domaine était bien plus limitée. Et surtout moins intense, car aucun homme avant Vinn n'avait su lui faire découvrir un tel univers de sensualité.

Plongée dans ses pensées, elle rebroussa chemin et monta l'escalier qui conduisait à la chambre principale. Celle qu'ils avaient partagée, Vinn et elle. Celle dans laquelle ils avaient vécu d'inoubliables moments.

N'y va pas. Pourquoi t'infliger une telle torture ?

Ce fut pourtant là que ses pas la guidèrent. Dès qu'elle eut poussé la porte de la chambre, les effluves du parfum de Vinn l'enveloppèrent. Elle dut s'arrêter et reprendre son souffle avant de balayer la pièce du regard. Il s'arrêta sur le grand lit, et cette fois encore elle ne put s'empêcher de se demander avec qui il l'avait partagé.

Puis elle se dirigea vers l'armoire et hésita une seconde à peine avant de l'ouvrir.

4

Ailsa se figea. Ces vêtements-là étaient *les siens* ! Elle avait d'abord cru qu'ils appartenaient à une autre, mais n'avait pas été longue à reconnaître ces couleurs, ces formes, ces imprimés. Ce style, choisi par Vinn. Car c'était lui qui lui avait offert ces tenues griffées que ses propres moyens ne lui auraient certainement pas permis d'acheter.

Elle était partie dans une telle hâte qu'elle avait laissé là bon nombre d'effets personnels. Pourquoi se voiler la face ? Elle avait agi ainsi parce que, au fond d'elle-même, elle avait toujours pensé revenir. Elle avait cru que Vinn l'appellerait et la prierait, la supplierait même de rentrer au bercail — ce qu'il s'était bien gardé de faire. Et elle ne lui avait pas demandé de lui envoyer ses affaires à son adresse londonienne. À quoi bon ? Quand elle avait compris qu'il n'était pas prêt à se battre pour qu'elle revienne, elle avait préféré tourner la page sur ce chapitre de sa vie, et ne garder autour d'elle rien qui puisse le lui rappeler. À quoi bon regretter cette décision impulsive qui l'avait incitée à mettre un terme à leur vie de couple ?

Avec le recul, elle prenait conscience de son erreur. Au lieu de prendre le temps de discuter — même si elle n'était pas prête à changer d'avis —, elle avait réagi comme une enfant capricieuse qui jette ses jouets à travers la pièce.

Certains points lui paraissaient bien plus évidents, à présent. L'affection que portait Vinn à la gouvernante remontait donc à l'enfance. Une enfance dont elle ignorait tout ou presque, puisqu'il ne l'avait presque jamais évoquée devant Ailsa. Pourquoi ne lui avait-il jamais parlé des liens qui unissaient Carlotta et sa mère ? Et pourquoi n'avait-elle pas, elle-même, essayé d'en savoir plus long sur les premières années de sa vie ?

Parce que tu ne voulais pas qu'il cherche à connaître ta propre enfance.

Elle passa lentement la main sur les étoffes soyeuses. Pourquoi Vinn ne s'était-il pas défait de ses vêtements ? Pourquoi ne pas les avoir jetés ou donnés à une association caritative ? Pourquoi les avoir gardés là, tout près de ses propres costumes ?

Elle referma la porte de l'armoire et se mordilla la lèvre. Que savait-elle au juste de Vinn ? Qu'il aimait le café bien corsé et détestait le thé. Elle connaissait aussi ses préférences en matière de cinéma et de littérature. Elle savait également qu'il était chatouilleux, mais juste derrière les genoux, et qu'il occupait toujours le côté droit du lit.

Mais elle se rendait compte que, dans l'ensemble, cet homme restait pour elle une énigme. Pour quelle raison avait-il conservé ces vêtements ? se demanda-t-elle pour la énième fois. Était-ce sentimental ou s'agissait-il plutôt d'une tactique ? Ne chercherait-il pas à la manipuler ?

Elle sentit la colère monter en elle. Vinn était impitoyable, elle l'avait toujours su. Il détestait l'échec qu'il considérait comme un signe de faiblesse. Qu'attendait-il d'elle au juste ? Qu'elle se montre incapable de lui résister, qu'elle capitule ?

Un petit rire sec s'échappa de ses lèvres. Elle allait lui prouver qu'il se trompait !

Vinn arpentait son bureau d'un pas nerveux, envahi par le doute. N'aurait-il pas dû rester à la villa auprès d'Ailsa ? Et si celle-ci décidait cette fois encore de s'enfuir ? Elle n'avait toujours pas signé ce fameux accord. Il lui arrivait de se montrer dur en affaires, mais il s'imaginait mal lui forcer la main ! Il pouvait certes lui proposer une somme plus importante. Comme cette idée lui traversait l'esprit, il grimaça, convaincu que ce refus n'était en rien lié à l'argent. Ailsa voulait tout simplement lui tenir tête. Et il s'en moquait bien, à vrai dire. Une seule chose comptait pour lui : que rien ne vienne perturber le rétablissement de son grand-père.

Il fallait donc qu'elle accepte de rester, sans quoi on soupçonnerait un scénario monté de toutes pièces. Or, il tenait à tout prix à ce que *nonno* croie à une réconciliation entre Ailsa et lui. Il n'oubliait pas la flamme qu'il avait vue danser dans le regard de son grand-père lorsqu'il était entré dans sa chambre d'hôpital. Il y avait bien longtemps que celui-ci n'avait pas affiché un air aussi heureux. Depuis le jour où il lui avait présenté sa fiancée.

Nonno avait toujours apprécié Ailsa. Et qu'y avait-il là d'étonnant ? La jeune femme représentait tout ce qu'un homme pouvait rechercher dans une épouse. Elle était à la fois belle et intelligente, talentueuse, dotée d'un esprit vif. Revers de la médaille : il lui arrivait aussi de se montrer trop caustique.

Son grand-père avait toujours aimé les femmes qui, comme Ailsa, avaient un caractère bien trempé. Mais Vinn ne l'avait pas épousée pour plaire à *nonno*. Il avait jeté son dévolu sur elle, tout simplement parce qu'il ne pouvait pas se passer d'elle. Aucune personne du sexe opposé ne l'avait jamais attiré à ce point, n'avait jamais provoqué en lui un tel désir. Un désir qui, depuis son départ, ne s'était nullement atténué.

Pendant ces longs mois, que de fois il s'était rappelé la façon particulière qu'avait Ailsa de l'embrasser, de le caresser, de se lover contre lui ! Que de fois il avait songé à leurs étreintes folles, au plaisir infini qu'elles leur apportaient. Rien n'avait réussi à chasser ces images de son esprit, ni ce désir qu'il savait partagé.

Dans ces conditions, comment diable réussir à se concentrer assez pour travailler ? Son grand-père était en ce moment même sur une table d'opération, et celle qui portait toujours son nom se trouvait chez lui. Il n'avait aucun mal à imaginer Ailsa monter à l'étage et entrer dans « leur » chambre. Qu'allait-elle penser en trouvant ses vêtements toujours suspendus là ? Pourquoi les avoir gardés ? Il aurait pu les lui renvoyer ou demander à Carlotta de s'en charger. Mais il ne s'en était pas défait, et ce pour une raison très simple : afin de ne pas oublier ce qui était susceptible de se produire quand on baissait la garde.

Ce qu'ils avaient vécu ensemble, Ailsa et lui, était exceptionnel. Aucune de ses nombreuses conquêtes, pour la plupart éphémères, n'avait à ce point changé sa vie. Lorsqu'il l'avait rencontrée, il avait pris pleinement conscience de ce qui avait manqué jusque-là à son existence.

Elle était courageuse et opiniâtre, ce qui l'agaçait parfois et l'enchantait souvent. Riche et influent, Vinn avait coutume de voir virevolter autour de lui des gens prêts à tout ou presque pour gagner ses faveurs. Ailsa, elle, n'avait rien d'une flagorneuse. Elle n'avait jamais craint de lui tenir tête, d'une façon qui lui était propre et qu'il adorait, qu'il admirait même.

Mais elle l'avait quitté, et il lui en voulait toujours. L'échec lui était insupportable. De son point de vue, il était réservé à ceux qui ne travaillaient pas assez dur, qui ne se battaient pas assez pour réussir.

Il détestait les surprises. Il avait coutume d'avancer dans la vie en planifiant les événements, en les organisant, en se fixant des buts à atteindre. Il était convaincu que rien n'arrivait par hasard et qu'il fallait saisir les opportunités quand elles se présentaient. Voilà pourquoi quand le jeune frère d'Ailsa lui avait demandé de le parrainer, il n'avait pas hésité un seul instant, saisissant cette occasion de renverser la situation et de remonter sur le podium du vainqueur.

L'idée du chantage ne lui plaisait pas, mais si cela se révélait indispensable, il se savait prêt à l'utiliser. Il souhaitait qu'Ailsa revienne pour trois mois chez lui. Dans sa vie. Et surtout dans son lit.

Ce dernier point ne lui aurait peut-être pas paru aussi important s'il n'avait perçu en elle un tel désir. Elle refusait de signer cet accord, mais il connaissait des moyens de la convaincre. Des moyens très agréables.

Ce soir-là, Ailsa reçut un message de Vinn lui demandant de ne pas l'attendre, car il avait une urgence à régler. Elle prit alors conscience d'avoir guetté son retour avec une certaine impatience. Soit. Il n'y aurait donc pas de nouvel affrontement dans les heures à venir. Cette absence ne manqua pas de l'étonner. Vinn ne craignait-il pas qu'elle en profite pour s'échapper et repartir pour Londres ? Elle n'avait pas signé ce fameux accord. Pas encore. Dix millions étaient en jeu, elle ne l'oubliait pas.

Elle ne se considérait pas comme une personne intéressée. L'argent n'avait jamais été un moteur dans sa vie. Elle appréciait l'existence aisée qu'elle menait grâce à son salaire et se réjouissait de ne pas avoir grandi dans un milieu défavorisé, mais pour être tout à fait honnête elle devait admettre que la perspective de disposer d'une somme aussi importante ne la laissait pas indifférente. Ces millions lui permettraient de développer son affaire et aussi d'apporter son aide à ceux qui en avaient besoin. À d'autres personnes nées d'un viol, par exemple. Elle pourrait créer un service de conseil juridique, proposer à ces victimes un lieu où elles se réuniraient et parleraient en toute liberté de leurs problèmes. Qui sait, peut-être même pourrait-elle convaincre sa mère de consulter, d'être suivie, ce qui lui serait sûrement d'un grand secours. Jusque-là, celle-ci avait toujours refusé une thérapie sur le long terme, alléguant le coût de ce genre de traitement. Or, si Ailsa assumait ces frais, elle n'aurait plus d'excuse.

Cette somme, elle ne l'obtiendrait toutefois que si elle acceptait de signer l'accord proposé par Vinn — accord selon lequel elle s'engageait à partager sa vie pendant trois mois. Il pensait ainsi la tenir au point de la laisser seule à la villa ce soir-là, persuadé qu'elle ne chercherait pas à s'enfuir. Pourtant, si elle n'avait craint pour la santé de *nonno*, elle n'aurait pas hésité à partir.

Elle dormit mal, ce soir-là. Pas seulement parce qu'elle occupait une chambre d'amis, ce qui ne s'était jamais produit dans cette maison, mais aussi parce qu'au moindre bruit elle sursautait, guettant le retour de Vinn. En vain. Chaque fois elle regardait sa montre, et sa colère montait d'un cran.

1 heure du matin. 2 heures. 3. 4. 5...

Quelle sorte d'urgence pouvait bien le retenir au bureau jusqu'à l'aube ? Elle l'imaginait plutôt dans une chambre, et pas tout seul !

La colère ne fut pas longue à céder la place à la douleur. Une douleur intense qui vint se loger au creux de son ventre, l'obligeant à se rouler en boule. Pourquoi s'être mise dans une situation pareille ? Pourquoi s'être exposée au risque de souffrir ainsi ?

Le sommeil finit par la terrasser et, quand elle se réveilla, le soleil luisait dans le ciel. Il était 9 heures du matin, et elle ne fut pas longue à constater que Vinn n'était toujours pas rentré. Vers 10 heures, il lui envoya un SMS pour lui dire qu'il se trouvait à l'hôpital, auprès de son grand-père.

Avait-il passé la nuit à son chevet ? Elle aurait bien voulu croire à cette hypothèse, mais était-ce possible qu'on l'y ait autorisé ? Ne se serait-il pas plutôt, durant ces longues heures, livré à un tout autre genre d'occupation ?

Ce fut plus tard, en cours de soirée, que des bruits dans la maison éveillèrent son attention. Toute la journée, elle avait été à l'affût du moindre bruit qui aurait annoncé le retour de Vinn. Et elle s'en était voulu plus d'une fois de se comporter ainsi. N'avait-elle pas perdu assez de temps à attendre cet homme durant leurs quelques mois de mariage ? Tout cela était désormais derrière elle. Vinn n'exerçait plus sur elle le moindre pouvoir !

Lorsque ces bruits lui parvinrent, provenant de la grande pièce faisant office de bureau, elle comprit qu'il était rentré à la villa sans prendre la peine de la prévenir. Et elle sentit la rage monter en elle. Il la traitait comme une simple invitée dont il fuyait la présence !

Sans même frapper à la porte, elle fit irruption dans la pièce et s'arrêta devant le bureau auquel il était assis.

— Quand es-tu revenu ? lança-t-elle sans ambages. Je t'attends depuis hier. Tu aurais peut-être pu m'avertir de ton retour. Je croyais qu'un voleur était entré dans la maison !

Sans un mot, il se laissa aller contre le dossier du luxueux fauteuil en cuir qui émit un petit couinement en guise de protestation. Après l'avoir enveloppée d'un long regard impénétrable, il répliqua :

— Et comment aurais-tu réagi si tu avais trouvé un voleur dans mon bureau ?

Ailsa détestait cette façon qu'il avait toujours eue de critiquer son impétuosité, d'autant qu'elle ne lui avait pas toujours déplu. Surtout quand ils se retrouvaient dans leur chambre, en tête à tête.

Cesse de penser à ces moments-là !

— Pourquoi mes vêtements sont-ils toujours suspendus dans l'armoire ?

— J'attendais que tu viennes les chercher.

Elle inspira profondément, essayant de puiser en elle un semblant de calme. En vain.

— Jusqu'à quand envisageais-tu de les garder ?

Il tendit la main vers un stylo de marque et appuya sur le bouton-poussoir, puis le relâcha, appuya de nouveau, le relâcha encore.

— Aussi longtemps que nécessaire.

Ces mots furent suivis d'une autre série de déclics.

— Et si je n'étais pas revenue ?

— Mais *tu es revenue*, répliqua-t-il, la défiant du regard.

— Tu n'avais pas le droit de garder mes affaires !

— Tu ne les as pas réclamées, Ailsa.

— La question n'est pas là !

— Pourquoi n'as-tu pas cherché à les récupérer, alors ?

— Je crois que tu connais la réponse.

— Non. Mais tu vas peut-être me mettre sur la voie.

D'autres déclics meublèrent le silence qui suivit.

— C'est toi qui m'avais acheté ces vêtements, Vinn. Des tenues adaptées au rôle de potiche !

— Que cherches-tu à dire par là ? Qu'elles ne te plaisaient pas ?

Elles ne lui plaisaient que trop, au contraire.

— Je ne suis pas en train de t'accuser de mauvais goût. Je dis que tu m'avais assigné un rôle que je n'étais plus prête à jouer.

En entendant ces mots, il lâcha le stylo et se leva pour contourner le bureau et s'y asseoir, tout près de l'endroit où elle se tenait. Trop près. Mais elle ne recula pas, soucieuse de ne pas lui montrer qu'elle restait toujours sensible à sa présence.

— Quand as-tu changé d'avis ?

Elle s'efforçait de rester imperturbable, ce qui se révélait de plus en plus difficile sous ce regard incisif.

— Changé d'avis ? répéta-t-elle, un sourcil levé.

— Quand as-tu décidé que tu ne souhaitais plus endosser ce « rôle de potiche », pour reprendre ta propre expression ?

Pour se donner une contenance, elle repoussa ses cheveux en arrière. Comment lui expliquer en tout premier lieu qu'elle n'avait jamais été heureuse ? Que leur union ne ressemblait en rien à ce dont elle rêvait, enfant. Qu'elle n'avait accepté de l'épouser que pour avoir l'impression de devenir quelqu'un de *normal*. La robe blanche et le voile, les chants à l'église, ce rituel classique lui avait permis d'oublier — du moins pendant quelques heures — qu'elle était la fille d'un monstre sans visage.

Comment lui dire que, pour la première fois de sa vie, elle avait senti que sa présence était réellement désirée par quelqu'un ? Quelqu'un qui n'avait que l'embarras du choix et qui avait pourtant jeté son dévolu sur *elle*.

— Nous n'aurions jamais dû nous marier, Vinn. Nous aurions dû nous contenter de vivre une aventure, rien de plus. Cela nous aurait au moins permis de rester amis après la séparation.

Il tendit la main vers son visage et, du bout de l'index, lui caressa la joue, le menton, en évitant soigneusement sa bouche.

— Tu ne penses pas que nous réussirons un jour à être amis, *cara* ?

Sentant son cœur s'emballer, elle avala sa salive et secoua lentement la tête.

— Nous n'avons jamais été amis. Nous étions amants, et nous nous sommes mariés pour continuer à l'être, rien de plus. Voilà pourquoi je pense que cette étape n'était pas indispensable.

Il cessa de la caresser et, avec un soupir, laissa le bras retomber le long de son corps.

— Tu as peut-être raison. Mais reconnais que… nous étions des amants hors norme ! Notre relation physique a toujours été parfaite.

Difficile de prétendre le contraire. Elle retint son souffle tandis qu'il la dévorait du regard, ou plutôt qu'il la *déshabillait* du regard. Elle ressentait des fourmillements dans tout le corps, petits signes qu'elle ne connaissait que trop.

— Oui… Mais ça ne signifie pas que je sois prête à la reprendre. Je te rappelle que nous sommes en quelque sorte divorcés et que…

Ce fut alors qu'il la rejoignit et lui prit les mains pour les serrer dans les siennes. Elle sentait sur son visage le souffle brûlant de celui qui, quoi qu'elle prétende, l'attirait toujours autant.

— Pourquoi chercher à me mentir, Ailsa ? À *te* mentir. Tu as envie de moi, tout comme j'ai envie de toi…

Elle voulut s'écarter de lui, mais n'y parvint pas. Au contraire, elle eut même l'impression de se rapprocher un peu plus encore du superbe corps masculin qui mettait tous ses sens en émoi.

— J'imagine que bien d'autres ont défilé dans ton lit ! lâcha-t-elle. Voyons, combien de temps as-tu mis à me remplacer ? Une semaine ? Deux ? Un jour à peine ?

Il la lâcha aussitôt et passa de l'autre côté du bureau, comme s'il cherchait soudain à dresser entre eux une barricade.

— Tant que notre divorce ne sera pas prononcé, je me considérerai comme marié, déclara-t-il, le visage fermé.

Les yeux écarquillés, elle le fixa quelques instants en silence.

— Tu veux dire que… Qu'il n'y aurait eu personne après moi ? *Personne* ? J'ai pourtant vu des photos de toi dans des magazines, accompagné de…

— Je ne vis pas en ermite, la coupa-t-il, mais comme je viens de te le dire, j'ai évité tout genre de liaison jusqu'à présent puisque nous sommes encore et toujours mariés. À quoi bon mêler une tierce personne à une situation déjà compliquée ?

Il marqua une brève pause avant d'ajouter :

— Pourquoi as-tu l'air aussi choquée ?

— Du tout. Je pensais simplement que... Enfin, tu comprends, n'est-ce pas ? conclut-elle, s'efforçant sans grand succès d'afficher un air impassible.

— En d'autres termes, tu as du mal à imaginer que j'aie pu vivre tout ce temps en célibataire, vu mon appétit sexuel ?

En guise de réponse, Ailsa cligna des paupières. « Appétit sexuel ». Chasser de son esprit les images qu'évoquaient en elle ces deux mots se révélait plus difficile de seconde en seconde.

— Il y a de cela en effet, admit-elle d'un ton aussi détaché que possible.

— Eh bien, j'ai trouvé d'autres moyens de soulager les tensions liées à l'abstinence ! Je me suis davantage concentré sur mes affaires, et je dois dire que ça a porté ses fruits.

Toujours sous le choc, elle prêtait une oreille distraite à ces propos. Était-il vraiment possible que Vinn n'ait pas eu la moindre aventure pendant ces deux années ? Qu'il n'ait succombé au charme d'aucune femme ? Elle qui, pendant ces longs mois, l'avait imaginé maintes et maintes fois dans *leur* lit, se livrant avec une autre qu'elle à ces ébats qui les comblaient tous deux de plaisir... Était-il possible qu'elle se soit méprise à ce point ?

Pour quelle raison lui serait-il resté « fidèle », alors qu'ils étaient séparés ? Comment interpréter cette attitude ? Ce n'étaient certainement pas les occasions qui lui avaient manqué !

Elle avait du mal à comprendre. Peu de personnes attendaient que l'encre soit sèche sur les documents officiels pour reprendre le cours de leur vie, prêtes à en écrire un nouveau chapitre.

Elle n'avait elle-même pas franchi le pas. L'idée de faire l'amour avec un autre que Vinn ne lui avait tout simplement jamais traversé l'esprit. Chaque fois que son regard se posait sur un homme, elle le comparait à Vinn et s'en désintéressait aussitôt. Aucun homme au monde n'avait su éveiller en elle des sensations aussi fortes, n'avait réussi à la faire vibrer comme son mari. Aucun ne l'avait à ce point comblée de plaisir.

Et savoir qu'il ne l'avait pas « trompée » pendant tout ce temps attisa un peu plus encore son désir. Elle passa la langue sur ses lèvres sèches et sentit les battements de son cœur s'accélérer comme il contournait de nouveau le bureau pour se placer devant elle. Elle brûlait d'envie de se réfugier dans ses bras, d'échanger avec lui les caresses les plus folles, de l'embrasser à en perdre haleine...

— Trois mois, *cara*. Voilà tout ce que je te demande. Et ensuite tu l'auras, ton divorce.

Elle l'écoutait, les yeux rivés sur sa bouche. Devait-elle accepter sa proposition ? Si elle refusait et partait sur-le-champ, il ne lui faudrait pas plus de quelques semaines pour obtenir ce divorce et reprendre sa vie où elle l'avait laissée. Isaac devrait certes renoncer à sa carrière de joueur de golf, mais il était jeune et n'aurait aucun mal à trouver une nouvelle orientation. N'était-il pas très courant, aujourd'hui, d'en changer deux ou trois fois au cours de son existence ?

Si elle acceptait la proposition de Vinn, elle devrait partager sa vie pendant les trois mois à venir. Et peut-être aussi *son lit*. Pouvait-elle courir un tel risque ? Qui sait, cela lui permettrait peut-être de tourner définitivement la page sur cette histoire. Après tout, il ne lui demandait pas de revenir *pour toujours*.

Trois mois.

Trois mois durant lesquels elle laisserait libre cours au désir que cet homme suscitait encore et toujours en elle. Trois mois, pas un jour de plus, pendant lesquels ils vivraient une aventure torride. Un laps de temps défini et trop bref pour que soit susceptible de surgir de nouveau entre eux le sujet de la procréation.

C'était risqué. Dangereux, même. Et infiniment tentant — surtout depuis qu'il lui avait révélé n'avoir eu aucune aventure depuis son départ.

— Mais... Pourquoi ?

Il tendit la main et la glissa dans ses cheveux dorés.

— Je te l'ai expliqué, Ailsa. Pour que mon grand-père se rétablisse dans les meilleures conditions possible.

Ses doigts descendirent vers sa nuque.

— Je ne crois pas que ce soit pour cette seule raison, Vinn. Il y a entre nous une espèce de… d'alchimie.

Un sourire au coin des lèvres, il acquiesça et se rapprocha d'elle.

— Une alchimie qui n'a plus lieu d'être, ajouta-t-elle dans un murmure.

Ce fut alors qu'il pencha le visage vers elle pour effleurer sa bouche d'un baiser. Un baiser qui se fit vite plus fougueux et auquel elle ne chercha même pas à résister. À quoi bon ? C'était là ce qu'elle attendait, ce dont elle rêvait depuis longtemps.

Sans cesser de l'embrasser, Vinn posa les mains sur ses seins qui pointaient sous l'étoffe fine de son chemisier blanc. La réaction d'Ailsa fut immédiate : elle poussa un petit gémissement tout en se cambrant contre lui. Et sans plus hésiter, il déboutonna le chemisier pour glisser les mains sur sa peau nue.

— J'ai tellement envie de toi…

En guise de réponse, elle commença à son tour à défaire les boutons de sa chemise, pressée de sentir tout contre elle le torse dénudé de celui qui l'embrassait de nouveau.

La sonnerie du téléphone retentit alors mais, absorbée comme elle l'était par ces étreintes ardentes, Ailsa n'y prêta aucune attention. Jusqu'à ce qu'il s'écarte d'elle.

— Vinn Gagliardi, dit-il après avoir pris le téléphone posé sur son bureau.

Il fallut à Ailsa quelques secondes pour revenir au présent. Tandis qu'il continuait à parler en italien, elle lui demanda à voix très basse si cet appel concernait son grand-père. Il secoua la tête, et elle put lire sur ses lèvres le mot « travail ».

Elle se sentit alors mise à l'écart. Rejetée, comme jadis, quand elle passait en deuxième position, dans sa vie. Ne l'avait-il pas délaissée encore la veille au soir ? Que de fois avait-elle eu l'impression de n'être pour lui qu'une femme-objet vers laquelle il se tournait pour assouvir ses désirs !

La gorge nouée, elle remit de l'ordre dans sa tenue et se recoiffa avec les doigts, pressée désormais de quitter la pièce. Elle aurait bien sûr compris qu'il prolonge un appel provenant de l'hôpital. Mais qu'il la délaisse pour régler un problème de travail ? Non, hors de question ! Cette situation ne lui était que trop familière. Et trop insupportable.

Elle avait épousé Vinn Gagliardi, persuadée qu'il finirait par lui accorder toute l'attention qu'un homme est censé porter à sa femme. Une erreur de sa part. D'un geste du menton, elle désigna l'étage au-dessus, lui signifiant ainsi qu'elle l'y attendrait. Et il hocha la tête en souriant, le regard luisant.

Mais il se trompait. Elle n'envisageait nullement de monter l'attendre sagement dans « leur » chambre, comme cela s'était tant de fois produit. Elle allait partir, tant qu'elle en était encore capable, tant qu'il lui restait assez de volonté pour le faire.

5

Ailsa quitta furtivement la maison et parcourut une courte distance à pied avant de héler un taxi.

— Je vais à l'aéroport, dit-elle au chauffeur.

Avec un soupir, elle se laissa aller contre le siège et glissa la main dans son sac pour y chercher son smartphone. Elle s'apprêtait à réserver un vol depuis son portable quand elle s'aperçut qu'elle n'avait presque plus de batterie. Comment avait-elle pu oublier de le mettre en charge ? Après tout, tant pis ! Si elle l'éteignait, Vinn ne réussirait pas à la joindre.

Elle appellerait Isaac pour lui expliquer la situation, s'en excuser et le préparer à la déception qui l'attendait. Mais pas tout de suite. Avant toute chose, elle devait s'occuper de son vol de retour — impossible avant son arrivée à l'aéroport.

Elle plongea la main tout au fond de son sac à la recherche de son passeport. Rien. Elle vida le sac sur le siège arrière. Toujours pas la moindre trace de passeport. Une violente envie de crier s'empara d'elle. Comment Vinn avait-il pu agir ainsi ? Lui confisquer son passeport ! Elle l'avait toujours su implacable, mais en arriver là… C'était tout bonnement grotesque !

D'ailleurs, pourquoi tenait-il tant à ce qu'elle passe avec lui les trois mois à venir ? Son seul objectif était-il le bien-être de son grand-père ? Ne chercherait-il pas plutôt un moyen de se venger d'elle ?

— Tout va bien, madame ?

La voix du chauffeur de taxi la fit sursauter. Au prix d'un effort, elle plaqua un sourire sur son visage et répondit :

— Oh ! Oui, très bien, merci. Je viens juste de changer d'avis ! Finalement, j'ai décidé de rester dormir en ville, à l'hôtel.

Elle énonça alors le premier nom d'hôtel qui lui vint à l'esprit, un établissement où ils avaient bu un cocktail, Vinn et elle, un soir à la sortie du théâtre.

Elle était bien consciente de ne pas avoir le choix : il faudrait qu'elle retourne à la villa et insiste pour que Vinn lui rende son passeport. Mais pas tout de suite, pas avant le lendemain. Il aurait ainsi tout le loisir de se demander où elle était, ce qu'elle faisait. N'était-ce pas ce traitement qu'il lui avait lui-même infligé la veille ? Elle allait lui rendre la monnaie de sa pièce !

Vinn venait tout juste de mettre fin à la conversation avec son assistant quand le téléphone sonna de nouveau. Il sentit son cœur se serrer quand il vit le numéro de l'hôpital s'afficher sur l'écran de son smartphone. Il y avait passé la nuit précédente assis dans la salle d'attente, parce qu'il tenait absolument à être présent quand *nonno* sortirait de la salle d'opération. Mais une complication avait surgi, allongeant la durée de l'intervention chirurgicale. Au petit matin, il avait enfin quitté l'établissement après s'être entretenu avec l'un des chirurgiens. Compte tenu des circonstances, lui avait dit celui-ci, l'intervention s'était déroulée du mieux possible. Il avait ajouté qu'il était encore trop tôt pour se prononcer sur son issue, ce qui n'avait pas surpris Vinn.

S'attendant au pire, il plaqua d'une main tremblante l'appareil contre son oreille. Il avait le front couvert de sueur quand il lança :

— Vinn Gagliardi, j'écoute.

— Monsieur Gagliardi, je vous appelle pour vous informer de l'état de santé de votre grand-père. Il vient d'être transféré dans l'unité de soins intensifs. Bien sûr, il est encore trop tôt pour se prononcer, mais il se porte du mieux possible. Comme convenu, nous vous tiendrons informé du moindre changement.

— *Grazie.*

Ce fut là le seul mot qu'il parvint à prononcer. Il se sentait assailli par un flot d'émotions qui le replongeait dans un lointain passé. Il avait alors à peine quatre ans, et... Refoulant ces affreux souvenirs, il ajouta d'une voix tendue :

— Est-ce que je pourrais le voir ?

— Pas avant demain, ou même après-demain, lui répondit le médecin. Nous allons le garder sous respiration artificielle pendant quarante-huit heures, pour l'aider à se rétablir.

Vinn mit un terme à la conversation et se laissa tomber dans son fauteuil. Les choses avaient évolué en l'espace de trente ans. On ne mentait plus aux gens sous couvert de compassion déplacée. Il souhaitait tout savoir de l'état de santé de son grand-père. Rien ne devait lui être caché, contrairement à ce qui s'était produit quand il n'était qu'un enfant.

Un enfant qui avait attendu avec impatience le retour de sa mère, alors que celle-ci se trouvait à la morgue. Bien sûr, rien n'aurait pu le préparer à l'horrible choc, mais aujourd'hui encore il persistait à penser qu'il l'aurait peut-être un peu mieux supporté si on ne lui avait pas caché la vérité. Du moins aurait-il pu dire adieu à celle qui l'avait mis au monde, la voir une dernière fois avant qu'elle disparaisse à tout jamais. Or, ce droit lui avait été soustrait et, pendant de longues années, il s'était demandé si elle n'était pas toujours en vie, quelque part. Maintes fois il avait imaginé la scène de leurs merveilleuses retrouvailles. Elle arrivait, le prenait dans ses bras et le serrait contre elle, l'enveloppant de son délicieux parfum fleuri.

Mais bien sûr elle n'était jamais revenue, et il lui en avait coûté de l'accepter. Comment un enfant en bas âge pouvait-il admettre que sa mère, une femme jeune et belle, quitte ce monde en cinq jours à peine à la suite d'une banale opération ?

Il secoua vivement la tête comme s'il cherchait ainsi à chasser ces pensées lugubres de son esprit. Remonter le temps, songer à cette période de sa vie, lui était très pénible. À l'âge de quatre ans, il s'était senti seul, abandonné. Son père n'avait jamais eu la fibre paternelle très développée, moins encore après le brusque décès de sa mère. Cette perte l'avait lui aussi affecté, Vinn n'en doutait pas. Mais il avait été prompt à s'en remettre. Un mois à peine plus tard, il s'affichait avec une maîtresse, la première d'une longue liste.

Au fil des années, Vinn avait vu ces femmes aller et venir dans la vie de son père, y entrer puis disparaître. Pour réussir à survivre, il avait appris à ne rien montrer de sa désapprobation, pas plus que de son perpétuel chagrin.

Ses grands-parents, qui avaient compris à quel point il souffrait sous ses airs faussement détachés, ne l'avaient jamais pressé de se confier. Ils avaient respecté sa façon de faire, tout en prenant soin de lui rappeler à la moindre occasion qu'il pouvait compter sur eux.

Plongé dans ses souvenirs, Vinn redressa soudain la tête et tendit l'oreille. Le silence régnait dans la villa. Ailsa pensait peut-être que, comme la nuit précédente, il allait déserter les lieux. Lui en voulait-elle toujours de l'avoir laissée seule ? Cela, songea-t-il, ne ferait que confirmer ce qu'il pressentait : le désir qu'il avait pour elle était mutuel.

Pressé de la retrouver, il monta les marches deux à deux et ouvrit la porte de la grande chambre. La pièce était vide. Tout comme les autres chambres situées à l'étage, constata-t-il. Pour finir, il entra dans celle où elle avait dormi la veille, à l'autre bout du couloir. Et son regard se porta aussitôt sur le passeport de la jeune femme, à demi caché sous le lit. L'avait-elle fait tomber par inadvertance ? Il le prit et le feuilleta, remarquant ainsi qu'elle était venue quatre fois en Italie depuis leur séparation. Il le savait, puisqu'il lui avait lui-même trouvé des clients. Et ce parce qu'il souhaitait qu'elle revienne sur « les lieux du crime » et se rappelle tout ce qu'elle avait laissé derrière elle en décidant du jour au lendemain de le quitter.

Après avoir glissé le passeport dans la poche de sa veste, il prit son portable pour appeler Ailsa. Si elle était toujours dans les parages, il entendrait sonner son téléphone. Mais rien ne vint troubler le silence environnant. Il s'interrogeait sur la conduite à adopter quand il vit un SMS s'afficher sur son écran.

Ce n'était pas Ailsa qui le lui envoyait, mais une connaissance, le propriétaire d'un luxueux hôtel de Milan. Par ce texto, celui-ci l'informait de la toute récente arrivée d'Ailsa dans son établissement. Nico Di Sante, qui avait eu vent de leur réconciliation la veille par le biais des médias, s'étonnait apparemment de la situation. Vinn s'empressa de lui répondre par un message rassurant dans lequel il affirmait que tout allait bien et qu'il s'apprêtait à rejoindre son épouse. Il lui demandait de ne pas ébruiter la nouvelle : il souhaitait lui réserver la surprise, puisqu'elle le croyait encore retenu à son bureau.

Il voulait aussi qu'Ailsa porte de nouveau la bague de fiançailles et l'alliance qu'elle avait laissées là en partant, et les garde jusqu'à ce qu'il l'autorise à les enlever. Elle connaissait les conditions de l'accord qu'il lui proposait. Si elle s'obstinait à refuser de le signer, la carrière de joueur de golf de son frère s'achèverait avant même d'avoir débuté. Toutefois, contrairement à ce qu'il avait affirmé, il se garderait bien de la saboter. Ce jeune homme méritait une chance, même si ce n'était pas lui qui la lui offrait.

Comme bon nombre de garçons de son âge, Isaac rêvait de réussir sans pour autant devoir fournir d'énormes efforts pour atteindre le succès. Vinn l'appréciait et était convaincu qu'il avait un véritable potentiel, mais il ne permettrait pas pour autant à Ailsa de se moquer de lui. Une fois avait suffi.

Allongée dans l'immense baignoire, Ailsa buvait le champagne offert par l'établissement à son arrivée dans la chambre. C'était bien la moindre des choses, compte tenu du tarif de ladite chambre. Mais elle avait décidé de s'offrir ce luxe avant de devoir suivre le chemin tracé par Vinn. *Imposé*, plutôt !

Après y avoir mûrement réfléchi, elle considérait ne pas avoir le droit de priver Isaac de cette chance. Ne savait-elle pas ce que signifiait renoncer à un rêve ? Cette blessure-là ne se refermait jamais. Elle laissait à tout jamais son empreinte, et se ravivait à la moindre occasion.

On ne peut pas avoir ce qu'on désire. Jamais on ne peut avoir ce qu'on désire.

Chaque fois qu'ils résonnaient dans sa tête, ces mots-là prenaient pour elle l'allure d'une véritable torture. Elle porta à ses lèvres la coupe de champagne et la but d'une traite. À ce stade, peu lui importait de s'enivrer et de sombrer dans la tristesse, l'auto-apitoiement. Peu lui importait aussi de se sentir seule, inutile. Les larmes commençaient à lui picoter les paupières quand la porte de la salle de bains s'ouvrit soudain.

Sur Vinn.

D'instinct, elle replia les genoux sur sa poitrine. Elle avait l'impression que les battements de son cœur résonnaient autour d'elle.

— Que fais-tu ici ?

Il sourit, le regard rivé sur ses seins en partie cachés par la mousse du bain.

— Tu as volé mon passeport ! enchaîna-t-elle, glaciale.

— Certainement pas, *cara*. Je l'ai trouvé dans la chambre que tu as occupée hier soir. Il était en partie caché sous le lit.

Plongeant la main dans la poche de sa veste, il le lui montra avant de le poser sur le rebord en marbre de la baignoire.

— Je ne te crois pas.

Il haussa les épaules comme si c'était là le cadet de ses soucis.

— Que tu me croies ou pas, c'est la vérité.

Perplexe, elle choisit de ne pas insister. Il n'était pas impossible que Vinn ait décidé de subtiliser son passeport, mais, connaissant sa propre tendance à égarer les choses, il se pouvait aussi que la version qu'il venait de lui fournir soit la bonne. Elle se savait maladroite et capable d'étourderie quand le stress s'emparait d'elle. Or, la présence de Vinn la stressait tout particulièrement.

Elle le vit alors sortir de son autre poche un feuillet qu'il déplia et posa sur la pile de magazines qu'elle avait apportée dans la salle de bains. Puis il avança vers elle le tout, ainsi qu'un stylo.

— Signe.

Ailsa retint son souffle. Si seulement elle avait eu le courage de repousser le bras de Vinn et de tout faire tomber dans la baignoire... Elle aurait pris un plaisir infini à voir le fameux accord se gorger d'eau, l'encre se diluer... Mais au lieu de cela, elle s'arma de courage et, d'un geste théâtral, s'exécuta.

— Voilà ! Monsieur est content, maintenant ?

Sans un mot, il replia le document et le remit dans sa poche, d'où il sortit une petite boîte en bois travaillé qu'elle avait laissée derrière elle deux ans plus tôt.

— Je voudrais également que tu remettes ces bagues et que tu les portes pendant les trois mois à venir.

Bien qu'elle ne soit pas du genre à se laisser dicter sa conduite, Ailsa perçut dans la voix de Vinn une certaine autorité qui l'incita à se montrer docile. Mais pour rien au monde, elle ne voulait lui laisser voir à quel point ces bijoux lui avaient manqué. Jamais elle n'avait vu de bague de fiançailles plus belle que celle qu'il lui avait offerte. Il en avait passé commande à un célèbre joaillier qui avait conçu pour elle un modèle unique. Et, bien que Vinn n'ait jamais fait la moindre allusion à son prix, elle se doutait que le bijou avait coûté une fortune. Mais ce n'était pas la valeur marchande de l'objet qui l'intéressait. Elle aurait adoré une bague toute simple offerte avec amour.

Ce fut alors qu'elle le vit enlever sa veste et commencer à déboutonner sa chemise.

— Mais... Que fais-tu ? lança-t-elle, les yeux arrondis par la stupeur.

— Nous avons été interrompus il y a un peu plus d'une heure. Au moment précis où je te disais à quel point j'avais envie de toi. Tu t'en souviens, n'est-ce pas ?

Il avait enlevé sa chemise et entreprenait déjà de se défaire de son pantalon. Incapable de le quitter du regard, Ailsa regrettait à présent d'avoir bu ces deux coupes de champagne. Elle avait l'impression que l'alcool ralentissait ses réactions, la paralysait presque.

Es-tu bien certaine que le champagne soit seul responsable de ton inertie ? À quoi bon nier l'évidence ? Vinn ne suscite pas en toi que de la colère. Tu le désires autant qu'il te désire, et tu le sais bien.

Elle n'était toutefois pas prête à se rendre si facilement.

— Je m'en souviens, répliqua-t-elle, distante. En revanche, je ne garde pas le souvenir de t'avoir dit que c'était réciproque.

— Ce n'était pas nécessaire, tes gestes parlaient pour toi. Dois-je te rappeler que tu avais entrepris de me déshabiller quand le téléphone a sonné, Ailsa ?

— Simple réflexe ! lança-t-elle cependant avec un petit rire. Je n'ai pas envie de toi, Vinn. Tu comprends ? Pas envie de toi !

Elle avait répété ces mots en détachant chaque syllabe, comme si elle cherchait ainsi à repousser l'inéluctable. Mais Vinn, que rien ne semblait réussir à freiner, s'était à présent complètement dévêtu et la rejoignait dans la grande baignoire.

— Voyons, combien de fois vas-tu devoir le redire pour t'en convaincre ?

L'instant suivant, il s'immergeait dans le bain moussant au délicieux parfum de jasmin et tendait la main vers le visage d'Ailsa, qui s'écarta aussitôt pour éviter le contact de ses doigts sur sa peau.

— Ne me touche pas, Vinn ! Compris ?

Mais il avait à présent les mains sur sa nuque. Un sourire séduisant aux lèvres, il murmura :

— Ailsa… Tu me désires tant que je te sens trembler.

— C'est de colère que je tremble ! protesta-t-elle, s'efforçant de se montrer aussi convaincante que possible.

— Tu m'as manqué, *cara*. Et tes accès de fureur aussi.

Il se rapprochait d'elle, tout doucement. Elle sentait déjà la chaleur de son corps.

— Arrête, Vinn. Arrête ! Je te déteste.

— Si tu me détestais autant que tu le prétends, tu ne serais pas venue à la maison avec moi, hier, à notre sortie de l'hôpital.

Incapable de se contrôler plus longtemps, elle plaqua les mains sur ses robustes épaules et le repoussa aussi fort que possible.

— Tu m'as laissé le choix, peut-être ? riposta-t-elle, d'une voix tremblante de rage. Tu m'as conduite à la villa au lieu de me déposer à un hôtel, comme je le voulais. Après quoi tu as pris mon passeport et…

— Sais-tu quel est ton problème, *cara* ? Comme tu ne te sens pas sûre de toi en ma présence, tu as besoin de m'accuser de tous les maux de la création. C'est apparemment plus simple pour toi que de *te* remettre en question, d'envisager que *tu* puisses être à l'origine des difficultés.

Bien sûr ! Comme toujours, il cherchait à la rendre responsable de tous les maux. Elle admettait manquer de sang-froid, mais là n'était pas le propos.

— Peu importe. Quoi qu'il en soit, tout est fini entre nous, Vinn. Il faudrait que tu arrives à le comprendre.

Il faudrait aussi qu'elle parvienne, pour sa part, à contrôler ses pulsions. Car quoi qu'elle affirme, se trouver dans cette baignoire avec Vinn ne la laissait certainement pas indifférente. Elle se sentait gagnée par ce désir fou qu'il avait toujours su provoquer en elle, par sa seule présence. Et elle s'en voulait d'autant plus qu'il la fixait, un sourire confiant aux lèvres. Eh bien, elle allait lui prouver qu'il se méprenait !

— Viens, Ailsa… Approche-toi de moi.

— Tu rêves ? L'époque où il te suffisait de lever le petit doigt pour que j'arrive au galop est bel et bien révolue !

Il lâcha un petit rire et se laissa glisser vers elle.

— Aucune importance, ça ne me dérange pas du tout de prendre ce genre d'initiative, dit-il, la main tendue vers ses seins, dont il commença à caresser la pointe.

Ne le laisse pas faire. Déplace-toi. Vite !

Mais elle resta immobile, fascinée par ces caresses lentes,

habiles, qui tant de fois lui avaient fait perdre la tête. À son grand désespoir, elle pressentit qu'une fois de plus son corps allait la trahir, et prendre le dessus sur son esprit engourdi.

— Vinn, et si... Si nous changions les termes de cet accord ? suggéra-t-elle soudain.

Il s'immobilisa.

— C'est-à-dire ?

— Si je restais par exemple une semaine au lieu de...

— Un mois, l'interrompit-il.

Un mois ? Elle manqua lâcher un cri de triomphe. Le Vinn qu'elle avait connu n'aurait jamais consenti à raccourcir la durée de ce fameux contrat. Tout n'était donc pas perdu !

— Je pensais plutôt à quelques jours, en fait...

Il secoua la tête.

— Non Ailsa, pas question. Ce sera un mois ou rien. Je comprends bien que trois mois représentent une durée trop longue pour ton activité professionnelle, voilà pourquoi je suis prêt à consentir à un mois — l'équivalent de longues vacances, en somme. D'après Isaac, tu n'en aurais pas pris depuis longtemps.

Tu en prends peut-être souvent, toi, monsieur le Bourreau de Travail ?

Mais elle se garda bien de poser la question. En pareilles circonstances, mieux valait le ménager. Il était prêt à accepter qu'elle reste un mois au lieu de trois, ce qui, quelques minutes plus tôt, semblait inespéré.

Un mois. Elle mettrait à profit ce laps de temps pour reprendre contact avec ses clients italiens et leur accorder toute l'attention qu'ils méritaient, au lieu d'essayer de les caser dans son habituel emploi du temps, assez chargé. De plus, la villa de Vinn étant immense, elle réussirait bien à le tenir à distance pendant ces quelques semaines de cohabitation. Cohabitation, car ils se borneraient à partager les lieux, rien de plus.

La situation actuelle était des plus étonnantes, songea-t-elle alors. Ils étaient assis l'un en face de l'autre, entièrement nus, dans une baignoire remplie de bain moussant... et parlaient affaires !

— Qu'as-tu dit au juste à Isaac au sujet de cet accord ? demanda-t-elle.

— Que sa carrière de joueur de golf était entre tes mains.

Ailsa haussa un sourcil.

— Lui as-tu précisé que tu exerçais un chantage pour me ramener dans ton lit ?

— Du tout. Je lui ai simplement expliqué que le soutien que je lui apporterais dépendrait de toi.

— Donc, si tu ne le parraines pas, il m'en tiendra pour seule responsable ?

Il esquissa un sourire en coin.

— Ce serait dommage de le décevoir, n'est-ce pas ?

Dans ces conditions, comment refuser les termes de l'accord en question ? Elle n'avait pas le choix. Si elle essayait de se soustraire aux attentes de Vinn, elle finirait par se brouiller avec son frère. Or, elle n'était déjà pas en très bons termes avec sa mère et son beau-père, et ne tenait pas à gâcher sa relation avec Isaac. Il lui reprocherait à tout jamais d'avoir brisé son rêve. Ce serait *elle*, la fautive. Vinn avait parfaitement orchestré le tout, elle n'avait plus qu'à suivre ses directives.

— D'accord, marché conclu, déclara-t-elle. Mais que ceci soit bien clair entre nous, Vinn : nos rapports resteront platoniques.

Pour toute réponse, il l'enlaça et prit ses lèvres avec cette ardeur qu'il lui avait tant de fois témoignée. D'abord stupéfaite, elle répondit bientôt à ce baiser passionné. Quand ses mains se posèrent sur ses seins, elle se raidit, mais cette fois encore ne parvint pas à mettre un terme à cette étreinte.

Pourquoi fallait-il que cet homme-là anéantisse en elle toute forme de volonté dès qu'il la frôlait ? Il avait toujours provoqué en elle un désir fou, intact après ces longs mois de séparation.

Il connaissait par cœur son corps dont il jouait comme d'un instrument. Et dans ces moments-là, Ailsa était toujours prête à recevoir, mais aussi à donner sans aucune retenue pour vivre intensément ces parenthèses sensuelles et magiques.

Leur baiser se prolongea, de plus en plus fougueux. Les doigts de Vinn traçaient des sillons de feu sur sa peau, et elle laissa elle aussi les mains courir sur ce corps viril dont le moindre détail était resté gravé dans sa mémoire. Agrippée à Vinn, elle ne fut pas longue à haleter tandis qu'il glissait les doigts entre ses cuisses, la caressant tout doucement, puis de façon plus insistante, comme il avait toujours su si bien le faire.

Comment aurait-elle pu résister ? Elle vibrait de tout son être, suspendue au rythme de ces caresses quand, soudain, elle sentit une vague de plaisir intense déferler sur elle.

Quelques secondes s'écoulèrent avant qu'elle revienne à la réalité. Lentement, elle ouvrit les paupières, et ses yeux se posèrent sur Vinn. À quelques centimètres à peine d'elle, il l'observait, souriant. Sans se départir de son sourire, il se redressa et se leva, prêt à sortir de la baignoire. Le désir qu'il éprouvait pour elle était évident, et pourtant...

— Que fais-tu, Vinn ? murmura-t-elle.

— Je vais me sécher.

— Mais tu... Tu ne... ?

Elle n'eut pas besoin de finir sa phrase pour qu'il en saisisse le sens.

— Non, Ailsa.

Elle garda les yeux rivés sur lui tandis qu'il quittait la baignoire et s'enveloppait dans une épaisse serviette blanche. Les mâchoires serrées, elle retint son souffle. Cette maîtrise de soi lui faisait l'effet d'une gifle. Vinn cherchait à lui prouver qu'il était capable de se contrôler, *lui* ? Eh bien, elle allait lui démontrer le contraire !

Dans les secondes qui suivirent, elle sortit à son tour de la baignoire et le rejoignit. Après avoir enlevé la serviette qu'il venait de nouer autour de sa taille, elle pressa son corps contre le sien.

— Que cherches-tu, Ailsa ?

— Devine..., lui répondit-elle avec un sourire aussi séduisant que prometteur.

Dressée sur la pointe des pieds, elle mit les mains sur son torse et entreprit de l'embrasser. Tout doucement, comme il avait toujours aimé qu'elle le fasse. Et quand elle sentit son sexe durcir contre son ventre, elle le prit entre ses mains.

— Ailsa…, souffla-t-il.

— J'ai envie de toi, Vinn.

— Ce n'est pas ce que tu disais il y a quelques minutes à peine.

— Je sais, mais je le dis maintenant.

Il enserra ses poignets et, fouillant son regard, dit tout bas :

— En es-tu bien sûre ?

— Certaine. Je préférerais, et de loin, n'avoir pour toi aucun désir, mais…

Elle conclut sa phrase par un léger haussement d'épaules.

— Je comprends. Parce que je ressens exactement la même chose pour toi.

Sans un mot de plus, il plaqua la bouche sur celle de cette femme qui était toujours *la sienne*. Cette femme qui se cambrait contre lui et gémissait sous ses caresses. Incapable de prolonger plus longtemps cette exquise torture, il la souleva dans ses bras pour l'emmener dans la chambre. Dès qu'il l'eut posée sur le lit, il s'allongea à son tour, couvrant son corps du sien.

Agrippée à lui, Ailsa lâcha un petit cri au moment où il la faisait sienne. En un éclair, elle retrouva la merveilleuse harmonie de ce ballet qu'ils avaient si souvent dansé ensemble. Leurs corps venaient de se réunir dans une entente parfaite, comme s'ils s'étaient quittés la veille.

Bien sûr, Vinn était un amant hors pair qui avait sans doute comblé de bonheur bon nombre de femmes. Mais c'était *elle* qu'il avait choisie pour épouse. Et à l'en croire, il n'en avait tenu aucune autre dans ses bras depuis qu'elle l'avait quitté. Mais était-ce vraiment une preuve d'amour ? Elle en doutait.

Pourquoi penser à cela *maintenant* ? Pourquoi ne pas profiter de ces moments de plénitude absolue, dont elle avait été privée pendant des mois ? Les paupières closes, elle se laissa gagner par le plaisir intense qui montait en elle. Comme avant, quand elle se prenait à imaginer qu'ils vivaient une relation normale, sans secrets ni intentions cachées.

Et comme avant, ils furent tous deux emportés, au même instant, par un plaisir fulgurant qui les laissa tremblants, sans voix. Pendant les minutes qui suivirent, seul le rythme rapide de leur souffle vint troubler le silence de la chambre.

Vinn fut le premier à recouvrer l'usage de la parole.

— J'aurais pu utiliser un préservatif, murmura-t-il en s'appuyant sur un coude. Mais dans la mesure où nous n'avons eu ni l'un ni l'autre de relation pendant notre séparation, ça ne m'a pas semblé nécessaire. J'imagine que tu portes toujours ton implant contraceptif ?

En entendant ces mots, Ailsa sentit son estomac se nouer. Elle aurait dû le faire renouveler deux mois plus tôt, mais avait reporté le rendez-vous avec son médecin. Pourquoi avoir attendu ? Parce qu'elle n'avait eu aucune relation physique depuis qu'elle avait quitté son mari. Elle n'en avait jamais eu la moindre envie. S'imaginer dans les bras d'un autre que Vinn lui paraissait tout simplement impossible.

L'implant était-il toujours efficace ? Elle l'espérait… bien que tout au fond d'elle-même elle ne puisse s'empêcher de penser à un bébé qui ressemblerait à Vinn. Elle voyait déjà ses traits se dessiner…

Non. Non !

Elle devait sur-le-champ chasser ces pensées de son esprit, ne pas leur permettre de s'installer en elle, ce qui avait eu tendance à se produire ces derniers temps, elle était bien forcée de l'admettre. À plusieurs reprises, des images d'elle tenant un bébé dans les bras étaient venues la perturber.

Elle approchait désormais de la trentaine. Sa mère avait dix-huit ans à sa naissance, et vingt-huit à celle d'Isaac. Mais comment pouvait-elle, *elle*, envisager de devenir mère ? Elle secoua la tête, comme si elle cherchait ainsi à la vider de ces pensées pour le moins troublantes, et afficha un sourire confiant avant de répondre enfin à sa question.

— Bien sûr.

Vinn sourit à son tour et, du bout de l'index, traça le contour de ses lèvres.

— Tu es la seule avec laquelle je ne me sois jamais protégé, Ailsa.

— Parce que nous étions mariés.

— Pas seulement.

Sans cesser de la caresser, il plongea dans les siens ses grands yeux bruns.

— Aucune des relations que j'ai eues avant toi ne m'a donné l'impression de pouvoir fonctionner aussi bien que la nôtre.

Elle baissa le regard, se concentrant sur la courbe volontaire de son menton.

— Elle aurait fonctionné à merveille si j'avais obéi à chacun de tes ordres. Or, je n'étais pas faite pour cela et je ne le suis toujours pas. Cela n'est pas dans mon tempérament.

Il haussa les épaules et enfouit les doigts dans ses longs cheveux blonds.

— Tu as peut-être raison. Nous aurions peut-être dû nous contenter de vivre ensemble une aventure…

— Regretterais-tu… ce qui vient de se passer entre nous, Vinn ?

Sa réponse ne se fit pas attendre. Il se pencha vers elle et, en guise de réponse, l'embrassa avec passion.

6

Quand Ailsa se réveilla le lendemain matin, Vinn avait disparu, laissant près d'elle l'empreinte de sa tête sur l'oreiller. Préférant quitter l'hôtel, ils avaient regagné la villa tard la veille au soir et avaient fait l'amour, encore et encore. Avec une telle intensité qu'Ailsa se demandait encore comment elle avait pu se passer de son mari aussi longtemps.

À présent, une question la taraudait : survivrait-elle à cette « réconciliation » temporaire quand leurs chemins se sépareraient à nouveau ?

Chassant cette ombre pensée, elle s'accorda une longue douche rafraîchissante, puis, enveloppée dans un drap de bain, marqua un temps d'hésitation avant de s'habiller. Ses vêtements de la veille étaient tout froissés. Rien ne l'empêchait de puiser dans les nombreuses tenues dont regorgeait l'armoire de la chambre, mais celles-ci lui rappelaient trop son ancien rôle de femme trophée.

Elle en était là de ses réflexions quand la sonnerie de son téléphone retentit. Son frère cherchait à la joindre.

— Bonjour, Isaac.

— Vinn m'a dit que tu étais d'accord pour qu'il me parraine, lui dit son frère d'une voix dans laquelle perçait une excitation certaine. Je ne sais pas comment te remercier.

— Que t'a-t-il dit d'autre ?

Le silence se fit quelques instants.

— Est-il vrai que vous envisagez… une réconciliation ? Vous êtes de nouveau ensemble ?

Ailsa détestait mentir, et encore plus à son frère, mais avait-elle le choix ? Si Isaac apprenait la vérité sur le marché conclu entre Vinn et elle, il refuserait d'être parrainé. Or, elle ne voulait pas compromettre son avenir professionnel.

— C'est vrai, mais il s'agit d'une *tentative* de réconciliation. Et il se peut qu'elle n'aboutisse pas, alors ne nous berçons pas d'illusions.

— Je suis content pour toi, Ailsa, parce que je te sais malheureuse depuis votre séparation.

— Ne t'en fais pas pour moi. Je suis parfaitement capable de prendre soin de moi.

— Pourquoi aviez-vous rompu, d'ailleurs ? Chaque fois que j'ai abordé le sujet avec toi, tu as éludé mes questions…

— Je préférerais ne pas en parler, le coupa Ailsa, mal à l'aise.

— Il ne t'a pas trompée, au moins ? Je sais qu'il avait une réputation de don Juan avant votre mariage…

Ailsa laissa échapper un soupir.

— Non, il ne m'a pas trompée. Nous avions… des avis divergents sur de nombreux points, c'est tout.

— Sur le fait d'avoir des enfants ?

L'aspect direct de la question posée par son frère la désarçonna. Elle n'avait jamais abordé ouvertement le sujet des enfants avec Isaac ou avec sa mère et son beau-père. Elle n'aimait pas en parler, car cela remuait en elle des souvenirs trop douloureux. Comme elle accordait la priorité à sa carrière, elle avait cru que ses proches en avaient déduit qu'elle ne désirait pas d'enfants.

— Pourquoi cette question ?

— Je me demandais si tu avais renoncé à fonder une famille à cause du divorce de nos parents…

Ailsa savait que cette séparation avait beaucoup affecté Isaac. Il était encore scolarisé et devait partager son temps entre deux logis alors qu'elle avait quitté le domicile familial peu de temps après la rupture. Leurs parents avaient fait tout leur possible pour s'entendre, mais parfois des tensions émergeaient encore.

— Beaucoup de gens connaissent ce genre de situation, observa-t-elle d'un ton badin, espérant ainsi éluder le sujet. En fait, c'est devenu la nouvelle normalité.

— Alors, tu veux des enfants ?

— Pour l'amour du ciel, Isaac ! protesta-t-elle avec un petit rire qui sonnait faux, je n'ai que vingt-neuf ans. Il me reste pas mal de temps avant de décider si je souhaite ou non m'engager dans cette voie.

— Il y a quelques années, je me rappelle que tu avais donné tous tes jouets, toutes tes poupées. À l'époque, je me suis demandé pourquoi tu t'en débarrassais...

— J'ai simplement fait un grand ménage. Tous ces cartons prenaient trop de place chez maman, après le divorce.

— Il y avait autre chose... Chaque fois que tu croisais un landau ou une poussette, tu détournais le regard, comme si cette vision te dérangeait.

Pas étonnant que son frère soit devenu un excellent golfeur. Il avait la vue aussi acérée que celle d'un aigle.

— Toutes les femmes ne sont pas faites pour devenir mères. J'ai une carrière à mener et...

— Tu serais une maman géniale, Ails, l'interrompit Isaac en utilisant le surnom qu'il lui donnait petit, lorsque prononcer son nom entier correctement lui était impossible. Parfois, il m'arrive de penser que tu tiendrais ce rôle beaucoup mieux que notre propre mère. Elle n'a jamais eu la fibre maternelle, surtout avec toi.

— Ça n'arrivera pas, le coupa Ailsa. Et certainement pas avec Vinn.

— Oh ! J'étais loin d'imaginer qu'il y avait des soucis. Mais tu peux opter pour une fécondation in vitro. Vinn a les moyens de l'envisager.

— Je n'ai pas besoin d'une FIV ! C'est un choix personnel, et j'apprécierais que tout le monde le respecte.

— Désolé. Je ne voulais pas te contrarier. Je tenais juste à te remercier d'avoir accepté que Vinn me parraine. Tu n'as pas idée de ce que cela représente pour moi. Sans son aide, je n'aurais jamais pu approcher le circuit professionnel. Trois ans tous frais payés... C'est une offre de rêve !

Ailsa regrettait de s'être montrée aussi agressive.

— Excuse-moi, j'ai les nerfs à fleur de peau ces jours-ci. Le grand-père de Vinn est encore en soins intensifs et...

— Oui, il m'en a parlé. C'est gentil de ta part de lui apporter ton soutien dans ce moment difficile.

Je n'ai pas eu le choix...

Ces mots lui brûlaient la langue, mais elle préféra ne pas les prononcer. En outre, elle avait pris sa décision. Elle avait accepté le marché de Vinn et devait à présent en assumer les conséquences.

Sa seule consolation résidait dans le fait que Vinn était embarqué dans la même galère.

Vinn avait préféré laisser Ailsa dormir, conscient que s'il la réveillait, son désir de la posséder encore et encore risquait de l'embraser. Dans ses bras, il perdait pied. Or, il devait garder le contrôle de la situation. Cette aventure qui devait durer un mois servait deux objectifs : accompagner son grand-père vers la guérison et mettre un point final à la relation qu'il entretenait avec Ailsa.

Il avait appelé l'hôpital très tôt et avait appris que l'état de Domenico était stable. Il s'agissait d'une bonne nouvelle, même si Vinn aurait préféré qu'il ne soit plus sous respiration artificielle et qu'il ait repris connaissance.

Vinn savait qu'Ailsa avait accepté de coucher avec lui pour une seule raison : prouver qu'il ne pouvait lui résister. Sur ce point, elle avait parfaitement raison, mais il se jura d'y parvenir avant la fin de leur contrat. Même s'il aurait préféré disposer de trois mois, Ailsa, hélas ! ne pouvait pas se permettre de s'absenter aussi longtemps : son activité professionnelle en aurait souffert. Les deux années durant lesquelles ils avaient été séparés lui avaient permis de développer une affaire de décoration d'intérieur florissante et au potentiel énorme. Vinn ressentait une certaine gêne à l'idée qu'Ailsa ait pu s'accomplir une fois séparée de lui. Il n'avait jamais eu l'intention de nuire à sa carrière, mais elle paraissait si malheureuse dans son emploi précédent qu'il avait cru l'aider en l'épousant et en lui offrant la sécurité financière.

Leur aventure passionnée les avait comblés par son intensité, et Vinn avait tenu à la poursuivre en lui proposant le mariage. Il espérait prouver ainsi son engagement à Ailsa, même s'il n'était pas amoureux d'elle. Il n'avait jamais été amoureux de qui que ce soit. Il s'en sentait incapable. Sans doute ressemblait-il à son père sur ce point, même si cette idée le dérangeait.

Une chose le différenciait toutefois de ce dernier : la dévotion qu'il mettait dans son travail. Il avait sauvé l'entreprise familiale de la ruine et reconstruit un empire sur les cendres laissées par son père, et il était fier de cette réussite. Il lui avait fallu beaucoup de courage et d'abnégation pour aboutir dans son entreprise, mais il y était parvenu. Son grand-père l'avait beaucoup aidé et encouragé. Grâce à lui, il avait redoré le blason des Gagliardi, un nom dont il pouvait être fier.

Mais faire l'amour avec Ailsa lui avait rappelé toutes les raisons qui l'avaient amené à l'épouser. Un mois suffirait-il à la chasser de son esprit une bonne fois pour toutes ? Ou bien le feu qui brûlait en lui continuerait-il de le consumer jusqu'à la fin de ses jours ?

Ailsa descendit au rez-de-chaussée, un peu contrariée par le départ de Vinn. Un mot écrit à la hâte l'attendait dans la cuisine : il était parti voir son grand-père. N'aurait-il pu lui dire de vive voix qu'il s'absentait ? Et pourquoi ne pas lui avoir proposé de l'accompagner ? Dom aurait été ravi de la voir avec son petit-fils.

Elle se rappela soudain ce que Vinn lui avait dit : Domenico serait maintenu sous respiration artificielle quelques jours, jusqu'à ce qu'il récupère de l'opération. Cela l'apaisa quelque peu, même si cela signifiait que son rôle se bornerait à faire bonne figure devant Dom une fois qu'il aurait repris conscience.

Ailsa s'en voulait d'avoir succombé si vite au charme de son mari. Bon sang, pourquoi n'avait-elle pas gardé ses distances ? Une fois de plus, il avait pris l'avantage sur elle. Il savait à quel point elle le désirait. Ce désir était réciproque certes, mais une fois leur divorce prononcé il n'en resterait rien. Vinn ne passerait pas des semaines, des mois, des années à se languir. Il trouverait une autre femme pour lui donner des enfants et l'oublierait, tandis qu'elle passerait le reste de sa vie à se morfondre.

Ailsa venait de terminer son entretien téléphonique avec Brooke, son assistante à Londres, quand elle entendit la porte de la villa s'ouvrir. Mais les pas dans le hall n'appartenaient pas à Vinn. Elle jeta un coup d'œil par la porte du salon et vit qu'il s'agissait de Carlotta, la vieille gouvernante de son mari, chargée de sacs de courses.

— Ainsi vous êtes revenue ! lui dit la vieille femme d'un ton peu amène.

Préférant ne pas s'appesantir sur cet accueil peu chaleureux, Ailsa demanda :

— Puis-je vous aider ?

Carlotta hocha la tête en guise d'assentiment. Une fois soulagée du poids des sacs, la gouvernante la suivit à la cuisine.

— Comment se fait-il que vous soyez là aujourd'hui ? demanda Ailsa. Vinn m'a dit que vous aviez pris une semaine.

— Et vous, combien de temps allez-vous rester ?

Ailsa réfléchit un court instant avant de répondre. Devait-elle tenter une autre approche avec Carlotta ? Par le passé, elle s'était parfois emportée devant son caractère maussade, mais peut-être pourrait-elle mettre un peu d'eau dans son vin.

— Un mois seulement, dit-elle avec calme. Je suppose que Vinn vous a informée de son désir de me voir rester jusqu'au rétablissement de Dom.

Avisant les bagues que portait Ailsa, la vieille femme dit d'un air réprobateur.

— Un mois ? C'est suffisant pour vous faire offrir d'autres bijoux hors de prix ! Je suis étonnée que vous n'ayez pas revendu ces bagues-là quand vous en aviez la possibilité.

Ailsa cilla sous l'affront.

— Je les avais laissées dans la table de chevet de Vinn. En fait, je n'ai rien emporté lors de mon départ. Vous devez le savoir, non ?

Une expression de surprise se peignit sur les traits de Carlotta, mais très vite elle reprit contenance.

— Pourquoi êtes-vous revenue alors, si ce n'est pas pour de l'argent ?

Ailsa sentit ses joues s'empourprer.

— Je suis revenue pour Dom et aussi pour mon frère...

— De toute façon, objecta Carlotta, vous n'avez jamais aimé Vinn. Vous n'aviez qu'un but : épouser un homme riche et puissant.

Ailsa se mordit l'intérieur des joues pour ne pas répondre vertement à l'attaque de la gouvernante. D'une certaine manière, Carlotta avait raison : elle avait épousé Vinn pour de mauvaises raisons. Parce que pour la première fois de sa vie, elle s'était sentie désirable. Puis, le temps aidant, elle était tombée follement amoureuse de son mari jusqu'à ce que, terrifiée, elle le quitte parce qu'il avait abordé le sujet des enfants. Comment aurait-elle pu lui donner ce qu'il désirait ?

— Si vous l'aviez aimé, reprit Carlotta, vous seriez revenue quand son père est mort.

— Je n'en ai jamais rien su. J'ai appris le décès de son père avant-hier.

La gouvernante lui jeta un regard soupçonneux puis se mit à ranger les courses dans les placards.

— Vinn n'était pas très proche de son père, mais sa mort lui a rappelé la perte de sa mère. Et où était sa femme pendant ce temps-là ? À Londres. Tellement occupée qu'elle n'a pas eu le temps de lui passer un coup de fil ou de lui envoyer un message ou des fleurs.

Ailsa préféra ne pas relever l'attaque, préférant évoquer la mère de Vinn. Elle avait cherché à interroger son mari sur le drame qu'il avait traversé, mais il avait toujours refusé d'en parler.

— J'ignorais que vous étiez proche de la mère de Vinn. Parlez-moi d'elle.

L'expression de Carlotta s'adoucit.

— C'était une personne merveilleuse, chaleureuse, sympathique, et qui adorait son fils. Il était sa raison de vivre. Elle n'aurait jamais dû épouser le père de Vinn, mais il était si séduisant qu'elle n'avait pas su lui résister. Elle ne s'est rendu compte de son erreur que plus tard… Vinn a terriblement souffert lors de sa mort. C'était un enfant joyeux, mais après ce drame il a changé. Il est devenu sérieux, taciturne. Il ne souriait plus comme avant.

— Ce décès a dû beaucoup vous affecter également.

— Je travaillais pour Mme Gagliardi en qualité de gouvernante, mais nous sommes devenues amies. Quand Vinn est parti vivre chez ses grands-parents, je l'ai suivi. J'ai été au service des Gagliardi presque toute ma vie. D'une certaine manière, je les considère comme ma famille.

— Je comprends mieux pourquoi vous vouliez le meilleur pour Vinn… et pourquoi vous ne m'avez pas acceptée.

La vieille femme lui adressa un long regard.

— Je vous aurais acceptée si vous l'aviez aimé.

— Nous n'avions pas ce genre de relation. Je sais que c'est difficile à comprendre… Mais il ne m'aimait pas non plus, alors…

— Alors, vous n'aviez pas le courage de l'aimer malgré tout ! assena la vieille femme, coupant court à la discussion.

Après avoir passé l'après-midi à réfléchir aux propos que lui avait tenus Carlotta, Ailsa décida d'engager avec Vinn une discussion à bâtons rompus, dans l'espoir qu'il lui parle de son enfance et — qui sait ? — de sa mère.

Mais il fallait à tout prix qu'elle reprenne le contrôle de ses émotions si elle voulait mieux le connaître. Pourquoi travaillait-il autant ? Qu'est-ce qui l'avait amené à épouser une femme qu'il n'aimait pas alors qu'il avait l'embarras du choix ? Pourquoi l'avait-il choisie, elle, en particulier ?

Ailsa savait que plus elle ferait l'amour avec Vinn, plus il lui serait difficile de le quitter au bout d'un mois. Elle devait garder en tête qu'elle visait le divorce. Leur histoire n'était pas un conte de fées. Leur réconciliation avait pour unique but d'aider un vieil homme à passer un cap difficile.

Ailsa entreprit de déménager une partie de sa garde-robe dans la chambre qu'elle avait occupée le premier soir, située à l'autre bout du couloir, afin de délimiter son territoire. Vinn pensait-il réellement pouvoir l'acheter avec son offre de dix millions de livres ? Elle devait à tout prix lui faire comprendre qu'il n'avait plus d'emprise sur elle...

Quand Ailsa sortit de la salle de bains attenante à sa chambre, elle découvrit que Vinn l'attendait.

— Pourquoi as-tu déménagé tes affaires dans cette pièce ? demanda-t-il en pointant du doigt la pile de vêtements entassés sur le lit.

Réajustant le drap de bain autour de son corps, elle répliqua :

— Parce que j'estime raisonnable de nous contenter d'une relation platonique à partir de maintenant.

— Platonique ? ironisa Vinn. C'est un peu tard, non ?

— Tu as profité d'un moment de faiblesse. Cela ne se répétera pas. Il faut que nous parlions. Que nous parlions *vraiment*.

Vinn se rapprocha d'elle et, d'un doigt, il effleura la naissance de ses seins au-dessus de la serviette de bain.

— Tu me désires, mais tu préfères le nier de peur que cela ne me donne un avantage sur toi.

— Le problème avec toi, Vinn, c'est que tu n'es pas habitué à ce qu'on te dise non.

Un sourire se dessina sur les lèvres de son mari, tandis que son doigt se promenait sur sa peau nue, éveillant en elle mille sensations vertigineuses.

— Tu dis non, mais ton corps tient un tout autre langage.

Ailsa tremblait de désir. Avant de connaître Vinn, elle n'avait jamais connu un tel frémissement au contact d'un homme.

— Vinn, je...

— Ne parle pas, *cara*...

Sa bouche vint frôler la sienne.

— Contente-toi de ressentir les choses, murmura-t-il.

Ailsa n'était plus en mesure de prononcer la moindre parole. Comment prétendre ne pas désirer cet homme alors que son corps la brûlait ?

— Demain, je m'en voudrai à mort, murmura-t-elle avant d'entrouvrir les lèvres, prête à fondre dans les bras de son mari.

— Il ne s'agit que de sexe.

— Que de sexe ? répéta-t-elle en rivant le regard au sien.

— De quoi d'autre pourrait-il s'agir ?

— D'accord... Mais pourquoi maintenant ? Nous n'avons eu aucun contact excepté par l'intermédiaire de nos avocats depuis deux ans.

— Tu m'as manqué, murmura Vinn à son oreille.

Ailsa écarquilla les yeux de surprise.

Elle lui avait manqué ?

— Mais... Tu savais où j'étais. Rien ne t'empêchait de venir me voir à Londres. Tu ne m'as jamais envoyé de message ou appelée. Ce n'est qu'un mois après mon départ, lorsque j'ai demandé le divorce, que tu t'es manifesté par l'intermédiaire de ton avocat !

L'expression Vinn se durcit, et il s'écarta.

— J'avais prévu de te rendre visite, mais j'ai été pris par...

— Le travail a toujours été ta priorité, n'est-ce pas ? le coupa Ailsa. Et pourtant tu refuses que ce soit également la mienne.

— Mon père est mort deux jours après ton départ, lui dit-il sèchement.

Cette information la réduisit au silence. Elle avait cru que le père de Vinn était décédé quelques mois auparavant, pas deux jours après sa fuite. Elle tenta de se remémorer sa conversation avec Carlotta. La gouvernante lui avait-elle indiqué la date de ce décès ? Était-ce la raison pour laquelle elle pensait qu'Ailsa n'aimait pas son mari ?

Vinn avait-il eu l'intention de reprendre contact avec elle au moment de la tragédie ? N'ayant aucune nouvelle de lui au bout d'une semaine, Ailsa avait lancé la procédure de divorce. Elle avait commis l'erreur de prendre son silence pour de l'indifférence...

Assaillie par les regrets, la culpabilité, elle maudit son impulsivité. N'aurait-elle pas pu attendre encore quelques jours ? Pourquoi n'avait-elle pas cherché à joindre son mari ? Par fierté, bien sûr. Par entêtement. Elle voulait que l'initiative vienne de Vinn. Qu'il la supplie de revenir, qu'il lui dise qu'elle lui manquait.

Mais elle l'avait perdu...

Vinn laissa échapper un soupir plein d'amertume.

— J'aurais sans doute dû t'appeler pour t'annoncer la nouvelle, mais j'étais très éprouvé par les événements. Mon père avait détruit les proches de sa petite amie... Chaque jour après le drame apportait son lot d'épreuves. Je n'avais pas de temps pour moi avec l'enquête de police, la presse déchaînée et la plainte que voulait déposer la famille des autres victimes. Ensuite, j'ai reçu le courrier de ton avocat m'avisant de ton désir de divorcer. J'ai pensé qu'il était trop tard pour te faire changer d'avis.

Il n'était pas trop tard !

Effondrée, Ailsa ravala ces mots qui lui brûlaient les lèvres. Si au moins elle avait attendu quelques jours. Une semaine ou deux... Ou même un mois.

À quoi bon à présent admettre qu'elle s'était montrée immature ?

— J'ignorais que ton père était mort si peu de temps après mon départ... Je suis désolée. Dom et toi avez dû vivre un cauchemar. Je n'ai rien lu sur le sujet dans la presse une fois rentrée à Londres, sinon, j'aurais...

— Quoi ? la coupa-t-il avec sarcasme. Envoyé un bouquet de

fleurs ? Ou plutôt deux : une couronne pour mon père et une autre pour enterrer notre mariage ?

Ailsa réprima son envie de répondre à cette attaque par une remarque cinglante. La mort d'un parent représentait toujours un événement important dans la vie d'une personne. D'autant plus que rien n'avait été simple entre Vinn et son père. Ils n'avaient jamais eu l'occasion de se réconcilier.

— Je suis vraiment désolée que tu aies traversé un tel drame… après notre séparation. Mais peut-être que si tu m'avais appelée sitôt après l'accident de ton père…

— Tu serais revenue ? Crois-tu que je t'aurais reprise ?

Blessée, Ailsa se força à affronter son regard noir.

— Je ne serais revenue qu'à condition de recevoir tes excuses pour avoir fait preuve d'autant d'arrogance…

— Je ne vois pas pourquoi je t'aurais adressé des excuses pour avoir osé te demander ce que la plupart des couples désirent. Tu laisses le divorce de tes parents dicter ta propre vie. C'est puéril et complètement insensé.

— Le divorce de mes parents n'a rien à voir là-dedans. Pourquoi t'est-il aussi difficile d'accepter que je ne veuille pas d'enfants ? Quand un homme refuse la paternité, personne ne trouve rien à redire. Quand il s'agit d'une femme, en revanche, tout le monde la traite d'égoïste.

— D'accord, si le divorce de tes parents n'entre pas en ligne de compte, de quoi s'agit-il alors ?

— Je te l'ai dit.

— Tu m'as dit ne pas vouloir d'enfants. Était-ce par peur de nuire à ta carrière ?

Ailsa détourna les yeux et resserra la serviette autour de son corps.

— Je n'ai pas la fibre maternelle. Je ne l'ai jamais eue. Ma carrière est ce qui compte le plus pour moi.

— Isaac m'a pourtant dit que tu étais plus une mère pour lui que votre propre mère. Par certains côtés, tu l'es encore, selon lui.

Ailsa s'interrogea sur le degré d'intimité que partageaient

Vinn et son frère ces derniers temps. Certes, Isaac avait toujours idéalisé son beau-frère, et ce dès qu'il lui avait été présenté. Sans doute parce que Vinn lui parlait comme à un égal et non comme à un enfant ou un adolescent.

— J'ai dix ans de plus qu'Isaac. Je me suis comportée comme une grande sœur. Maman faisait de son mieux, mais elle trouvait son rôle de mère difficile, surtout avec moi, mais aussi avec Isaac.

— Surtout avec toi ?

Ailsa regrettait de s'être laissée aller à ces confidences. Mais curieusement, la tentation de révéler ses antécédents à Vinn la tenaillait. Quand elle l'avait rencontré pour la première fois, elle voulait qu'il la considère comme une personne normale. Pas comme un monstre.

— J'étais un bébé difficile qui refusait de prendre le sein et de dormir. Elle n'arrivait pas à s'attacher à moi. Elle m'a eue à dix-huit ans, et c'était difficile pour elle.

— Mais elle t'aimait et tenait à toi.

Elle croisa le regard scrutateur de Vinn. Pouvait-elle prendre le risque de lui avouer la vérité ? Ou mieux valait-il lui en donner une version édulcorée ? Elle était lasse de garder cet horrible secret.

Lasse et si seule…

Personne hormis sa mère et son beau-père ne connaissait les circonstances de sa naissance. Le temps était-il venu d'informer Vinn ? Il avait été son mari, son amant et, d'une certaine manière, le seul être au monde à lui avoir donné le sentiment d'être une personne normale. Enfin, elle pourrait exprimer ce qu'elle ressentait au plus profond d'elle-même. Cela ne changerait rien au fait qu'elle était née d'un viol, mais au moins son secret n'en serait plus un. Même s'il était trop tard pour réparer leur mariage, ne lui devait-elle pas la vérité avant que leur divorce soit prononcé ?

— Elle ne me voulait pas, Vinn. Là est le problème. Elle ne m'a jamais voulue.

— Pourquoi dis-tu une chose pareille ? Elle ne t'a sûrement pas tenu un tel langage.

— Certaines choses n'ont pas besoin d'être extériorisées, surtout devant des enfants. J'étais une erreur. Je n'aurais jamais dû naître.

Un élan de compassion saisit Vinn devant sa mine torturée, et il posa les mains sur ses épaules nues.

— Et ton père, Michael ? demanda-t-il doucement. Te donnait-il la même impression ?

Ailsa savait que sa relation avec Vinn avait atteint un point de non-retour, mais elle peinait à s'épancher.

Vinn exerça une légère pression sur ses épaules pour l'encourager à se confier.

— Parle-moi, *cara*, lui dit-il d'une voix grave.

— Vinn… Il se trouve que… Michael n'est pas vraiment mon père. C'est mon beau-père.

Elle prit une profonde inspiration avant de poursuivre.

— Je n'ai jamais rencontré mon vrai père et ne souhaite pas faire sa connaissance.

— Pourquoi ?

— Ma mère… a été victime d'un viol lors d'une réception. Elle n'a jamais révélé l'agression, parce qu'elle se sentait honteuse d'avoir un peu trop bu. Quand elle s'est rendu compte qu'elle était enceinte, il était trop tard pour envisager de mettre un terme à sa grossesse. Elle s'est alors confiée à Michael, son petit ami de l'époque, qui lui a aussitôt proposé de l'épouser et de m'élever comme sa propre fille.

Le regard de Vinn, où se lisait l'horreur la plus pure, mêlée de compassion, demeura rivé au sien.

— Oh ! *cara*… Je ne sais pas quoi dire. Quand l'as-tu appris ? Récemment ?

— J'ai appris la vérité à l'âge de quinze ans. Mes parents ne m'auraient jamais rien dit, mais j'ai surpris une dispute entre eux à mon sujet un jour où je suis rentrée de l'école plus tôt que d'habitude. Mon beau-père estimait que je devais savoir, mais pas ma mère. Je les ai sommés de s'expliquer, et ma mère a fini par m'avouer l'agression dont elle a été victime.

— Ailsa, pourquoi ne m'avoir jamais rien dit ? s'écria Vinn en laissant tomber les mains le long de son corps, comme s'il ne supportait plus de la toucher. Pourquoi me cacher une chose pareille ? À moi, ton mari ?

Ailsa cherchait à lire l'expression dépeinte sur le visage de Vinn. Était-ce de la colère ou du dégoût ?

— Et voilà, on en revient à toi, comme d'habitude, dit-elle d'un ton empreint de lassitude. Je ne t'ai rien dit parce que je ne voulais pas que tu me regardes… comme tu le fais maintenant. Avec répugnance.

— Je ne te regarde pas avec…

— Peux-tu imaginer ce que l'on ressent en apprenant une chose pareille ? le coupa Ailsa. C'est horrible ! Chaque fois que je contemple mon reflet dans un miroir, je ressens du dégoût. Je ne ressemble pas à ma mère et bien sûr encore moins à mon beau-père. Le visage que voit ma mère quand elle me regarde est celui de son violeur, qui n'a jamais été condamné pour ses actes et qui a probablement une femme et des enfants aujourd'hui. Comment ma mère aurait-elle pu m'aimer ? Je lui rappelle son pire cauchemar. Elle a cru bien faire en allant au bout de sa grossesse. Mon beau-père aussi, en l'épousant et en m'élevant comme sa propre fille. Mais leur relation était vouée à l'échec dès le départ, à cause de moi. Quand ils m'ont appris la vérité, leur couple s'est mis à battre de l'aile, et ils ont fini par divorcer. J'ai détruit tant de vies…

— *Cara*…, intervint Vinn en s'approchant d'elle, le regard débordant de compassion. Tu n'as rien fait du tout. Tu es une victime innocente, de même que ta mère et Michael. Ce qui est arrivé est horrible et profondément choquant. D'autant plus que justice n'a jamais été rendue.

Ailsa se détourna, craignant de fondre en larmes devant lui. Au fil des années, elle avait appris à ne jamais pleurer, préférant évacuer sa détresse par d'autres moyens : la colère, le sarcasme, les attaques.

Elle sentit les mains de Vinn se poser délicatement sur sa taille.

— Merci de m'avoir dit tout cela, murmura-t-il. Garder si longtemps ce secret enfoui en toi a dû être douloureux.

Ailsa se retourna pour venir se lover dans les bras de son mari, surprise comme toujours de la manière dont leurs corps se fondaient l'un dans l'autre. Levant le regard vers le sien, elle fut surprise d'y lire de la tendresse.

— Tu dois me promettre de ne jamais rien dire à Isaac, Vinn.

— Il ne sait pas ?

— Non, et je ne veux pas qu'il apprenne la vérité. Ma mère et mon beau-père non plus.

— Est-ce raisonnable ? Garder ce secret ne t'a pas aidée, pas plus qu'il n'a aidé ta mère ou ton beau-père. Au contraire, cela n'a fait qu'envenimer les choses.

Ailsa s'écarta de son mari.

— Ne me fais pas regretter de t'avoir fait ces confidences, Vinn. J'insiste, je ne veux pas qu'Isaac apprenne la vérité. Je ne pourrais pas le supporter, s'il ne me considérait plus comme sa sœur. Non, vraiment, je ne pourrais pas le supporter.

Il y eut un long silence.

— D'accord, admit-il d'un ton résigné, si tu y tiens... Mais diras-tu à ta mère et à Michael que je suis au courant maintenant ?

Ailsa se mordilla la lèvre inférieure, s'interrogeant sur la réponse à apporter. Avait-elle eu raison de s'épancher auprès de Vinn ?

— Je ne les vois pas souvent ces derniers temps, dit-elle prudemment. Ils n'ont pas approuvé ma décision de divorcer. Selon eux, j'aurais dû faire plus d'efforts.

— C'est moi qui aurais dû en faire davantage, objecta Vinn d'un ton plein de regret.

Ailsa allait répliquer lorsque la sonnerie du téléphone de son mari retentit. Vinn le récupéra sur la table de nuit où il l'avait posé et prit l'appel. À la fin de la conversation, Ailsa vit avec bonheur que son air préoccupé avait disparu.

— Merci de m'avoir informé, *ciao*, dit-il avant de raccrocher.

— Était-ce l'hôpital ?

Il hocha la tête puis laissa échapper un long soupir de soulagement.

— Dom n'est plus sous respiration artificielle. Il a repris conscience, et son état est stable.

— Je suis si heureuse ! Veux-tu aller le voir ?

— Oui, je vais y aller maintenant, mais sans toi. Seule la famille proche est admise pour le moment.

Ailsa se sentit exclue, mais l'attitude de Vinn était légitime. Elle n'était plus son épouse et ne représentait plus rien pour lui. Certes, il la désirait, mais pour combien de temps encore ? Leur « réconciliation » comportait une date limite, et Ailsa devrait se contenter du statut de maîtresse, désormais...

7

Vinn conduisit jusqu'à l'hôpital, l'esprit entièrement occupé par les révélations que lui avait faites Ailsa. Comment avait-elle pu lui cacher les circonstances de sa naissance ? Pourquoi avait-elle choisi de taire un événement aussi tragique ? Il comprenait mieux maintenant ses réticences à l'idée de fonder une famille. Ce devait être épouvantable de ne pas savoir qui était son père, fût-il un monstre. Lui-même connaissait trop bien le sien et, même s'il éprouvait une honte indicible pour ce qu'il avait fait, il n'avait jamais cessé de l'aimer.

S'il comprenait la décision d'Ailsa de lui cacher ce noir secret, il lui en voulait de ne pas lui avoir fait confiance et se sentait partagé entre la compassion et la colère. D'un côté, il imaginait assez bien le traumatisme dont Ailsa avait été victime en découvrant que son géniteur s'était comporté comme une brute infâme avec sa mère ; de l'autre, il aurait aimé qu'elle s'ouvre à lui. Pourquoi lui avait-elle offert son corps sans aucune retenue, mais pas son cœur ?

Certes, Vinn n'avait pas le droit de la juger, car lui-même n'avait pas tout partagé avec Ailsa. Il avait tu les événements qui l'avaient transformé radicalement. Comme la perte brutale de sa mère et le chagrin qu'il avait ressenti alors. Un chagrin qui l'habitait toujours, qui lui collait à la peau. À partir de ce drame atroce, il avait ressenti une profonde solitude, car très tôt il avait dû apprendre à être autonome.

À ne compter que sur lui-même.

Même si ses grands-parents l'avaient épaulé autant que possible, Vinn ne s'était jamais ouvert à eux complètement.

Découvrir la vérité à propos d'Ailsa aujourd'hui, alors que leur divorce serait bientôt prononcé, ravivait sa douleur et ses regrets. Mais la donne avait changé. Il l'avait toujours tenue pour responsable de leur rupture. Il n'avait jamais compris pourquoi cette femme qu'il avait gâtée à outrance l'avait quitté.

En réalité, elle ne lui avait jamais donné accès qu'à son corps. Il avait toujours tiré une fierté immense de la passion qu'il partageait avec sa femme, de leur entente sexuelle, de la fréquence de leurs rapports. Mais elle lui avait tu des informations capitales sur elle-même, tout comme son père lui avait jadis caché les circonstances de la mort de sa mère… Erreur fatale, car cela n'avait fait qu'envenimer les choses. Vinn n'avait pas pu se préparer au choc de cette perte tragique. Sans doute l'aurait-il mieux supportée si son père l'avait accompagné dans cette épreuve au lieu de lui cacher la vérité.

Et aujourd'hui, comme alors, il se sentait à la dérive. Choqué. Accablé. Blessé d'avoir été tenu à l'écart par Ailsa.

S'il avait connu la vérité plus tôt, il aurait pu sauver leur mariage. Il n'aurait jamais évoqué l'idée de fonder une famille aussi brutalement. Il aurait pris le temps nécessaire pour la rassurer, la convaincre de la solidité de leur couple. Mais Ailsa avait préféré se contenter de leur entente sexuelle exceptionnelle.

Était-il trop tard pour remédier à cette situation ? Qu'attendait-elle de lui aujourd'hui ?

Qu'il lui accorde le divorce, rien de plus. Elle se soumettait à ses exigences uniquement pour assurer l'avenir de son frère.

Mais Vinn la désirait toujours, et peut-être même encore plus qu'avant. Il n'avait pas fait le deuil de leur histoire, loin de là. Ailsa voulait que leur relation demeure platonique, mais il savait qu'il s'agissait là d'un vœu pieux, car elle le désirait autant qu'il la désirait. Il voulait qu'elle en prenne conscience et revienne spontanément vers lui. Leur aventure se poursuivrait jusqu'à l'échéance dont ils étaient convenus. Ensuite, chacun reprendrait le cours de son existence.

Ailsa tenta de combler le vide laissé par Vinn en lisant un livre, mais son esprit survolté l'empêchait de se concentrer. Les lignes dansaient devant ses yeux. Et son corps réclamait celui de son mari. Elle s'en voulait de son incapacité à lutter contre l'attirance qu'il exerçait sur elle.

Leur relation avait pris un tournant radical, et elle s'interrogeait à présent sur ce qui allait advenir. Pour la toute première fois, Vinn et elle avaient évoqué leur passé. Ils s'étaient confiés sur leurs blessures, lesquelles expliquaient en grande partie les comportements qu'ils avaient adoptés.

Avec le recul, elle mesurait à quel point elle avait agi de manière puérile en fuyant le foyer conjugal. Pendant deux ans, elle avait ruminé une rancœur tenace à l'égard de son mari. Cette colère qui couvait en elle l'avait rendue encore plus opiniâtre, plus vindicative et lui avait permis de développer une affaire prospère. Elle l'avait poussée à l'excellence dans son métier.

Son mari connaissait son effroyable passé, à présent qu'elle avait partagé avec lui sa douleur et ce sentiment de honte qui ne la quittait pas. Vinn ne l'avait pas regardée avec dégoût, mais avec compassion. Le pire, selon lui, était que justice n'avait jamais été rendue.

Tu aurais dû lui dire la vérité sur tes origines il y a deux ans...

Non, deux ans auparavant, la situation ne se prêtait pas à ce qu'elle révèle son odieux secret à son mari. La relation essentiellement sensuelle qu'elle entretenait avec Vinn n'était pas propice aux confidences. Avant lui, Ailsa n'avait jamais ressenti une passion aussi dévorante, une telle exaltation. Entre ses bras, elle avait découvert le plaisir à l'état pur, sans tabous ni préjugés. Vinn avait-il vécu leur liaison avec la même intensité ? Ailsa aurait aimé le croire, mais inutile de se faire des illusions : une fois leur divorce prononcé, il se mettrait en quête d'une nouvelle partenaire.

Néanmoins, elle trouvait surprenant qu'il n'y ait pas déjà songé. Se pouvait-il qu'il tienne à elle ? Qu'il n'ait jamais cessé de la désirer ? Qu'il souhaite à nouveau partager sa vie ? Si tel était le cas, pourquoi ne pas le lui avoir dit franchement ?

Et si le marché qu'il lui avait proposé poursuivait un autre but ? Celui de se venger ? De la blesser dans sa fierté comme elle l'avait blessé lui en le quittant deux ans auparavant ?

Et quelle meilleure revanche que de la rendre folle de lui ?

Vinn se tenait assis au chevet de son grand-père depuis deux heures, mais le vieil homme dormait encore profondément. L'équipe chirurgicale s'était montrée rassurante à son arrivée. On lui avait tenu des propos optimistes, mais Vinn se préparait malgré tout au pire.

Il régnait une agitation constante autour de lui, et les sons qui lui parvenaient lui faisaient battre le cœur plus vite, comme s'il pressentait une catastrophe imminente. Même le crissement des chaussures des infirmières qui s'affairaient autour des malades en soins intensifs lui portait sur les nerfs.

Vinn avait bien conscience qu'un jour ou l'autre il perdrait son grand-père. Il était dans l'ordre des choses de survivre à ses parents et à ses grands-parents, mais *nonno* était le seul de ses proches en qui il avait confiance.

La seule personne qu'il aimait.

La seule personne qu'il *s'autorisait* à aimer.

Et Ailsa, alors ?

Vinn se rembrunit en songeant à la duperie dont il s'était rendu coupable en mentant à son grand-père sur sa relation avec Ailsa. *Nonno* l'avait toujours beaucoup appréciée. Il admirait sa fougue, sa combativité et la manière dont elle tenait tête à son petit-fils. Vinn avait imaginé cette mascarade uniquement en raison de l'affection que le vieil homme vouait à Ailsa. Ce que lui-même ressentait à son égard n'entrait nullement en ligne de compte. Toutefois, il ne savait plus quoi penser de sa relation avec celle qui serait bientôt son ex-femme.

Pendant les vingt-deux mois qu'avait duré leur séparation, il lui avait voué une rancune tenace. Il bouillonnait de colère chaque fois qu'il songeait à la manière dont elle avait mis un terme à leur union. Ces sentiments négatifs l'avaient accompagné sans relâche. Il s'était coupé du monde, évitant soigneusement de se lier avec quiconque pour ne pas revivre la douleur de la perte.

Ailsa se réveilla lorsqu'elle entendit Vinn rentrer, peu après minuit. Soucieuse de l'état de santé de Dom, elle renonça à sa décision de se tenir à distance pour prendre des nouvelles. Elle trouva son mari posté devant la fenêtre de son bureau, au rez-de-chaussée. Elle ne voyait que sa silhouette en contre-jour.

— Vinn ?

— Retourne te coucher.

Peinant à lire l'expression de son visage dans la pénombre, elle s'approcha.

— Comment va ton grand-père ? Lui as-tu parlé ?

— Pas vraiment, répondit-il dans un soupir. Il a repris conscience un très court instant, mais il s'est rendormi aussitôt.

— Tu vas bien ? demanda Ailsa en posant la main sur son bras.

Il lui adressa l'ombre d'un sourire.

— C'est dur de le voir comme ça… entre la vie et la mort.

— Que disent les médecins de son état ? Sont-ils satisfaits des résultats de l'opération ?

Vinn lui prit la main et se mit à la caresser.

— Pour le moment, oui. Mais il est difficile de prévoir les suites d'une intervention aussi lourde sur un patient âgé.

Ailsa demeura silencieuse un moment, savourant le contact de la peau de Vinn sur la sienne.

— Carlotta m'a parlé un peu de ta mère... Elle m'a dit que c'était une femme délicieuse et qu'elle t'aimait énormément.

Un froncement de sourcils accueillit cette remarque.

— Quand l'as-tu vue ? Je croyais qu'elle avait pris une semaine de congé.

— Elle est venue dans la journée apporter des provisions, mais elle n'est pas restée longtemps. J'ai eu l'impression qu'elle voulait vérifier par elle-même que j'étais de retour.

— T'es-tu disputée avec elle ? demanda Vinn, un soupçon de reproche dans la voix.

— Non... Pas vraiment.

— C'est-à-dire ?

Ailsa laissa échapper un soupir et retira la main de celle de son mari.

— Écoute, je sais que vous êtes très liés tous les deux. Elle t'aime beaucoup et ne veut que ton bonheur. Je suppose qu'elle a toujours su que tu ne serais pas heureux avec moi sur le long terme.

— Pourquoi penserait-elle une chose pareille ?

— Parce que... je ne t'aime pas, se força-t-elle à répondre alors que son cœur lui soufflait un tout autre langage.

— C'est ce que tu lui as dit ?

— Non, elle l'a deviné. Selon elle, je t'ai épousé par intérêt.

Vinn lui reprit la main et caressa du pouce la bague de fiançailles sertie de diamants.

— Est-ce vrai, *cara* ? demanda-t-il d'un ton rauque qui la toucha en plein cœur.

Elle planta courageusement le regard dans le sien. Puis, se hissant sur la pointe des pieds, elle lui offrit ses lèvres.

— Voici pourquoi je t'ai épousé, murmura-t-elle.

Vinn posa les mains sur ses hanches et l'attira tout contre lui pour approfondir leur baiser. Ailsa se laissa aller au plaisir de l'instant. Plus rien n'avait d'importance à ses yeux, excepté ce moment d'intimité partagée. Personne ne l'avait jamais embrassée comme Vinn, ni n'avait éveillé ses sens de la sorte.

Elle entreprit de défaire les boutons de sa chemise pour savourer le contact de sa peau. La force de son désir la rendait malhabile. Vinn ressentait visiblement la même impatience. Très vite, ses vêtements vinrent rejoindre les siens sur le sol, et ils purent enfin s'étreindre sans entraves.

— Nous ferions bien de calmer le jeu, sinon...

— Pas question, protesta Ailsa en se lovant contre lui. Je te veux... Maintenant.

Il sourit contre ses lèvres, la souleva de terre et l'invita à nouer les jambes autour de son bassin. Puis, lentement, il la fit sienne, lui arrachant un gémissement de plaisir. Quand leur rythme s'accéléra, Ailsa se laissa porter par le tourbillon de sensations vertigineuses que lui procuraient ces va-et-vient passionnés. Quand le plaisir atteignit son apogée, ils étouffèrent leurs cris dans un baiser fougueux. Comblés, ils se laissèrent glisser sur le tapis et se serrèrent dans les bras l'un de l'autre...

Curieusement, elle avait l'impression de s'être donnée à Vinn avec une fougue inégalée jusqu'ici. Comme si leur relation avait pris un tournant radical. Peut-être était-ce parce que son mari connaissait à présent son odieux secret. Parce qu'elle n'avait plus rien à lui cacher. Parce que toutes ses craintes d'être percée à jour s'étaient enfin apaisées.

Ailsa ressentait cependant une pointe d'angoisse à l'idée qu'il parvienne à lire en elle à livre ouvert. Qu'il mesure la force de ses sentiments à son égard. Elle n'était pas prête à lui révéler son amour.

Détournant les yeux pour cacher les émotions qui la submergeaient, elle caressa du doigt la base de son cou.

— Allons-nous dormir par terre ?

Vinn lui souleva le menton pour l'obliger à le regarder dans les yeux.

— Quelle chambre souhaites-tu occuper ? La mienne ou celle dans laquelle tu as transféré une partie de ta garde-robe ?

Ailsa leva les yeux au ciel.

— Ai-je le choix ?

— Ça dépend, répondit-il avant de déposer un doux baiser sur ses lèvres.

— De quoi ?

Il enroula une mèche de cheveux autour de ses doigts, sans la quitter des yeux.

— De la force de ta volonté… et de la mienne.

Ailsa laissa glisser la main sur son abdomen, puis sur son sexe durci.

— Comment évalues-tu la force de ta volonté ? demanda-t-elle avec un sourire enjôleur.

— Inexistante…

8

Le lendemain soir, alors qu'ils revenaient de l'hôpital, Vinn suggéra une sortie.

« Comme au bon vieux temps », avait-il précisé.

Ailsa n'avait pas particulièrement envie de revenir en arrière. Elle avait un souvenir agréable de leurs dîners dans des restaurants où on les accueillait comme des célébrités ou dans des clubs privés très sélects. Mais ces endroits n'offraient pas un cadre propice aux conversations sérieuses. Or, elle désirait en apprendre davantage sur les circonstances de la mort de la mère de Vinn et sur ses conséquences. Elle voulait en savoir plus aussi sur l'accident de son père, même si cet événement lui rappelait leur rupture.

Elle attendit qu'on les installe à table dans l'un des prestigieux restaurants où ils avaient coutume de dîner à l'époque et que leur commande soit prise pour aborder les sujets qui lui tenaient à cœur.

— Vinn… Je me demandais comment tu avais réussi à gérer la situation après la mort de ton père : ton travail, le chagrin de ton grand-père, celui des victimes de l'accident.

Une crispation apparut sur le visage de son mari, témoignant de la douleur que lui causait cette évocation. Il sembla hésiter un instant, comme s'il était partagé entre l'envie de changer de sujet ou de se libérer de ce poids.

— Ça a été très difficile, finit-il par avouer avec un soupir. Je me sentais coupable… parce que je n'étais pas aussi affecté que par la mort de ma mère. Mon père ne me manque pas, alors qu'il ne se passe pas une seule journée sans que j'aie une pensée pour ma mère.

Ailsa s'avança pour poser une main sur la sienne.

— Oh ! Vinn, comme tu devais l'aimer ! Et tu étais si jeune.

Il serra sa main dans la sienne.

— C'est vrai, mais je me souviens de tout : des traits de son visage, de son sourire... Quand mon père a blessé ces innocentes victimes dans l'accident, je pensais à elles tout le temps. Surtout aux enfants. Je ne supportais pas l'idée qu'ils soient condamnés à grandir sans leur mère.

Ailsa mesurait à présent les torts qu'elle lui avait causés en le quittant de cette manière si puérile. Pourquoi avait-elle été absente au moment de ce drame ? Elle aurait dû soutenir son mari, l'aider à traverser cette épreuve.

— J'imagine à quel point cela a dû être difficile à vivre pour toi et pour eux. Mais ils s'en sont sortis, n'est-ce pas ?

— Oui. Je leur envoie des cadeaux à Noël. Je n'étais pas sûr qu'ils les accepteraient... Mais ils semblent apprécier que je ne les oublie pas. Du moins, je l'espère.

— Je suis sûre que tu les aides énormément. Ton attitude prouve que tu es un homme bon.

Il eut un sourire empli d'amertume.

— Cela ne change rien au fait que mon père a failli les tuer, comme il a tué sa petite amie. Rien n'effacera jamais ce drame.

Le cœur d'Ailsa se serra devant la douleur que ressentait encore son mari. Une douleur teintée de honte et de culpabilité.

— Tu ne conduisais pas cette voiture, Vinn. Tu as fait tout ton possible pour aider ces pauvres gens.

Une fois leurs plats servis, la conversation prit une tournure plus légère, moins chargée en émotions. Mais après avoir dégusté leur dessert, Vinn lui demanda :

— As-tu essayé d'évoquer avec ta mère l'agression dont elle a été victime ?

— Elle n'aime pas en parler. Michael voulait qu'elle suive une thérapie, mais elle a toujours refusé.

Les yeux rivés sur leurs doigts entremêlés, elle ajouta :

— Enfant, je ne comprenais pas pourquoi ma mère me repoussait quand je lui tendais les bras, comme si elle ne supportait pas de me toucher.

— Ce n'était pas toi qu'elle rejetait, tu le sais maintenant. Et tu n'as rien à te reprocher. Ta mère n'a jamais réussi à dépasser le traumatisme provoqué par l'agression.

— Il n'empêche que l'enfant que j'étais souffrait terriblement de ce rejet.

Il lui étreignit la main, comme s'il souhaitait lui apporter le réconfort dont elle avait tant eu besoin autrefois.

— Crois-tu que si tu évoquais avec ta mère tes propres difficultés face à la maternité, cela pourrait vous aider l'une et l'autre ?

Ailsa haussa les épaules sans répondre. À quoi bon parler avec sa mère ? Cela n'effacerait jamais le fait qu'elle était la fille d'un criminel. Personne ne pouvait rien y changer. Elle devait apprendre à vivre avec cette réalité.

Vinn lui tapota la main pour l'extraire de sa sombre rêverie.

— Veux-tu un café avant que nous rentrions ?

Ailsa n'avait pas envie que cette soirée s'achève. Elle ne s'était jamais sentie aussi proche de son mari. Vinn et elle avaient atteint un degré de complicité qui la bouleversait. Comme si toutes les barrières érigées entre eux s'étaient effondrées, que leurs masques étaient tombés. Cette intimité partagée durerait-elle ? Que se passerait-il dans un mois, quand leur contrat arriverait à terme ?

Elle lui adressa un sourire hésitant.

— Pas de café pour moi.

C'est toi que je veux…

Plus tard, une fois de retour à la villa, Vinn l'attira dans ses bras. Ils s'offrirent l'un à l'autre longuement, lentement, mais toujours avec la même intensité. Ailsa savoura l'instant. Ce fut magique, prodigieux, comme si leurs deux années de séparation n'avaient jamais existé.

Deux semaines plus tard, à son réveil, Ailsa ressentit un moment de panique. Dans peu de temps, elle repartirait pour Londres où l'attendait son travail. Elle avait un mal fou à se projeter dans un avenir sans Vinn. Elle s'était habituée à leurs rituels quotidiens : Vinn se levait tôt pour vaquer à ses occupations professionnelles, puis ils se retrouvaient en milieu de matinée pour rendre visite à son grand-père.

Dom avait quitté l'unité des soins intensifs et occupait à présent une chambre individuelle. Bien que toujours un peu frêle, il se remettait peu à peu de l'opération, et ses jours n'étaient plus en danger.

Ailsa était heureuse pour Vinn et son grand-père. Les deux hommes se vouaient une affection sans bornes, et elle ne pouvait s'empêcher de les envier. Elle n'avait jamais connu une telle intimité avec sa mère et son beau-père, pas plus qu'avec ses grands-parents qui avaient choisi de vivre à l'étranger. Isaac et elle avaient été privés de l'amour de leurs proches. C'était sans doute ce qui les avait soudés. Ailsa adorait son frère et aurait fait n'importe quoi pour lui, mais il la connaissait beaucoup moins qu'il ne l'imaginait. Et elle ne voulait pas que cela change. Il ne fallait jamais qu'il apprenne qu'elle n'était que sa demi-sœur.

Autre élément marquant survenu récemment : sa relation avec Carlotta s'était améliorée, comme si les deux femmes avaient signé une trêve. La vieille gouvernante prenait son service dès le départ de Vinn et repartait dès son ménage terminé. Elle n'avait plus besoin de préparer les repas puisque Vinn et Ailsa dînaient à l'extérieur la plupart du temps. Si Carlotta vivait mal le fait de ne plus avoir autant de travail à fournir, elle n'en soufflait mot, comme si le retour d'Ailsa dans son rôle d'épouse la comblait secrètement de joie.

Cette pensée la fit sourire. Se pelotonnant sous la couette, elle songea à la jeune femme active et ambitieuse qu'elle était avant de retomber sous la coupe de Vinn. Aujourd'hui, elle coulait des jours tranquilles, se complaisait dans l'oisiveté et attendait docilement le retour de son mari. Mais bientôt, quand leur marché d'un mois arriverait à échéance, elle rentrerait à Londres et reprendrait ses occupations professionnelles. En espérant ne pas éprouver trop de regrets...

Chassant les pensées moroses qui l'assaillaient, elle rejeta la couette et se leva du lit. C'est alors que la pièce se mit à tourner autour d'elle. Elle dut se rasseoir pour ne pas tomber. S'efforçant de respirer calmement, elle attendit que son malaise s'estompe avant de se relever.

Au prix d'un gros effort, elle se doucha et s'habilla. Elle espérait que son état s'améliorerait avant le retour de Vinn, car celui-ci était bien assez préoccupé par la santé de son grand-père pour devoir s'inquiéter de la sienne.

Carlotta se trouvait dans la cuisine quand Ailsa descendit un rez-de-chaussée. Son regard d'aigle l'enveloppa tout entière.

— Ça ne va pas ? lui demanda-t-elle. Vous êtes très pâle.

Ailsa posa une main sur son estomac.

— Oh ! rien de grave, une indigestion, sans doute ! Le repas d'hier soir était très riche.

Carlotta affichait une expression étrange, indéchiffrable. C'était étonnant de sa part, car d'ordinaire ce qu'elle ressentait se lisait aisément sur son visage.

— Asseyez-vous, *signora* Gagliardi. Je vais vous préparer un thé et des tartines de pain grillé.

Ailsa obtempéra, étonnée par le comportement de la gouvernante. Qu'est-ce qui, dans son état, motivait qu'elle prenne ainsi soin d'elle ?

La croyait-elle enceinte ? Impossible, puisqu'un implant contraceptif la protégeait. Certes, elle aurait dû le remplacer quelques semaines plus tôt, mais ses principes actifs devaient encore agir...

En proie à une panique soudaine, elle posa instinctivement une main sur son ventre.

Le regard de Carlotta se fit perçant quand elle surprit son geste.

— Allez-vous le lui dire ?

— Lui dire quoi ?

— Que vous portez son *bambino.*

Ailsa laissa échapper un petit rire nerveux.

— Ce n'est pas son...

— Il n'est pas de lui, c'est ça ?

— Non ! s'écria Ailsa, horrifiée par cette insinuation.

Tout à coup, elle prit toute la mesure du risque qu'elle encourait, et des larmes lui montèrent aux yeux.

Non ! Pas maintenant ! Jamais de la vie !

Elle ne pouvait pas être enceinte. Le rêve de tenir l'enfant de Vinn dans ses bras, de partager sa vie pour toujours, ne lui était pas permis. Il ne voulait pas d'elle à ses côtés. Une fois que son grand-père serait capable de supporter la vérité, ils se sépareraient.

Un bébé ne faisait pas partie de leur plan.

Carlotta déposa une tasse de thé sur la table devant Ailsa.

— Prenez des petites gorgées, le temps que votre estomac se remette d'aplomb, lui conseilla-t-elle. Les toasts seront prêts dans une minute.

Bouleversée par la sollicitude inattendue que lui manifestait la gouvernante et par le stress engendré par la situation, Ailsa éclata en sanglots.

— C'est impossible, hoqueta-t-elle... je ne peux pas avoir un bébé. Je ne peux pas...

Carlotta lui caressa gentiment la tête, et ses sanglots redoublèrent.

— C'est une vraie chance de porter un enfant. J'aurais donné n'importe quoi pour avoir un *bambino*, mais j'étais stérile. Mon mari m'a d'ailleurs quittée pour cette raison.

Ailsa leva les yeux vers Carlotta.

— Je suis désolée que vous n'ayez pas pu avoir d'enfants.

Vraiment désolée. Moi je n'en ai jamais voulu. Ma carrière compte trop à mes yeux.

La vieille femme prit son visage entre ses mains pour l'obliger à la regarder.

— N'avez-vous jamais voulu d'enfants ?

Ailsa laissa échapper un soupir puis répondit :

— Non… Mais c'est compliqué, et je n'ai pas envie d'en parler.

— Vinn fera un bon père, insista Carlotta avec un doux sourire. Il ne sera pas téméraire et irresponsable comme le sien. Il prendra soin de vous et de l'enfant…

— Mais… M'aimera-t-il ?

L'expression de Carlotta se fit plus grave.

— Il ne le dira pas comme le font les autres hommes, mais il tient à vous. Pour quelle autre raison vous aurait-il demandé de revenir, sinon ?

Ailsa se leva et, prenant appui sur le bord de la table, plongea le regard dans celui de la gouvernante.

— S'il vous plaît… Je vous en supplie… Ne lui parlez de rien pour le moment. Je veux d'abord être sûre.

— Vous n'allez pas vous en débarrasser ?

— Non, répondit Ailsa sans hésiter. Je ne peux pas faire une chose pareille. Je comprends que certaines personnes prennent ce genre de décision, mais moi, j'en serais incapable.

— Mais Vinn a le droit de savoir !

— Je l'informerai en temps utile. Ce pourrait être une fausse alerte. Je ne veux pas lui donner de faux espoirs.

Carlotta n'avait pas l'air convaincue par cet argument, mais elle garda ses réticences pour elle.

— Y a-t-il quoi que ce soit que je puisse faire pour vous, *signora* Gagliardi ?

— Oui, appelez-moi Ailsa.

— D'accord, Ailsa, répondit la vieille femme avec un sourire.

De retour à l'étage, Ailsa ne se rendit pas dans la chambre de Vinn, mais dans une pièce où elle n'avait pas osé s'aventurer depuis son retour. La porte en était fermée. Avant de l'ouvrir, elle prit une profonde inspiration pour se donner du courage. La pièce était dans l'état où elle l'avait laissée le jour où Vinn avait évoqué son désir de fonder une famille. C'était la seule de la villa à ne pas avoir été redécorée. Elle avait été abandonnée... comme une conversation interrompue.

Ailsa contempla la pièce avec un regard nouveau. Si elle en faisait... une chambre d'enfants ?

Pour l'enfant de Vinn...

Son esprit se mit à vagabonder, tandis qu'elle imaginait un mobile coloré suspendu au plafond, un lit douillet rempli de peluches, des étagères débordant de livres colorés, de la layette rangée avec soin dans une commode et, près de la fenêtre, un fauteuil à bascule dans lequel elle pourrait s'installer pour donner le sein à son bébé...

Bouleversée par ces images, elle quitta la chambre et referma doucement la porte derrière elle.

À son retour à la villa, Vinn se rendit compte que l'heure du déjeuner approchait et qu'il disposait de peu de temps pour rendre visite à son grand-père, comme Ailsa et lui le faisaient quotidiennement.

Il trouva sa femme étendue sur une chaise longue dans le jardin, un magazine sur les genoux. Mais, au lieu de lire, elle contemplait le ciel. Elle eut un mouvement de surprise quand elle entendit ses pas sur le gravier, et faillit tomber.

Vinn courut à sa rescousse et lui agrippa le bras.

— *Cara*, que se passe-t-il ? Tu ne te sens pas bien ?

S'appuyant contre son mari, elle dit :

— Il fait plus chaud que je ne l'aurais imaginé.

— Viens à l'ombre.

Il la guida vers une table à l'abri su soleil, l'aida à s'asseoir et prit place en face d'elle.

— Te sens-tu mieux à présent ?

Elle lui adressa un faible sourire tout en évitant son regard attentif.

— Oui, beaucoup mieux.

Ces mots cadraient mal avec son teint pâle et les petites gouttes de sueur, sur ses tempes. Vinn posa une main sur son front. Mis à part la moiteur de sa peau, elle ne paraissait pas fiévreuse.

— Peut-être vaudrait-il mieux que tu te reposes aujourd'hui au lieu de m'accompagner à l'hôpital. Tu as sans doute attrapé un virus.

— D'accord…

Il se redressa et lui tendit la main pour l'aider à se lever.

— Viens te rafraîchir à l'intérieur, *tesoro*. Je vais appeler le médecin…

— Non ! s'écria Ailsa, en proie à la panique. Je… Je n'ai pas besoin de voir un médecin. Je n'ai… rien de grave.

Elle se mordit la lèvre inférieure et, pendant un court instant, Vinn crut qu'elle allait fondre en larmes.

Il lui passa un bras autour des épaules en signe de réconfort.

— Es-tu certaine d'aller bien, *cara* ?

— J'ai simplement besoin de m'allonger un peu…

Vinn l'accompagna à l'étage et l'aida à se mettre au lit, puis déposa un verre d'eau fraîche sur la table de nuit.

— Je n'en ai pas pour longtemps. Je vais rendre une petite visite à *nonno* et je reviens aussitôt.

— D'accord…

Ailsa attendit que la voiture de Vinn s'éloigne de la villa pour repousser les draps et se lever. Malade ou pas, il fallait à tout prix qu'elle se procure un test de grossesse, deux de préférence. Elle se sentait un peu coupable de quitter subrepticement la villa alors que Vinn la croyait alitée. Mais que pouvait-elle faire d'autre ?

Il fallait qu'elle en ait le cœur net.

Les rues étaient assez animées pour lui permettre de se fondre dans la foule sans être reconnue... Du moins l'espérait-elle. Elle avait coiffé ses cheveux en arrière, portait une casquette de base-ball et un jogging pour laisser penser qu'elle se rendait dans un club de sport. Elle pénétra dans la première pharmacie qu'elle trouva sur son chemin et se procura un seul test de grossesse pour ne pas attirer l'attention. Alors qu'elle pénétrait dans une seconde pharmacie, elle heurta un homme qui en sortait. Elle maugréa de vagues excuses, puis s'arrêta net quand elle l'entendit prononcer son nom.

— Ailsa ? Il me semblait bien vous reconnaître... sous ce déguisement.

Elle leva les yeux et reconnut aussitôt Nico Di Santo, le propriétaire de l'hôtel de Milan où elle avait séjourné la nuit de son arrivée en ville, deux semaines auparavant. Pourquoi le destin l'avait-il amenée à croiser cet homme dans cette pharmacie ?

— Oh ! Bonjour...

— Tout va bien ?

— Oui. J'essaye de me promener incognito... Vous savez comment sont les paparazzis.

— Oui, je vous comprends.

Ailsa dansait d'un pied sur l'autre, pressée de mettre fin à cette conversation. Mais elle ne voulait pas paraître impolie.

— J'ai été ravie de vous revoir...

— Moi aussi, Ailsa. Et au fait, je suis heureux que Vinn et vous ayez repris la vie commune. Vous lui avez beaucoup manqué. Il est bien trop fier pour l'admettre, mais c'est la vérité.

— Il m'a beaucoup manqué aussi.

— Dites-lui de venir prendre un cocktail avec vous dans mon nouveau bar. Offert par la maison, bien sûr.

— Je n'y manquerai pas.

Sur ces mots, elle prit congé de Nico et pénétra dans la pharmacie.

Elle se sentait toujours aussi nauséeuse et tremblait comme une feuille. Sa mère avait-elle éprouvé la même angoisse en découvrant qu'elle était enceinte ? Comme elle avait dû se sentir seule après l'agression dont elle avait été victime ! Il lui avait été impossible de se confier à qui que ce soit. Puis, comble de l'horreur, elle avait appris sa grossesse. Même s'il était trop tard pour envisager d'y mettre un terme, pourquoi n'avait-elle pas opté pour l'adoption ?

Vinn avait sans doute raison : peut-être était-il temps d'avoir une conversation sérieuse avec sa mère. Même si elle refusait de répondre à ses questions, au moins elle aurait percé l'abcès au lieu de se contenter de tous ces non-dits qui brouillaient leur relation.

Sur le chemin du retour à la villa, elle sortit son téléphone de son sac. Jamais elle n'avait ressenti pareille urgence de s'entretenir avec sa mère.

— Maman ?

— Ailsa..., répondit cette dernière d'un air distrait, comme si elle était occupée à autre chose.

Avait-elle un nouveau compagnon dans sa vie ?

— Je te dérange, peut-être ? Veux-tu que je t'appelle à un autre moment ?

— Non, bien sûr que non.

— Maman..., puis-je te demander quelque chose ?

— Que se passe-t-il ? Tu me parais agitée. Est-ce que tout va bien entre toi et...

— Pourquoi ne m'as-tu pas fait adopter ? la coupa-t-elle tout de go.

— J'y avais songé au début, répondit sa mère après une courte hésitation, puis, le temps aidant, j'ai compris que je ne pouvais pas m'y résoudre.

— Tu... Tu m'as désirée, alors ?

— Je mentirais si je te disais que la nouvelle de ma grossesse m'avait emplie de joie. Mais après six mois, j'ai compris que je ne pourrais jamais t'abandonner aux soins de quelqu'un d'autre. Mais, pourquoi cette question... Maintenant ?

— Maman, je crois que je suis enceinte... et je ne sais pas quoi faire.

— As-tu fait un test de grossesse ?

— Pas encore. Je viens de m'en procurer un. J'avais juste besoin d'en parler à quelqu'un... À toi, en fait.

— Oh ! Ailsa, je ne suis pas la meilleure personne avec qui t'entretenir sur le sujet, mais...

— Je sais, et c'est tout à fait compréhensible. Cela a dû être épouvantable et terrifiant de porter un enfant que tu ne voulais pas mettre au monde.

— Ce n'était pas dû seulement... à ce qui m'est arrivé, rectifia sa mère. J'ai ressenti la même chose avec Isaac. Je n'ai pas la fibre maternelle. J'en ai honte, mais je ne peux rien y changer. C'est profondément ancré en moi. Mais cela ne veut pas dire que je ne vous aime pas, Isaac et toi. Je suis heureuse de vous avoir mis au monde. Je suppose que je ne suis pas douée pour vous le montrer et... Peut-être pourrais-tu m'aider à m'améliorer, si tu le veux, bien sûr.

— J'en serais ravie, répondit Ailsa, très émue. Je vais faire le test et te tiendrai au courant. D'accord ?

Ailsa raccrocha, le cœur empli d'espoir. L'espoir d'une relation apaisée avec sa mère, l'espoir d'un futur possible avec Vinn.

L'espoir d'un enfant.

La visite de Vinn à l'hôpital fut écourtée, parce que l'état de *nonno* nécessitait une surveillance accrue. Sa température ayant grimpé dans la nuit, on l'avait transféré dans le service des soins intensifs. En apprenant qu'Ailsa ne se sentait pas très bien, le vieil homme avait manifesté plus d'inquiétude pour la santé de la jeune femme que pour la sienne.

— Transmets-lui toute mon affection et dis-lui que je lui souhaite un prompt rétablissement.

— Ce sera fait. Et prends soin de toi. Je viendrai te voir demain avec Ailsa.

Vinn décida de se rendre chez un fleuriste sur le chemin du retour. Ailsa paraissait si pâlotte et affaiblie qu'il espérait qu'un bouquet de fleurs printanières lui remonterait le moral.

Deux semaines s'étaient écoulées, et il était de plus en plus conscient de l'horloge qui tournait. Il était encore trop tôt pour se prononcer sur la gravité de l'état de *nonno*. Le risque que des complications surviennent demeurait élevé. Vinn regrettait de ne pas avoir insisté pour qu'Ailsa reste près de lui trois mois, comme initialement prévu. Cela lui aurait laissé le temps d'installer son grand-père dans l'appartement qu'il lui avait acheté dans une résidence médicalisée.

Devait-il demander à Ailsa de revoir sa position ? Ils pourraient trouver un arrangement si un retour à Londres pour ses affaires se révélait nécessaire...

Soudain, il se surprit à envisager l'option de reporter leur divorce, voire de l'annuler. Leur couple fonctionnait à merveille, à présent. Ils communiquaient beaucoup mieux, et leur entente sexuelle était encore plus parfaite qu'au début de leur mariage. Et depuis qu'il connaissait les circonstances de la naissance d'Ailsa, il mesurait à quel point parler de fonder une famille avait été maladroit de sa part.

Mais pouvait-il envisager de ne jamais avoir d'enfants sur le long terme ? Et si Ailsa ne changeait jamais d'avis, comment le vivrait-il ?

Son grand-père était au crépuscule de sa vie. Il rêvait de voir naître une descendance avant de mourir. C'était aussi le souhait de Vinn, qui rêvait de tenir un enfant dans ses bras, de partager le bonheur d'être parent avec Ailsa...

Mais elle ne t'aime pas.

Vinn chassa cette pensée. Qu'est-ce que l'amour romantique avait à voir dans cette histoire ? Ce type de relation avait un caractère éphémère qui dépassait rarement la phase de lune de miel. En revanche, décider de partager sa vie avec une personne, de fonder une famille, requérait de l'engagement, de la persévérance et une grande maturité.

Deux ans plus tôt, Vinn n'avait pas compris la réticence d'Ailsa à l'idée de fonder une famille. Mais aujourd'hui, la donne avait changé, et tous deux pouvaient désormais débattre du sujet sereinement.

Et si la situation demeurait telle, à savoir une vie sans enfants, au moins ils auraient pris la décision ensemble.

Même si Vinn avait conscience de ne pas aimer sa femme au sens hollywoodien du terme, il tenait à elle et désirait partager sa vie avec elle.

Pas pour une durée d'un mois.

Ni même pour trois mois.

Pour toujours.

9

Ailsa se trouvait dans l'une des salles de bains de l'étage quand elle entendit les pas de Vinn dans l'escalier. Son cœur se mit à battre follement. Elle n'avait pas eu le temps de faire le test de grossesse ni même celui de lire la notice d'utilisation. Pourquoi Vinn rentrait-il si tôt ?

D'ordinaire, il demeurait au chevet de son grand-père deux bonnes heures. À la hâte, elle replia la notice, la fourra dans son emballage d'origine et rangea le tout dans le placard, sous le lavabo.

— Ailsa ? Tout va bien ? demanda Vinn en frappant à la porte de la salle de bains.

Elle prit une profonde inspiration pour calmer sa nervosité.

— Oui... Je n'en ai plus pour longtemps.

Elle plaqua une main sur son abdomen... Elle qui avait toujours clamé haut et fort ne pas vouloir d'enfants vivait à présent une situation inédite qui la déstabilisait. Se pouvait-il qu'un petit être grandisse dans son ventre ? Un bébé se nicherait-il bientôt dans son cou en l'appelant maman ?

— Ailsa, ouvre la porte.

Le cœur au bord des lèvres, elle réprima un sanglot et cria :

— Je te rejoins dans une minute.

— Non, je ne partirai pas, objecta Vinn d'un ton sévère.

Ailsa exhala un long soupir, puis, affichant un sourire de façade, ouvrit la porte à son mari.

— Pourquoi t'es-tu enfermée dans la salle de bains ? Tu as été malade ?

Ailsa peinait à soutenir le regard de son mari. Devait-elle lui faire part de ses soupçons ou valait-il mieux attendre d'en avoir le cœur net ?

Des messages contradictoires fusaient dans sa tête.

Dis-lui. Ne lui dis pas. Dis-lui. Ne lui dis pas.

— Je... Je... suis allée à la pharmacie, finit-elle par avouer.

— J'ai des antidouleurs ici. Si tu m'avais demandé...

— Je n'avais pas besoin d'antidouleurs. Je me suis procuré... un test de grossesse.

Le choc de cette nouvelle lui fit écarquiller les yeux, puis un large sourire se dessina sur ses lèvres.

— Tu es enceinte ? Vraiment ? Mais, *tesoro*, c'est merveilleux ! Sur le chemin du retour, j'envisageais justement de te demander de renoncer au divorce et de tout reprendre à zéro avec toi !

Il voulait faire machine arrière ? Quelle ironie ! Avait-il pris cette décision avant d'apprendre son éventuelle grossesse ? Pouvait-elle lui faire confiance ? Sa décision n'était-elle pas motivée par la seule perspective de fonder une famille ?

— Je n'ai pas encore fait le test, dit Ailsa. J'allais m'y résoudre quand tu as frappé à la porte.

Il posa les mains sur ses épaules.

— Désolé, *cara*. Je m'inquiétais pour toi. Faisons le test maintenant, ensemble. Ainsi, nous apprendrons la nouvelle au même moment.

— Ne te fais pas trop d'illusions, Vinn.

Les mains de son mari se crispèrent sur ses épaules.

— Tu n'envisages pas de ne pas garder ce bébé, j'espère ?

Se dégageant de son étreinte, elle répliqua :

— Ne sois pas ridicule. Il n'en est pas question.

Il l'attira à nouveau dans ses bras et la serra contre lui.

— Faisons le test, *tesoro*, ainsi nous en aurons le cœur net.

Ailsa repoussa son mari quelques instants hors de la salle de bains, puis le rappela auprès d'elle.

— Deux lignes doivent apparaître ? demanda Vinn d'un ton où perçait une certaine excitation. J'ai l'impression de déjà les apercevoir...

— Non, c'est trop tôt, corrigea Ailsa, en proie à une angoisse telle qu'elle en tremblait.

C'est à peine si elle parvenait à respirer. Elle avait l'impression que son destin tenait en deux lignes. Deux lignes qui changeraient sa vie à jamais.

Mais le test ne donna pas le résultat escompté.

Les traits de Vinn se figèrent.

— Ne t'inquiète pas, *cara*, finit-il par dire en passant un bras autour de sa taille. Nous essayerons encore... Je suis sûr que nous réussirons à avoir un enfant.

Ailsa se dégagea de son étreinte.

— Vinn, arrête ! Arrête de décider de mon avenir sans me consulter, sans me demander ce que je veux vraiment.

Un froncement de sourcils accueillit cette remarque.

— Quoi ? Tu le voulais, ce bébé. J'en suis sûr. Je l'ai lu dans tes yeux, je l'ai senti quand je te serrais dans mes bras. Tu es aussi déçue que moi. Ne dis pas le contraire.

Ailsa n'eut pas la force de le contredire. Inutile de nier l'évidence. L'heure de la sincérité avait sonné.

— Tu as raison. Je veux un enfant. Mais je veux en avoir un avec un homme qui m'aime plus que tout. Et tu n'es pas cet homme-là. Tu m'as dit toi-même que tu ne pourrais jamais le devenir.

— Mais nous serons des parents formidables, *cara* ! objecta Vinn avec conviction. Nous nous entendons merveilleusement bien. Quelle importance si nous ne sommes pas amoureux ? Nous éprouvons du désir et du respect l'un envers l'autre. Ce sont de bonnes bases pour construire un avenir ensemble, non ?

Ailsa ne put réprimer un soupir, exaspérée.

— Je ne peux pas vivre avec un homme qui refuse de m'aimer.

Qui lutte contre l'amour comme s'il s'agissait d'un virus mortel. Je veux qu'on m'aime avec mes défauts et mes qualités.

— Je tiens à toi, Ailsa !

— Tu ne peux pas prononcer les mots, n'est-ce pas ? Qu'y a-t-il de terrifiant dans le fait d'admettre que tu éprouves plus que le désir de veiller à mon bien-être ?

— Mais, je le répète, je tiens à toi, Ailsa...

Elle laissa échapper un petit rire nerveux.

— Tu tiens à moi, ironisa-t-elle. Qu'est-ce que *tenir à quelqu'un* signifie pour toi ? Je vais te le dire : cela signifie que tu ne m'aimes pas, que tu ne m'aimeras jamais parce que tu en es incapable.

— Tu ne m'aimes pas non plus, alors où est le problème ?

Ailsa secoua la tête, exaspérée par l'incapacité de Vinn à accepter l'évidence. Elle ne s'abaisserait pas à lui révéler ses sentiments.

— Je rentre à Londres, Vinn. Aujourd'hui. Tant pis si cela contrarie ton grand-père, mais je suis sûre qu'il comprendra ma décision. Je ne veux pas d'un mariage tel que tu le proposes. Je mérite mieux, et toi aussi.

Un tourbillon d'émotions traversa Vinn, d'abord la colère, puis la tristesse et l'incompréhension.

— Ainsi, tu as décidé de partir. As-tu une idée des conséquences pour ton frère si tu franchis cette porte ?

— J'espère que tu ne le puniras pas simplement parce que nous ne pouvons pas envisager de vivre ensemble. Quant à l'argent que tu m'as donné... je te le rendrai, bien sûr.

— Garde-le, tu l'as gagné.

— Inutile de te montrer insultant, répliqua Ailsa, choquée par la cruauté de son mari. Mais voilà qui me conforte dans ma décision de mettre un terme à notre relation. Je veux que notre divorce se déroule de manière cordiale.

— Cordiale ? ironisa Vinn. Alors tu as épousé la mauvaise personne.

Sur ces mots, il tourna les talons et disparut, la laissant seule avec son désarroi.

Vinn n'avait pas ressenti une telle fureur depuis longtemps. Ailsa avait décidé de le quitter. Une fois de plus. En l'espace d'une demi-heure, leur avenir avait basculé.

Un avenir avec des enfants.

Une famille.

Mais non. Ailsa partait parce qu'elle n'avait jamais eu l'intention de revenir. C'était lui qui l'avait obligée à s'y résoudre, en la soumettant à un chantage, dans l'espoir qu'elle comprendrait qu'ils étaient faits l'un pour l'autre.

Était-ce sa faute s'il ne pouvait prononcer les mots qu'elle désirait entendre ? S'il refusait d'aimer de crainte qu'on lui enlève les personnes qu'il chérissait ? La perte de sa mère si jeune l'avait transformé à jamais, annihilant sa capacité à se lier avec qui que ce soit. L'amour et la perte étaient inextricablement liés dans son esprit.

Ciel, comme il aurait aimé annoncer la grossesse d'Ailsa à son grand-père ! Il avait imaginé la joie sur son visage en apprenant la nouvelle. Hélas ! il n'y aurait ni bébé ni mariage.

Il avait échoué.

Il n'avait pas su retenir Ailsa ni satisfaire son grand-père.

Le divorce était inéluctable. Sa seule consolation résidait dans le fait qu'il leur faudrait attendre encore deux ans avant qu'il soit prononcé.

À sa descente de l'avion à Londres, Ailsa souffrait d'un mal de tête lancinant et se sentait fiévreuse. Pendant tout le vol, elle s'était recroquevillée sur son siège, en proie à un profond désespoir. Pire que celui dans lequel elle avait sombré en perdant Vinn la première fois. Pourquoi ne l'aimait-il pas ? Qu'est-ce qui en elle le repoussait ainsi ?

Avant d'embarquer à Milan, elle avait espéré qu'il prendrait conscience de son erreur et qu'il viendrait la chercher. Hélas ! il ne l'avait pas fait.

À présent, elle allait devoir vivre avec ses regrets. Comme deux ans auparavant, sauf que cette fois elle craignait de ne jamais guérir de cette blessure.

10

Vinn appréhendait d'annoncer la nouvelle du départ d'Ailsa à son grand-père. Il avait même envisagé de ne rien lui dire, mais en agissant ainsi il aurait réitéré les erreurs de son propre père qui avait prétendu que tout allait bien alors que sa mère se mourait. Curieusement, avec le recul, il comprenait aujourd'hui pourquoi son père avait agi de cette manière. La situation était trop douloureuse, et il avait voulu épargner son fils. En mentant. En lui cachant la vérité jusqu'au bout.

Vinn devait à présent surmonter le départ d'Ailsa comme il avait dû surmonter le décès de sa mère. Il ne pouvait pas l'obliger à revenir, car elle ne l'aimait pas. Il avait pourtant cru que son attachement était bien plus profond que le sien à son égard. Quelle erreur de jugement !

Quand Vinn se rendit à l'hôpital le lendemain du départ d'Ailsa, son grand-père était toujours fiévreux. Comment supporterait-il la nouvelle de leur rupture ?

— Ailsa ne vient pas aujourd'hui ? lui demanda le vieil homme.

Vinn s'installa au chevet de son grand-père et prit une profonde inspiration pour se donner du courage.

— Je ne sais comment te l'annoncer, *nonno*, mais elle est rentrée à Londres.

— Pour le travail ?

La tentation de mentir en répondant par l'affirmative le tenailla, puis il y renonça.

— Pas seulement pour le travail. À dire vrai… Nous ne nous sommes jamais remis ensemble.

Le vieil homme posa une main sur son bras.

— Crois-tu que je ne le savais pas ?

— Tu… savais ?

— Évidemment. J'apprécie les efforts que tu as déployés pour me ménager. Mais il fallait faire revenir Ailsa pour toi et non pour moi. Parce que tu ne peux pas vivre sans elle. Parce que personne ne comblera jamais le vide qu'elle a laissé.

Nonno avait raison : en partant, Ailsa laissait un vide incommensurable. Vinn n'avait pas su lui dire à quel point elle lui était indispensable. Aussi vitale que l'air qu'il respirait. Il ne pouvait plus se voiler la face…

— Je l'aime, *nonno*. Mais j'ai tout gâché, une fois de plus.

— Lui as-tu dit que tu l'aimais ?

Incapable de soutenir le regard de son grand-père, Vinn concentra son attention sur l'alliance qu'il portait. Pourquoi ne l'avait-il jamais retirée ?

Parce qu'il aimait sa femme et ne supportait pas l'idée de ne plus jamais la revoir.

Oui, il l'aimait.

Il l'aimait tant que l'idée de passer le reste de sa vie sans elle lui était insupportable. Pendant toute la durée de leur séparation, il avait gardé l'espoir de la reconquérir.

Levant les yeux sur son grand-père, il demanda :

— Et s'il était trop tard ?

— Tu ne le sauras pas en restant assis à mon chevet. La personne à qui tu dois parler, c'est Ailsa.

Vinn se leva d'un bond.

— Tu as raison. Mais l'idée de te laisser alors que tu es encore hospitalisé me répugne. L'infection dont tu souffres inquiète les spécialistes qui te suivent. Et si tu…

Il ne put finir sa phrase.

— Pars ! lui dit son grand-père en lui montrant la porte. Je vais m'en sortir. Je ne suis pas encore prêt à quitter ce monde. Il me reste encore une case à cocher sur la liste de mes envies avant de tirer ma révérence.

Ailsa se remettait doucement de son état fiévreux, mais son moral était au plus bas. Elle avait quitté l'Italie 48 heures plus tôt et n'avait aucune nouvelle de Vinn. Même si elle savait que tout était fini entre eux, chaque fois que la porte du studio s'ouvrait sur un visiteur, son cœur battait la chamade.

Elle avait envoyé un texto à sa mère pour lui dire qu'elle n'attendait pas d'enfant et pour l'informer de son retour à Londres.

Sa mère lui avait répondu aussitôt pour lui dire qu'elle lui rendrait visite dès que possible. Promesse qu'elle tint dès le lendemain.

Il était midi ; sa mère et son beau-père sonnèrent à la porte.

— Maman ? Papa ? Qu'est-ce qui vous amène, tous les deux ?

— Nous étions inquiets, répondit sa mère, et tristes d'apprendre votre séparation. Tu vas bien ? Y a-t-il quelque chose que nous puissions faire pour toi ?

— Non... Rien.

Sa mère paraissait anxieuse et ne cessait de jeter des coups d'œil à son ex-mari. Quand elle se décida à reprendre la parole, ce fut d'une voix tremblante.

— Si tu savais comme je m'en veux... Je sais que je n'ai pas été une bonne mère pour toi. J'étais si désespérée... J'aurais dû consulter au lieu de me replier sur moi-même. J'ai décidé de suivre une thérapie, alors désormais...

— Maman, la coupa Ailsa d'un ton très doux, tu n'as pas à t'excuser.

— Mais je veux être plus proche de toi. Depuis que ton père et moi sommes divorcés... Désolée, je ne peux pas m'empêcher de considérer Michael comme ton père, même si...

— C'est très bien, maman. Michael *est* mon père.

Se tournant vers l'homme qui l'avait élevée, elle ajouta :

— Tu es le seul père que j'aie eu et désiré.

Michael refoula ses larmes et lui prit la main.

— Merci, ma chérie. Ce que ta mère essaye de te dire, c'est que nous suivons une... thérapie de couple.

Ailsa regarda ses parents à tour de rôle.

— Vraiment ?

Sa mère lui adressa un petit sourire teinté de tristesse.

— Cela me peine de savoir que Vinn et toi avez rompu, alors que ton père et moi envisageons de reprendre la vie commune. Nous sommes malheureux l'un sans l'autre.

— Mais vous n'étiez pas heureux ensemble !

— Parce que notre relation manquait de sincérité, admit Michael. Il y avait trop de non-dits entre nous. Mais nous allons remédier à cette situation. Je ne veux pas perdre ta mère. Je ne veux pas perdre la famille que nous avons construite ensemble.

Ailsa n'en croyait pas ses oreilles.

— Alors, vous allez vous remarier ?

— Peut-être, admit sa mère. Pour le moment, nous tentons d'oublier le passé pour nous projeter vers l'avenir.

Ailsa serra ses parents dans ses bras.

— Je suis heureuse pour vous.

Comme elle aurait aimé suivre leur exemple : oublier le passé et aller de l'avant...

Ce soir-là, Ailsa s'apprêtait à quitter le studio quand elle vit Vinn se diriger vers elle. Il avait laissé son grand-père malade pour venir la retrouver ? Comment était-ce possible ?

— Vinn ?

— Pouvons-nous parler ?

Ailsa s'effaça pour le laisser pénétrer dans le studio dont elle referma la porte.

— Que fais-tu ici ? Ton grand-père va bien ? Oh ! Seigneur, ne me dis pas que...

Il lui sourit puis prit ses mains entre les siennes.

— Il s'est passé quelque chose, *cara*. J'ai enfin retrouvé mes esprits et suis venu te dire que je t'aime. Me pardonneras-tu d'avoir tant tardé à prononcer ces trois mots magiques ?

— Tu m'aimes ?

— À la folie. Je n'arrive pas à croire qu'il m'ait fallu autant de temps pour l'admettre. J'avais trop peur, j'étais trop lâche pour avouer que j'avais besoin de toi. Je n'ai jamais retiré mon alliance parce que c'était tout ce qui me restait de toi. J'ai licencié Rosa parce qu'elle m'avait traité de fou furieux. Elle ne comprenait pas pourquoi je t'avais laissée partir sans me battre. J'ai préféré me passer d'elle plutôt que d'affronter ses reproches. Et je t'ai à nouveau laissée partir... Je t'en supplie, dis-moi que tu me pardonnes et reviens-moi.

Ailsa pleurait et riait en même temps quand elle se jeta dans les bras de son mari.

— Je t'aime aussi.

— Vraiment ? Même après toutes les erreurs idiotes que j'ai commises ?

— Bien sûr.

— Pour m'en convaincre, il faudra me le dire souvent, au moins une ou deux fois par jour.

— Je t'aime ! souffla-t-elle et déposant un baiser sur ses lèvres. Je t'aime, je t'aime, je t'aime.

— C'est un bon début. Et tu sais, nous n'aurons pas besoin de vivre à Milan à longueur de temps. J'envisage d'ouvrir un showroom ici.

— J'ai honte, avoua Ailsa. Pendant que tu me recommandais auprès de clients, j'envoyais les miens chez tes concurrents. Tu es meilleur que moi.

— Je t'interdis d'avoir une mauvaise opinion de toi-même ! répliqua Vinn.

— Tu sais, je commence à m'accepter telle que je suis. Peu importe l'identité de mon père biologique, je sais que je vaux mieux que mon ADN.

— Et j'aime la personne que tu es et te le prouverai jusqu'à la fin de mes jours.

— Je croyais que tu voulais que je reste avec toi parce que tu me croyais enceinte. Je ne t'aurais pas quitté si j'avais su que tu m'aimais.

— Ce jour-là, j'avais acheté des fleurs en rentrant à la villa. Je voulais te demander de rester avec moi. C'était ma façon d'admettre les sentiments que je nourrissais pour toi.

— Nous avons gâché beaucoup de temps en faisant la guerre au lieu de faire l'amour.

— Je veux partager ma vie avec toi. Que nous ayons des enfants ou non importe peu, du moment que nous sommes ensemble.

— Oh ! Vinn, mais je veux des enfants ! s'écria Ailsa. Je l'ai su le jour où j'ai tenu ce test de grossesse entre mes mains...

— C'est vrai ? Je ne veux pas que tu dises cela juste pour me faire plaisir.

— Je veux fonder une famille avec toi, chéri. Et plus vite j'attendrai un enfant, mieux ce sera.

— Dans ce cas, je propose que nous nous mettions au travail dès maintenant.

Épilogue

Trois mois plus tard.

Vinn et Ailsa n'auraient jamais imaginé attendre le résultat d'un test de grossesse dans de telles circonstances : alors qu'ils se trouvaient ensemble dans la salle de bains à guetter l'apparition des deux lignes qui scellerait leur destin commun, le grand-père de Vinn, Carlotta et Rosa attendaient sagement le verdict dans le salon. Vinn avait réembauché Rosa, et cette dernière se montrait si efficace que Vinn pouvait passer plus de temps avec sa femme et son grand-père.

Un cri de joie leur échappa quand enfin les deux lignes apparurent nettement sur le test. Ils se jetèrent dans les bras l'un de l'autre et échangèrent un long regard.

— Je suis sûre que tu seras le meilleur père du monde, dit Ailsa. Si tu savais comme je t'aime…

— Je t'aime aussi… À un point inimaginable. Et maintenant, je sais le dire, n'est-ce pas ?

— Oui, et je ne me lasse pas de l'entendre.

— Je brûle d'annoncer la bonne nouvelle à *nonno*, Rosa et Carlotta, mais il me reste une chose à faire avant.

— Quoi donc ?

— Ceci…

Et il l'embrassa avec passion.